"너에게 내 하인이 될 권리를 줄게!
자, 주종 관계를 맺는 의식이야!"

아서스
라스트 라운드

LAST ROUND ARTHURS

쓰레기 아서와 악당 멀린

루나 아르투르

카멜롯 국제 고등학원에 다니는 여학생으로
학생회장을 맡고 있다.
본인의 엑스칼리버를 팔아서 돈으로 바꾸거나
시험 답안지를 훔치기도 하는 문제아.

"앞으로도 전쟁,
열심히 해주세요."

모르간 르 페이

린타로를 《아서 왕 계승전》에 초대한 세계 최고(最古)이자 최악의 마녀.

CONTENTS

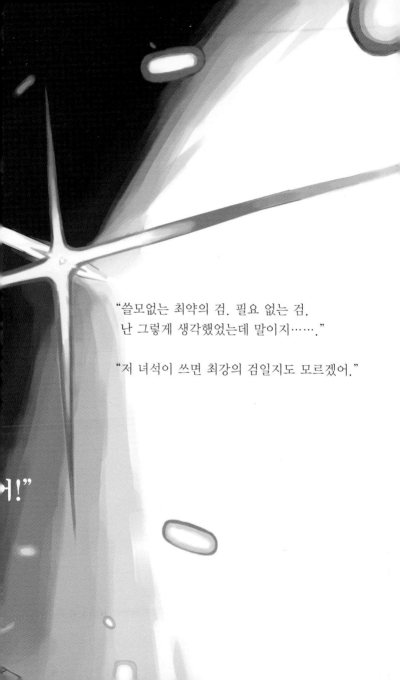

"쓸모없는 최약의 검. 필요 없는 검.
　난 그렇게 생각했었는데 말이지……."

"저 녀석이 쓰면 최강의 검일지도 모르겠어."

"……!"

"……흑. ……긍지 높은
기사인 내가 왜 이런

"루나 양은 우리의
은인이거든요."

후유세 나유키

루나의 같은 반 친구이자
학생회 서기를 맡은 소녀.

서로 의지하는 유대의 강철

"―【엑스칼리버】 어어어어어어어

"시작해볼까…….
아서를 계승하는 자의 싸움

"내 엑스칼리버는…… 팔아서
돈으로 바꿔버렸으니까."

"……."

케 이 경

루나를 섬기는 《기사》.
루나의 명령으로 바니걸이나
메이드복을 입고
돈벌이에 동원되고 있다.

마 가 미 린 타

카멜롯 국제 고등학원으로 전학
오만불손한 소년.
자신에 대한 절대적인 자신감을
일부러 『최약』이라 불리는
루나에게 가세하게 되는데……

"기사에 대한 모욕은
죽음으로써 갚아야 한다만?"

가 웨 인 경

펠리시아를 섬기는 〈기사〉.
뛰어난 무용. 청렴결백에 고결.
기사 중의 기사라
일컬어지지만……

"당신 같은 인간은 절대로
왕의 자리에 어울리지 않아요!"

펠리시아 페럴드

아서 왕의 피를 이은 자 중 한 명.
루나의 오랜 친구이자, 늘 그녀를 라이벌 취급하며
경쟁하는 관계.

진명선언

"로열 로드—."

라스트 아서스

LAST ROUND ARTHURS

쓰레기 아서와 악당 멀린

히츠지 타로 지음
하이무라 키요타카 일러스트
최승원 옮김

빛나는 과거(어제)가 거기에 있고 빛바랜 현재(오늘)가 여기에 있다.
그리고 지금 미래(내일)는 잿빛 속에 갇혀버리고 말았다.

내 꿈의 희곡의 종언을.
나는 차가운 바람 속에서 지켜보고 있었다.

아아, 그는 분명히 존재했다. 일찍이 원탁에 모인 기사들과 함께.
사람들은 그를 이리 불렀다. 강하고 고귀한 과거와 미래를 다스릴
왕이라고.

그러나 그는 검으로 돌에 새겨지고, 모래로 흩어지는 시가 되어
사라졌다.
마치 하룻밤 꿈처럼. 마치 하룻밤의 환상처럼.

나는 꿈결 속에서 모든 것을 보고 있었다.
차가운 바람 속에서 그것을 보고 있었다.

존 시프 저(著)

『마지막 원탁(라스트 라운드)의 아서(이시)』에서

서장 개막

"『……「자, 소년이여. 나의 젊은 왕이여. 구세주가 현현할 이 경사스러운 날에 어서 이 돌 모루에 박힌 검을 뽑으십시오」라고 멀린이 말했습니다』."

그날 밤은 평소와 뭔가가 달랐다.

주위에는 마치 묘비들처럼 우뚝 선 수많은 마천루(摩天樓).

어둠속의 그림자 사이로 부는 건조한 바람. 하늘에서 빛나는 해골처럼 새하얀 달.

차갑고 적막하게 가라앉은 공기가 마치 뭔가에 두려움을 느끼고 있는 것만 같았다.

"『하오나 멀린 님』 하고 케이 경이 말했습니다. 「이 검을 뽑는 것은 이 나라의 정당한 국왕이 될 자여야만 한다는 것이 주님의 뜻입니다』."

소년이 있었다. 나이는 열여섯이나 열일곱쯤 돼 보이는 일본인이었다.

평범한 키와 체격. 짧은 검은머리와 날카로운 눈매. 오뚝한 콧날. 입가에는 빈정거리는 듯한 자신감 넘치는 미소를 머금고 있는…….

"『그러므로 제 시종인 의붓동생 아서에게는 불가능한 일입니다』. 케이 경이 그렇게 말하자 멀린은 「그렇지 않소」라며 부정했습니다."

그런 소년은 오른손에 낡은 책 한 권을 들고 있었다.

제목은 『마지막 원탁의 아서』. 1884년, 잉글랜드의 민속 역사학자 존 시프가 쓰고 코너리버사(社)에서 출간된 초판본.

소년은 그 책을 한 손에 펼친 채 마치 연기라도 하는 것 같은 목소리로 홀로 문장을 낭송했다.

"『거기 있는 엑터 경께서는 알고 계시겠지요? 그 소년이야말로 전 브리튼의 정당한 왕이자, 세계를 다스릴 왕으로서 이 세상에 태어난 자입니다』."

하지만 그 음유시인 같은 말투를 듣는 자는 아무도 없었다.

소년이 서 있는 곳은 초고층 빌딩의 난간이었기에…….

"『제후들이여, 기사들이여, 똑똑히 보시오. 강탄제(降誕祭) 밤에 태어난 그리스도가 지금 이 나라의 정당한 왕이 될 자가 누구인지 가리키는 기적을 보여줄 터이니』."

발밑에 있는 도시의 정경을 한눈에 내려다볼 수 있는 그곳에서 소년은 밤하늘의 은색 달을 배경삼아 태연하게 홀로 서 있었던 것이었다.

"『멀린의 재촉을 받은 아서는 돌에 박힌 검 자루를 잡았고, 가볍게 힘을 줘서 그 검을 뽑아내는 모습을 본 사람들은 저마다 이렇게 말했습니다. 「아서를 우리의 왕으로 모십시다. 아서가 우리 왕이 되는 것이야말로 주님의 뜻일지니」」."

그리고 소년은 그 대목에서 만족한 듯 소리를 내며 책을 덮었다.

"『……아서는 귀족과 민중에게 진정한 왕이 되겠노라고, 그리고 살아있는 한 진정한 정의의 실현에 진력하겠노라고 맹세했습니다. 이리하여 과거와 미래를 다스릴 왕 아서의 모^{Rex Quondam Rexque Futurus}험과 싸움이 막 올리게 된 것입니다」……."

낭송을 마친 소년은 발밑에 책을 내려놓았다.

그리고 차가운 눈으로 아래쪽을 흘겨보았다. 평범한 인간을 아득히 뛰어넘는 시력이, 심해 밑바닥처럼 어두운 밤거리에서 원하던 것을 찾아낸 순간, 소년은 조소를 머금었다.

"……그런 고로…… 자, 시작해볼까."

그리고 소년은 도약했다.

초고층 빌딩의 옥상에서 밤의 어둠속으로 몸을 날렸다.

얼핏 보기엔 자살 행위.

하지만 중력을 따라 낙하하는 소년의 얼굴에서는 자살 지원자 특유의 비통함 따윈 털끝만큼도 느껴지지 않았다.

"꿈의 연장선을…… 아서 왕을 계승하는 자^{그 녀석}의 싸움을!"

허공을 가르는 소년의 불쾌한 웃음소리가 밤하늘에 메아리쳤다.

제1장 《왕》과 《기사》와 《광대》

　빠르고 날카롭게 약동하고 호선을 그리며 튀어 오르는 몇 가닥의 은선.

　그 선과 선이 교차할 때마다 날카롭게 밤을 가르는 금속음. 명멸하는 불꽃.

　—깊은 밤, 마천루의 골짜기.

　달빛 아래에서 두 소녀가 격렬한 검극을 나누고 있었다.

　한쪽의 무기는 한손반검.^{바스타드 소드}

　다른 한쪽의 무기는 세검.^{레이피어}

　요즘 시대에는 약간 고풍스러운, 까놓고 말해 시대착오적인 무기들이었다.

　"이야아아아아아압!"

　"크윽?!"

　무기도 그렇지만 두 소녀의 움직임은 더더욱 기묘했다.

　간단히 표현하자면 **명백히 인간의 영역을 초월했다.**

　한 걸음에 십 몇 미터의 간격을 좁히거나, 한 달음에 하늘 높이 도약하거나, 한 호흡에 수 차례의 참격을 날리거나, 검압만으로 발생한 진공파가 단단한 아스팔트를 종이처럼 갈라놓았다.

두 소녀의 움직임은 세계 최고 수준 운동선수들의 신체 능력을 아득히 뛰어넘을 정도로 상식을 벗어나 있었다.

그런 두 소녀가 인적 없는 어둠 속에서 격렬한 살육전을 벌이고 있는 것이다.

달빛을 흩뿌리는 검의 섬광과 몇 번이나 맞부딪친 칼날에서 튀는 불꽃.

아마 일반인의 눈에는 어둠속에서 뭔가가 희미하게 번쩍거린 것처럼 보였으리라.

하지만 볼 줄 아는 사람이라면 바스타드 소드 쪽이 명백히 열세라는 것을 알 수 있을 터.

"오~호호호홋! 겨우 그 정도인가요?! 루나 아르투르!"

레이피어를 든 소녀가 몸을 회전시키며 한 호흡에 3연속 찌르기를 날렸다. 거의 동시에 날아드는 것처럼 보이는 전광석화 같은 일격이었다.

세 줄기의 은광이 바스타드 소드를 든 소녀의 미간, 배, 가슴을 노리고 유성처럼 날아들었다.

"크으으으으윽?!"

바스타드 소드의 소녀는 반사적으로 대응했다.

첫 번째 일격을 쳐내고 두 번째 일격을 흘려냈지만 세 번째로 검이 맞부딪친 순간—.

키이이이이잉!

대기를 뒤흔드는 날카로운 충격음이 발생하는 동시에 성대하게 불꽃이 튀었다.

"꺄악?!"

검이 튕겨나간 충격으로 바스타드 소드를 든 소녀의 몸이 뒤로 크게 젖혀지며 공중으로 떠올랐다.

겉으로 보기엔 바스타드 소드 쪽이 더 강하고 묵직해 보였으나 실제로는 세검 쪽이 훨씬 더 위였던 모양이다.

"……큭?!"

이 일합의 겨루기에서 밀린 바스타드 소드의 소녀는 곧장 두 세 걸음 뒤로 크게 도약하며 레이피어의 소녀와 거리를 벌렸다.

"하아……하아……하아……."

바스타드 소드를 양손으로 겨눈 채 호흡을 가다듬는 소녀의 나이는 대략 열다섯에서 열여섯 사이.

이 근처 학교의 교복 차림에 약간 세련된 분위기를 풍기는 일본계 잉글랜드인 소녀였다.

하얀 달빛을 반사하는 금발은 사금처럼 반짝이는 동시에 마치 천사의 고리처럼 어둠속에서 소녀의 모습을 부각시켰다.

고양이처럼 큰 눈과 늠름하게 빛나는 근청석(菫靑石)빛 홍채. 그 두 눈에서 흘러넘치는 강한 의지의 광망은 이 어둠 너머에 대치한 자의 영혼을 꿰뚫으려는 것처럼 푸르게 타올랐다.

눈처럼 새하얀 피부. 선명한 이목구비. 갸름한 턱. 이미 여성으로서 완성된 부드러운 곡선을 그리면서도 아직 풋풋함이 남아있는 몸매를 비롯한 모든 조형이 마치 최고급 대리석으로 만든 여신의 조각상 같았다.

이 깊은 어둠의 장막에 가려져 있기에 더더욱 부각되는 존재감과 신비성. 몇 번을 봐도 누구나 무심코 넋을 잃고 숨이 멈출 정도가 아닐까.

하지만 안타깝게도 소녀가 손에 든 검은 너무나도 평범했다.

중세시대에는 주위에서 흔히 보였을 법한 투박한 바스타드 소드. 소녀의 존재감에 비해 검의 격이 너무나도 떨어졌다.

"훗…… 그런 조잡한 검으로 절 이기실 줄 알았나요?"

대치 중인 소녀가 레이피어의 검끝을 겨누며 비웃었다.

검은 드레스코트를 걸친, 나이는 역시 열대여섯 살쯤으로 보이는 북 아일랜드계 소녀였다.

겨울밤 하늘의 유성을 한데 모은 듯한 은발을 양 갈래로 묶은 그 모습은 마치 눈 위의 흰 토끼를 연상시켰다. 날카로운 비취색 눈동자와 새치름한 얼굴은 톨킨의 이야기에서 나오는 엘프처럼 단정했고 피부는 마치 비스크돌이나 백자처럼 새하얗고 매끄러웠다.

그리고 가장 특이한 점은 손에 든 검이리라.

검의 종류는 레이피어. 하지만 아무리 봐도 평범한 검은 아니었다.

금도 은도 아닌 신비한 광택을 내뿜는 금속으로 만들어진 눈부신 칼날. 호화롭게 장식된 코등이와 자루. 명백히 인외의 손으로 만들어진, 신성함과 마성이 공존하는 무구였다.

　"저를 얕보지 마시죠. 루나 아르투르."

　소녀는 바스타드 소녀를 든 소녀, 루나를 향해 낭랑한 목소리로 고했다.

　"계속 그런 검으로 싸우겠다는 건 당신과 같은 아서 왕 계승 후보자인 저에 대한 모욕이에요. ……어서 뽑으세요. 당신의 엑스칼리버를."

　한층 더 강해진 투기와 위압감이 루나를 정면에서 두들겼다.

　"진심으로 싸워야만…… 《왕》끼리의 싸움은 엑스칼리버로 결판을 내야만 해요! 자, 어서 왕의 검을…… 당신의 엑스칼리버를 뽑으시죠!"

　그러자 소녀의 레이피어, 《엑스칼리버》가 번뜩였다.

　루나는 잠시 소녀를 빤히 응시했다. 소녀의 온 몸에서 발산되는 공격적인 투기에 가만히 몸을 맡기고 있던 그녀는 이윽고 위풍당당하게 선언했다.

　"내 오랜 친구, 친애하는 펠리시아. 그건 무리야."

　"그게 무슨 의미죠?"

　"말 그대로의 의미야. 난 엑스칼리버로 너와 싸울 수 없어."

　"뭐라구요? 설마 당신, 이제 와서 오랜 지기인 저를 상처 입히기 싫다는 나약한 소리를 하려는 건 아니겠죠?!"

그러자 펠리시아라 불린 소녀가 눈을 사납게 치켜떴다.

"절 어지간히 만만하게 본 모양이네요! 이 《아서 왕 계승전》에 참가한 시점에서 전 이미 『각오』를 다졌어요! 당신은 지금 값싼 동정심으로 그런 제 각오를 모욕한 거라구요!"

화가 난 펠리시아가 억누를 수 없는 격정을 퍼부은 순간─.

"그치만…… 팔아버렸는걸."

루나의 입에서 작게 흘러나온 말을 듣고 돌처럼 굳어버릴 수밖에 없었다.

"내 엑스칼리버는…… 팔아서 돈으로 바꿔버렸으니까."

"……."

"그래서 지금 내 수중엔 엑스칼리버가 없단 말씀이야? 그러니까…… 무, 리!"

그리고 루나가 부드럽게 입가를 끌어올리며 「훗」 하고 웃은 순간.

"뭐라구요오오오오오오오오오오오오오오오?!"

펠리시아는 너무나도 어처구니가 없는 나머지 눈을 크게 뜬 채 의문을 표할 수밖에 없었다.

"거짓말! 팔았다구요? 대체 왜?"

"훗. 요전에 돈이 아주 사~알짝 궁했거든. ……하지만 역시 전설의 명검 엑스칼리버는 뭐가 달라도 다르더라! 꽤 후한 가격으로 팔……."

"이 바보가아아아아아아아아아아아아아아아아아!"

희희낙락 떠드는 루나 앞에서 펠리시아의 히스테리가 폭발했다.

"루, 루나! 당신 대체 무슨 짓을 한 건지 알기나 해요?! 엑스칼리버는 《아서 왕 계승전》에 참전하는 《킹》의 중요한 주력 병장이잖아요! 이런 초반부터 엑스칼리버를 팔아버리면 앞으로 대체 어쩌려고!"

"신경 쓰지 마! 돈 벌어서 조만간 다시 사올 거니까!"

하지만 루나는 상쾌하게 웃고 대답했다.

"그러니 오늘은 여기까지만 하고……"

그리고 아무렇지 않게 이 자리를 떠나려던 순간이었다.

"가게 내버려둘 리가 없잖아요오오오오오오오오오옷!"

"으이이이이이이이이이이이이이이익?!"

펠리시아가 그런 그녀의 등을 향해 가차 없는 찌르기를 날렸지만 루나는 아슬아슬하게 회피에 성공했다.

"이게 무슨 짓이야, 펠리시아! 장난이 너무 심하잖아!"

"장난은 무슨! 이대로 보내줄 것 같아요?! 당신은 오늘 이 자리에서 탈락시켜드리죠! 각오하세요!"

펠리시아는 성난 고양이처럼 날카롭게 악을 썼다.

"아, 알았어. ……요컨대, 너. 대체 얼마가 필요한 건데? 헤헤헤……"

그러자 루나가 검지와 엄지로 동그라미를 만들며 비굴하게 웃었다.

"돈 문제가 아니라구요! 절 지금 바보 취급하는 건가요?!"

그런 루나에게 펠리시아가 인정사정없이 검을 휘둘렀다.

"히이이이익?! 자, 잠깐만! 아, 알았어! 그럼 《기사》로 결판을 내자구! 《잭》으로!"

루나는 황급히 펠리시아의 공격 범위에서 거리를 벌리고 단숨에 말을 쏟아내기 시작했다.

"만인의 정점에 서서 모든 것을 다스리는 왕의 진정한 그릇은, 그 왕에게 충성을 맹세한 《잭》의 격으로 정해진다고 해도 과언이 아니야! 우리는 왕! 그럼 그 결판은 《잭》으로 내야 마땅하잖아?! 그렇게 생각하지 않니?!"

"흥. 뭐…… 일리는 있네요."

그런 루나의 말에 어느 정도 납득했는지 펠리시아가 검을 거두었다.

그리고 왼손을 앞으로 내밀었다.

"당신의 주장은 이 《아서 왕 계승전》의 취지에도 부합해요. 좋아요. 그럼 《잭》끼리의 대결…… 그 제안을 받아들이죠!"

그 왼손에는 휘황찬란한 은 세공 팔찌를 차고 있었고 팔찌에는 돌 조각이 박혀있었다. 그 돌에는 『Ⅷ』이라는 숫자가 새겨져 있었다.

"《왕관 · 지혜 · 이해 · 자애 · 준엄 · 미(美) · 승리 · 영광 · 기반 · 왕국 · 원초의 힘이여 · 내 영지를 순환해 · 지식에 이르라》!"

펠리시아가 언령(言靈)을 외치자 그녀의 온 몸에서 눈부신 빛의 입자가 솟구쳤다.

그 빛의 정체는 성기광(星氣光).

생명의 근원인 마나를 승화시킨 기적의 힘이었다.

"《성기광이여·나의 기사를 인도하고·원탁의 제8석에서·내 부름에 응하라》!"

그러자 오라가 몇 줄기의 스파크로 변질되더니 공중에서 복잡하게 얽히며 단숨에 마법진을 형성하고 『문』을 열었다.

다음 순간, 그 『문』에서 이 세계로 소환된 것은 한 명의 **기사**였다.

젊고 다부진 외모로 추정되는 연령은 대략 스무 살 전후.

사자 같은 황금색 단발머리, 연둣빛 눈동자, 가지런한 용모. 전반적으로 늘씬하면서도 골격이 굵고 키가 큰 체격에 새하얀 갑주를 입었으며 빛나는 검을 든 위풍당당한 청년 기사였다.

이것이 바로 호수의 귀부인들의 비의(秘儀), 【기사 소환】.

과거에 아서 왕을 섬겼던 원탁의 기사를 시술자의 가신인 《잭》으로서 현세에 소환하는 기적의 비술, 아서 왕 후보임을 증명하는 『마법』이었다.

"분부대로 지금 도착했습니다. ……나의 주군."

갑옷을 절그럭거리며 펠리시아 옆에 착지한 청년 기사가 말했다.

딱 봐도 보통 사람이 아니었다. 그 몸에 지닌 무위 앞에서는 온갖 근대 병기도 장난감에 불과하다는 것을 영혼으로 체감시키는 압도적이고 강대한 존재감을 드러내고 있었다.

인간을 초월한 인간. 그런 표현이 더할 나위 없이 딱 들어맞는 존재.

"흐응? 제법 강해 보이는 《잭》이네? 상대로 부족하진 않겠어!"

하지만 그런 기사 앞에서도 루나는 태연자약했다.

"흥. 얼른 당신의 《잭》이나 소환하시죠."

"알았어, 너무 재촉하지 마. 지금 소환할 테니까."

루나는 불쾌한 듯 코웃음을 치는 펠리시아의 여유 있는 얼굴을 흘겨본 후, 목에 건 돌 펜던트를 움켜 쥐었다.

그 돌에 새겨진 것은 『Ⅲ』이라는 숫자였다.

"간다……. 《케테르·코크마·비나·케세드·게부라·티파레트·네트아크·호드·이에소드·말쿠트·마나여·내 세피라를 순환해·다트에 이르라》!"

루나가 똑같은 언령을 외치자 역시 그녀의 온 몸에서도 눈부신 빛의 입자가 솟구쳤다.

"《성기광이여·나의 기사를 인도하고·원탁의 제3석에서·내 부름에 응하라》!"

그리고 허공에 문이 열리고 원탁의 기사가 소환되었다.

별빛이 어둠을 헤치고 약동하는 환상적인 광경 속에서 루나의 옆에 착지한 것은 한 소녀였다.

아름답다. 은은한 달빛 아래에 나타난 것은 너무나도 아름답고 가련한 소녀였다.

그 눈부신 아리따움을 자랑하는 소녀의 나이는 루나보다 약간 위.

차가운 푸른 불꽃이라는 표현이 딱 어울리는 선명한 푸른 머리카락과 날카로운 푸른 눈동자. 그야말로 얼음 같은 미모가 너무나도 늠름한 까닭에 섣불리 다가서기 어려운 분위기를 온 몸에서 자아내고 있었다.

그리고 이번에도 한 눈에 알 수 있었다. 이 소녀가 인간을 초월한 힘을 내포한 존재라는 사실을. 청년 기사와 완전히 동류의 존재라는 사실을…….

"홋…… 어때? 내《잭》은?"

현현한 소녀 옆에서 루나가 자랑스럽게 가슴을 편 그때ㅡ.

"어?!"

"……이럴 수가……! 말도 안 돼……!"

그《잭》의 모습을 본 펠리시아와 청년 기사가 경악한 표정으로 눈을 부릅떴다.

"그, 그《잭》은……?! 루나…… 당신…… 대체 왜?!"

식은땀을 흘리며 당황한 펠리시아는 마른 침을 삼키고 겨우 쥐어짜 낸 목소리로 물었다.

그 이유는 눈앞의 소녀 기사가 아름다운 신체 곡선을 가감 없이 강조한 레오타드와 망사 타이츠와 토끼 귀 헤어밴드…… 완벽한 바니걸 복장을 차려입고 있었기 때문이다.

"……어?"

그제야 자신의 《잭》이 바니걸 모습이라는 것을 눈치챈 루나가 뺨을 실룩거렸다.

"훌쩍훌쩍……."

당사자는 어지간히 창피했는지 새빨개진 얼굴로 움츠린 채 양팔로 몸을 감싸 안고 떨고 있었다.

"잠깐…… 너, 대체 뭐야! 그 누가 봐도 남자한테 교태부리려는 듯한 바보 같은 옷은! 검은?! 갑옷은?! 대체 어디 두고 온 건데?! 할 맘은 있는 거야?! 바보 아냐?!"

루나가 추궁하자 바니걸은 코를 훌쩍거리며 투덜대기 시작했다.

"큭…… 다, 당신이 돈 때문에 저한테 수상한 행사도우미 알바를 시켰으면서! 전 몇 번이나 싫다고 말했는데도~!"

"앗! ……나도 참, 완전히 깜빡하고 있었네~. 에헷☆."

루나는 귀엽게 혀를 살짝 내밀더니 자신의 뒤통수를 가볍게 때렸다.

"너, 너무해……. 긍지 높은 원탁의 기사에게 이런 짓을 시키다니…… 진짜 너무하다구요……."

바니걸은 힘없이 고개를 떨구고 비탄에 잠겼다.

"미, 미안! 내가 잘못했어, 케이 경! 사과할게!"

루나가 흐느끼기 시작한 바니걸, 케이 경을 황급히 위로하기 시작했다.

그리고 펠리시아와 청년 기사는 잠시 그런 촌극을 게슴츠레한 눈으로 지켜보았다.

"⋯⋯해치워버리세요."

"⋯⋯예."

이윽고 펠리시아가 매정하게 명령을 내린 순간, 청년 기사가 기계처럼 검을 들었다.

"잠깐! 기, 기기기다려 봐! 이, 일단 대화로 해결하지 않을래? 응? 난 다툼은 아무것도 낳지 않는다고 생각하거든?!"

"에잇! 이젠 대화 따윈 필요 없어요!"

루나가 꼴사납게 애원했지만 펠리시아는 단칼에 일축했다.

"돈 때문에 중요한 엑스칼리버를 팔아치우지 않나! 돈 때문에 자신을 섬기는 《잭》에게 이상한 짓을 시키지 않나! 당신 같은 인간은 절대로 왕의 자리에 어울리지 않아요! 제가 이 자리에서 당장 탈락시켜드리죠!"

"그, 그럴 수가?!"

"자, 나의 《잭》이여! 저 바보녀를 죽지 않을 정도로만 박살 내 놓으세요!"

"예, 분부대로!"

명령을 듣자마자 청년 기사는 검을 세워 들더니 마치 공간을 뛰어넘은 듯한 무시무시한 속도로 루나를 향해 달려들었다.

조금 전의 루나와 펠리시아가 마치 굼벵이처럼 느껴질 정도로 압도적인 속력이었다.

"큭! 무, 물러나세요! 루나!"

그 순간, 케이 경이 루나 앞에 나서서 검을 들었다.

"우오오오오오오오오오!"

청년 기사가 사자처럼 우렁찬 기합성과 동시에 옆으로 휘두른 검과 케이 경의 검이 격돌한 순간, 대기를 뒤흔드는 어마어마한 금속음이 울려 퍼졌다.

"크으으으윽?!"

청년 기사의 강력한 검격에 케이 경의 몸이 마치 배트에 맞은 야구공처럼 날아가서 근처 빌딩의 외벽과 충돌했다.

"……?! 강해……!"

자신의 기사가 단숨에 제압된 광경을 본 루나는 그저 숨만 삼킬 수밖에 없었다.

"각오!"

그리고 청년 기사는 이어서 바로 루나와의 거리를 좁히더니 검을 내리쳤다.

하지만 그 순간―.

"큭?!"

뭔가를 눈치챈 청년 기사가 검을 멈추고 머리 위로 휘둘렀다.

그와 동시에 다시 대기를 뒤흔드는 금속음이 주변 일대에 울려 퍼졌다.

청년 기사의 검이 머리 위에서 날아든 **누군가**의 검을 막아낸 것이다.

그러자 그 **누군가**는 공중에서 능숙하게 몸을 비튼 후 위아래가 역전된 자세로 다시 한 번 섬전 같은 검격을 날렸다. 검이 노리는 곳은 청년 기사의 몸통.

"치잇!"

청년 기사가 반사적으로 검을 내린 순간 충격음이 터졌다.

몸이 성대하게 뒤로 밀려나며 발바닥이 아스팔트 위에 불꽃으로 이루어진 길을 새겼다. 청년 기사의 다부진 몸이 10미터 쯤 밀려날 정도로 강맹한 일격이었다.

"비겁하다! 대체 누구냐!"

청년 기사는 갑작스럽게 머리 위에서 기습을 시도한 예의 없는 제삼자의 모습을 찾으려 했다. 하지만 아무리 찾아봐도 그 모습은 보이지 않았다.

"홋…… 어딜 보는 거야? 여기라고."

그 목소리를 들은 순간, 전원이 그 자리에서 굳어버릴 수밖에 없었다.

제삼자가 어느 틈에 펠리시아의 뒤로 이동해서 그녀의 목에 검을 겨누고 있었기 때문이다.

"거짓말……."

목덜미에 닿은 서늘한 감촉에 펠리시아는 그저 아연실색할 수밖에 없었다.

"아……! 이럴 수가! 대체 어느 틈에?!"

청년 기사는 터질 것처럼 부릅뜬 눈으로 위기에 빠진 주군의 모습을 망막에 새길 수밖에 없었다.

"아, 이상한 짓은 하지 말라고? 거기 있는 《잭》."

그리고 제삼자는 서늘한 미소로 위협하며 펠리시아의 목에 검을 한층 더 가까이 들이댔다.

"그랬다간 이 여자의 목을 가차 없이 날려버릴 거니까."

그 인물의 정체는 열여섯이나 일곱쯤 돼 보이는 소년이었다. 이 동네에 있는 학교의 교복을 입은 일본인. 양손에 검을 한 자루씩 들고 있는 것을 제외하면 지극히 평범한 용모였다.

하지만 목소리에서는 여차하면 정말로 죽여 버리겠다는 강렬한 『위압감』이 흘러 넘쳤다.

누가 봐도 평범한 사람은 아니었다.

그리고 이 경천동지할 전개에는 루나도, 펠리시아도, 청년 기사도, 부서진 빌딩 외벽에서 모습을 드러낸 케이 경도 그저 아연실색할 수밖에 없었다.

한달음에 하늘을 질주하고 일격에 대지를 가르는 인외마경의 강자들이 갑작스럽게 등장한 이 소년의 존재에 완전히 압도당한 순간이었다.

"다, 당신…… 대체 정체가 뭐죠?"

펠리시아가 떨리는 목소리로 뒤에서 검을 겨눈 소년에게 물었다.

"설마…… 당신도 《아서 왕 계승전》의 참가자……?"

"뭐, 그렇게 되겠지. 정식으로 호수의 귀부인들에게 초대를 받은 건 아니지만."

"그, 그럼…… 당신은 《킹》? 아니면 《잭》인가요?"

소년은 대답 대신 펠리시아의 등을 발로 걷어찼다.

"꺄악!"

"주, 주군!"

그러자 청년 기사가 바람처럼 달려와 펠리시아의 몸을 안아들었다.

"흡!"

동시에 소년의 모습이 안개처럼 사라졌다.

"……?!"

그리고 다음 순간에는 루나에게 등을 보이며 나타났다.

그야말로 순간이동 같은 움직임이었다.

"뭐, 개인적으론 지금 여기서 그 여자의 목을 날려버려도 상관없지만…… 그럼 시시하잖아? 그런 고로 너희들. 못 본 척 해줄 테니까 오늘은 그만 가라."

소년은 입가를 끌어올리고 펠리시아와 청년 기사를 향해 그렇게 말했다.

"뭐, 《아서 왕 계승전》은 이제 막 시작된 참이야. 앞으로 얼마든지 싸울 기회가 있겠지. 그러니 오늘은 서로의 얼굴을 확인한 셈 치자고. 내 제안이 어때?"

마치 재미있는 장난감을 선물 받은 어린아이처럼 밝으면서도 찰나적인 광기 또한 내포한 미소를 지은 채…….

"큭……!"

펠리시아와 청년 기사는 여유가 넘치는 소년을 매섭게 노려보았다.

"대체 뭐야……?"

루나와 케이 경은 사태를 파악하지 못한 채 눈만 깜빡거릴 수밖에 없었다.

그렇게 잠시 무거운 긴장감이 주변일대를 지배했다.

"……알았어요. 일단 오늘은 말씀대로 물러나드리죠……."

하지만 이윽고 펠리시아는 씁쓸한 목소리로 선언한 뒤 엑스칼리버를 검집에 꽂았다.

"주군, 괜찮으시겠습니까?"

"상관없어요. 저자와 정정당당하게 싸운다면 질 생각은 없지만…… 방금 마음만 먹었다면 전 죽었을 거예요. 이 빚을 갚지 않는 건 기사도에 반하는 일이에요. 그러니 오늘 밤은 여기까지만 하죠."

"……예."

펠리시아가 결정을 내리자 청년 기사는 엄숙하게 대답했다.

"거기 당신…… 이름을 여쭤봐도 괜찮을까요?"

"린타로. ……내 이름은 마가미 린타로야."

소년은 흉맹하게 웃으며 대답했다.

"마가미…… 린타로……?"

그러자 지금까지 조용히 있던 루나가 그 이름에 반응했다.

"……기억했어요. Mr. 린타로."

이름을 들은 순간 펠리시아는 소년, 린타로를 불꽃처럼 일렁이는 눈으로 노려보았다.

"이 굴욕은 잊지 않겠어요! 다음에 만날 때는 각오하세요! 당신은 제 긍지와 검을 걸고, 이 펠리시아 페럴드가 반드시 때려눕혀드리겠어요!"

"그래, 어디 열심히 해봐. 뭐, 너희들로는 무리겠지만."

펠리시아는 자신들을 바보 취급하며 어깨를 으쓱이는 린타로를 무시하고 루나에게 시선을 돌렸다.

"마지막으로 루나. 당신에게 경고하죠. 당신은 이 《아서왕 계승전》에서 사퇴하세요."

"뭐어?! 어째서? 싫거든?! 나도 왕이 되고 싶은걸!"

루나가 떼쓰는 어린애처럼 발을 동동 굴렀지만 펠리시아는 싸늘한 목소리로 대답했다.

"당신에게는 무리라고 말하는 거예요. 이 싸움이 시작되기 전에 운영진인 호수의 귀부인들이 당신을 어떻게 평가했는지 알아요?"

그리고 차가우면서도 동정심이 섞인 눈으로 루나를 흘겨보았다.

"『최약의 잭』과 『최약의 엑스칼리버』를 뽑은 『최약의 아서왕 후보』. ……다들 그렇게 비웃고 있더군요."

"……!"

루나가 입을 다물자 펠리시아는 계속 말을 이었다.

"확실히 당신의 잭은 너무 약해요. 그러면 풍문대로 당신의 엑스칼리버도 별 볼 일 없는 거겠죠. ……팔아치워도 문제가 되지 않을 정도로."

그리고 잔혹하게 단언한 후 등을 돌렸다.

"오늘 당신과 검을 겨뤄보고 『최약』이라는 평가가 틀림없는 사실이라는 걸 확신했어요. 그런 당신이 참가해봤자 개죽음이나 당할 게 뻔하겠죠. 루나, 당신은 사퇴하세요. 이건 옛 친구로서의 경고예요. 사퇴하지 않겠다면…… 제가 직접 당신을 탈락시켜드릴 뿐."

마지막으로 왠지 모를 결의가 담긴 말을 남긴 펠리시아는 청년과 함께 땅을 박차더니 고층 빌딩 사이를 질주하며 떠나갔다.

"갔군……."

두 사람의 기척이 완전히 사라진 것을 확인한 린타로는 그제야 쌍검을 거두었다.

그리고 뒤에서 넋을 잃은 루나를 돌아보았다.

"자, 그럼…… 다친 데는 없어? 폐하."

"어? 아니, 뭐…… 다친 데는 없는데…… 그보다 넌 대체 정체가 뭐야?"

"홋, 곧 알게 될 거야."

린타로는 질문에 대답하지 않고 그렇게 대충 말하더니 다시 등을 돌렸다.

"뭐, 그런 고로…… 오늘은 여기서 끝. 다음에 보자고! 폐하!"

그리고 어마어마한 주력으로 바람처럼 달리면서 밤거리 속으로 눈 깜짝할 사이에 사라졌다.

"하아…… 저 녀석, 진짜로 뭐냐구……."

남겨진 루나는 한숨을 내쉴 수밖에 없었다.

"솔직히 정체는 모르겠지만……."

그러자 이제야 겨우 몸 상태가 회복된 케이 경이 루나의 옆에 착지하며 말했다.

"분명 제대로 된 인물은 아니겠죠. 아무쪼록 조심하세요, 루나."

그리고 무인(武人)다운 시선으로 린타로가 사라진 어둠 너머를 날카롭게 응시했다. ……여전히 바니걸 옷을 입은 채.

"나 참, 이제야 겨우 《아서 왕 계승전》이 시작됐나 싶더니…… 여러모로 앞길이 험난할 것 같네."

하지만 말하는 것과는 반대로 루나는 입가에 미소를 띠고 있었다.

"흐응~ 마가미, 린타로라……. 후훗."

같은 무렵, 어느 고층 빌딩 사이에 있는 어두운 뒷골목.

"제가 이런 실수를…… 초장부터 완전히 한 방 먹었네요."

그곳에 몸을 숨긴 펠리시아는 짜증스럽게 분노를 터트렸다.

"루나 아르투르는 오늘 밤에 가장 먼저 탈락시키려고 했는데…… 그 남자…… 마가미 린타로만 끼어들지 않았다면! 그 남자는 대체 정체가 뭐죠?!"

"……펠리시아."

옆에서 청년 기사가 그 모습을 조용히 지켜본 순간—.

"너한테는 실망했다, 펠리시아. ……아니, 페럴드 경."

분노로 가득한 그 공간에 누군가가 갑자기 찬물을 끼얹었다. 뒷골목의 어둠 속에서 불현듯 들려온 그 목소리는 인간다운 온기가 전혀 느껴지지 않을 정도로 차가웠다.

"「자신의 손으로 아서 왕 계승 후보자 루나 아르투르를 가장 먼저 탈락시키겠다」고 호언장담했으면서 결국 이런 꼴이라니…… 동맹자로서 한탄스럽기 짝이 없군."

시선을 돌리자 어둠 속에서 크고 작은 두 그림자가 다가오고 있었다.

그리고 큰 쪽은 펠리시아를 조롱하는 것처럼 말했다.

"아서 왕의 피를 현대에 전하는 『고귀한 옛 가문』의 일익인 페럴드 공작가를 짊어진 당주로서 부끄럽지도 않나? 페럴드 경."

"그, 글로리아 경……?!"

펠리시아는 노골적으로 경계심을 드러내며 큰 그림자 쪽을 바라보았다.

"어째서 이런 곳에?! 대체 무슨 용건이죠?!"

"훗…… 너무 그렇게 경계하지 말라고. 우리는 이 《아서왕 계승전》에서 마지막까지 살아남기 위해 손을 잡은…… 즉, 동료잖아?"

그렇게 대답한 인물, 글로리아 경은 자못 유쾌한 듯 웃었다.

모습은 뒷골목의 어둠에 덮여서 잘 보이지 않았다.

"그러니 고전하고 있다면 동료로서 도와주고 싶은 게…… 자연스럽지 않나?"

그리고 글로리아 경은 아무것도 없는 짙은 어둠 속에서 한 자루의 검을 뽑았다.

츠바이헨더

사람의 키만한 길이의 거대한 양손검이었다. 두꺼운 칠흑빛 검신, 불길한 조형, 보기만 해도 영혼이 뒤틀리고 이성이 무너져 내릴 것 같은 불길한 오라가 넘실대는 검이었다.

본능이 위험을 호소하는 뭔가가 그 검에는 존재했다.

"그래. ……내 엑스칼리버의 능력이라면 그런 잔챙이들쯤은……."

"잠깐만요!"

펠리시아는 두려움에 떠는 마음을 채찍질하며 날카롭게

외쳤다.

"참견은 사양하죠, 클로리아 경! 당신이 나설 곳은 없어요!"

그리고 자신의 엑스칼리버를 뽑아서 글로리아 경을 겨누었다. 하지만 그 검끝은 희미하게 떨리고 있었다.

"루나 아르투르는 저, 펠리시아 페럴드가 가문의 이름을 걸고 반드시 탈락시키겠어요! 다시 말해 그녀는 제 사냥감! 사냥감을 가로채는 건 기사도에 반하는 행위! 그래도 나서겠다면 이 자리에서 동맹을 파기하겠어요!"

"⋯⋯?!"

청년기사는 눈을 부릅떴다.

―싸우겠다는 건가? 정말로 저 남자를 상대로 여기서?

주군의 결사적인 각오를 눈치챈 청년 기사는 말없이 그녀를 지키듯 앞으로 나섰다.

그 순간, 맹렬한 죽음의 예감이 마치 독뱀처럼 둘을 엄습했다.

하지만 글로리아 경은 그렇게 위축된 두 사람을 즐거운 눈으로 응시할 뿐이었다.

"아하하! 농담이야, 페럴드 경. 네 소중한 루나를 가로챌 생각은 없어."

이윽고 글로리아 경은 그렇게 너스레를 떨면서 대검을 다시 어둠 속으로 거두었다.

"그리고 난 네 몸에 흐르는 진한 요정족^{엘핀}의 피에 기대를 걸고 있거든. 앞으로 호수의 귀부인들이 발표할 《4대 지보 탐색^{퀘스트}》에는 반드시 네 힘이 필요해. 모처럼 동맹을 맺었으니…… 같은 《킹》끼리 좀 더 사이좋게 지내보는 건 어떨까?"

"……!"

펠리시아는 빈틈없이 글로리아 경을 경계하면서 레이피어를 천천히 검집에 꽂았다. 하지만 손가락은 아직도 희미하게 떨리고 있었다.

"하지만…… 그렇게 되면 그 마가미 린타로라고 했던가? 그 남자가 좀 성가시겠어."

하지만 글로리아 경은 전혀 개의치 않고 화제를 돌렸다.

"대체 정체가 뭘까? 우리처럼 아서 왕의 피를 이은 《킹》도 아닌 것 같고, 원탁의 기사…… 《잭》도 아니야. 하물며 우리에게 시련을 내리는 《왕비^퀸》일 리는 없고……."

그 순간—

"후훗…… 그럼 그는 필경 《광대^{조커}》가 아닐까요?"

글로리아 경의 옆에 서 있던 작은 그림자가 입을 열었다.

어딜 봐도 《잭》다운 풍채는 아니었다. 온 몸을 칠흑색 후드가 달린 로브로 가린 그 인물은 목소리의 질과 체격으로 보아하니 아무래도 여성인 것 같았다.

"흐응? 너, 그에 대해 뭔가 알고 있어?"

"……아니요."

로브 차림의 여성은 한순간 침묵한 후 조용히 고개를 저었다.

"하지만 그가 이 《아서 왕 계승전》을 주최한 호수의 귀부인들의 계획을 벗어난 이레귤러라는 건 알 수 있어요. ……예, **저처럼요.**"

그리고 여성은 뭐가 우스운지 쿡쿡 웃기 시작했다.

"그렇군. 《조커》라……. 듣고 보니 그럴싸하군. 하하하! ……어차피 이 계승전은 내 원사이드 게임이겠지만…… 뭐, 이런 여흥이 있어도 나쁠 건 없겠지."

글로리아 경도 진심으로 유쾌한 듯 웃었다.

"자, 그건 그렇고 페럴드 경. 약속대로 루나 아르투르는 네 사냥감이다. 난 개입하지 않겠어. ……이거면 됐겠지."

"……이해해주셨다면 저는 더 드릴 말씀이 없네요."

"하지만…… 계속 이렇게 루나 따위를 상대로 쩔쩔맨다면…… 말하지 않아도 알겠지?"

글로리아 경은 온화하고 느긋하게 미소 지었다.

"……?!"

하지만 그 미소의 가면 뒤에 숨겨진 바닥을 알 수 없는 악의와 위압감에 노출된 펠리시아는 어린아이처럼 위축될 수밖에 없었다.

"좋은 결과를…… 기대하지."

그리고 글로리아 경은 등을 돌리고 뒷골목 너머로 사라졌다. 로브 차림의 여성도 그 뒤를 따라서 함께 사라졌다.

"……루나…… 나는……."

남겨진 펠리시아는 고뇌에 잠긴 얼굴로 그 뒷모습을 그저 지켜볼 수밖에 없었다.

제2장 마가미 린타로

국제도시 아발로니아.

일본 열도 근해에 존재하는 그곳은 광대한 인공섬, 뉴 아발론 섬 위에 세워진 근미래도시다.

원래 그 일대의 해저에 잠든 막대한 양의 차세대 에너지 자원을 채굴하는 거점으로 조성된 섬군(群)이었지만, 입지 조건과 외국 자본의 집적성과 거래와 유통의 편리성 등을 이유로 앞다퉈 투자와 진출을 결정한 전 세계의 기업들이 주축이 돼서 다양한 사업과 시장을 확대하고 운 좋게 수요와 공급의 연쇄가 가속한 결과, 이 도시는 다양한 인종과 문화가 뒤섞인 『국제도시』다운 발전을 이뤄낼 수 있었다.

그리고 그 차세대 에너지 자원이 가져온 경제 효과는 만약 애덤 스미스가 살아있었다면 놀라서 눈이 튀어나올 정도로 어마어마했다.

돈을 퍼부을수록 이득으로 돌아오는 도시, 현대에 되살아난 골드러시라고 이구동성으로 찬양하며 일확천금을 노리고 이 도시로 진출하는 젊은 사업가와 투자자의 수는 그야말로 헤아릴 수 없을 지경이었다.

지금 세상에서 가장 뜨거운 도시. 꿈을 현실로 바꿔주는 꿈의 섬.

전 세계의 활기와 에너지가 한곳에 모인 장소.

이 이야기는 그런 국제도시 아발로니아에서 막을 올렸다.

"하하! 어제 데몬스트레이션은 완벽했어!"

그날 아침 마가미 린타로는 들뜬 표정으로 아발로니아 제 3에리어의 인적이 드문 대로변을 걷고 있었다.

몸에 걸친 새 정장 타입 교복과 가죽 구두와 가방은 오늘 부터 다닐 『카멜롯 국제학원』에서 지정한 복장이었다.

사실 린타로는 호수의 귀부인이라 불리는 반인반요정의 처 녀들이 집행하는 《아서 왕 계승전》에 참가하기 위해 일본 본토에서 이 머나먼 인공섬의 학교까지 전학을 온 것이었다.

"훗, 그건 그렇고⋯⋯《아서 왕 계승전》인가."

과거에 원탁의 기사들을 이끌고 인간을 위해, 세계를 위 해 싸운 아서 왕.

아서 왕과 원탁의 기사의 전설은 허구의 이야기가 아니라 명백한 역사적 사실이었다.

그리고 긴 싸움 끝에 목숨이 다한 아서 왕의 영혼은 지금 도 전설의 아발론 섬에 잠들어 있다. ⋯⋯언젠가 세상에 난세 가 도래했을 때 긴 잠에서 깨어나 다시 세계를 구하기 위해.

《아서 왕 계승전》이란 그런 아서 왕을 부활시키기 위한 마법 의식이다.

"아서 왕의 피를 이은 열한 명의 계승 후보자…… 《킹》들과 각 후보자를 섬기는 열한 명의 원탁의 기사…… 《잭》들에 의한 처절한 경쟁. 네 명의 《퀸》이 순서대로 발표할 네 가지 퀘스트를 클리어해서 아서 왕의 4대 지보…… 즉, 《성검의 지보(스페이드)》, 《성배의 지보(하트)》, 《성창의 지보(클럽)》, 《성석의 지보(다이아)》를 전부 수중에 넣은 자가 아서 왕의 계승자…… 《최종 원탁 맹주(라스트 라운드 아서)》가 된다. 그리고 그자는 아서 왕의 영혼을 계승한 2대 아서 왕으로서 이 세상의 모든 것을 손에 넣고 통치하는 진정한 왕이 될 자격을 얻는다…… 참 가슴 뛰는 이야기구만. 이런 기회를 놓치면 인생을 손해 보는 거라고."

린타로는 혼잣말을 하며 큭큭 웃었다.

"……하지만 난 아서 왕의 피를 이은 《킹》도, 캄란 언덕에서 소환된 《잭》도 아니란 말씀이야. 그런 내가 이 싸움에 끼어들려면 어느 《킹》의 진영 중 하나에 가세할 수밖에 없는데……."

그렇다면 이 싸움에 참전한 총 열한 명의 킹 중에 과연 누구를 선택해야 할 것인가.

"홋…… 두고 볼 것도 없지. 루나 아르투르…… 내 왕은 그 녀석으로 정했어."

그래서 린타로는 어젯밤에 루나와 접촉해 자신의 힘을 보여준 것이다.

두말할 필요도 없겠지만 린타로는 평범한 인간이 아니다.

실은 어떤 사정으로 인해 인간을 초월하는 터무니없는 힘을 지니고 태어난 존재였다.

요즘 유행하는 전생 치트인 셈이다.

그래서 이 평화로운 세상에서는 완전히 무용지물인 치트 능력을 구사하여 그 밉살스러운 호수의 귀부인들을 실컷 골탕먹여줄 속셈이었다.

'그래…… 난 정의도 악도 아닌……《조커》야.'

린타로는 씨익 웃고 고개를 들었다.

효율적인 영국식 건축 양식으로 조성된 거리 너머에서 철책으로 둘러싸인 카멜롯 국제학원의 정문이 눈에 들어왔다.

이 인공섬은 처음 도시를 세울 때 어째선지 유럽계, 그중에서도 특히 영국 기업이 많이 진출한 탓에 마치 서양의 거리 하나를 그대로 뚝 떼다놓은 것 같은 모습이 특징이었다.

그런데도 저 성 같은 학교 건물은 보는 이에게 마치 소설 속에 들어온 것만 같은 착각을 불러일으킬 정도로 한층 더 장엄하고 비현실적인 모습을 자랑했다.

"자, 그럼…… 루나 아르투르는 이 학교의 2학년 C반이었던가?"

물론 빈틈은 없었다. 이미 루나와 같은 반에 들어갈 수 있도록 서류 조작과 뒷공작도 끝내둔 상태였다. 치트 능력자인 린타로에게 이 정도쯤은 식은 죽 먹기였다.

"크크크…… 루나 녀석, 내 모습을 보면 틀림없이 놀라겠지? 어떤 바보 같은 얼굴을 보여줄지 벌써부터 기대되는군."

린타로는 그렇게 비웃으며 느긋한 걸음걸이로 학교 부지 안에 발을 들여놓았다.

그리고 교문을 지나 앞뜰로 들어온 순간—.

"저게 뭐야아아아아아아아아아아아아아아아아아!"

린타로는 바보 같은 얼굴로 경악할 수밖에 없었다.

놀랍게도 교내 앞뜰 한복판에 대형 무대가 설치돼 있는 데다 수많은 학생들— 주로 남학생들이 그 밑에 모여 있었기 때문이다.

그리고 그 무대 위에는 낯이 익은 소녀가 서 있었다.

『모두들~☆ 야호~♪』 이런 이른 아침부터 와줘서 정말 고마워~!』

마치 푸른 불꽃으로 물들인 것 같은 저 머리카락과 눈동자는 분명 어젯밤에 바니걸로 분장하고 있었던 루나의 《잭》 케이 경이 틀림없었다.

하지만 지금 그녀는 바니걸이 아니라 딱 봐도 남자들이나 좋아할 법한 귀엽고 깜찍한 아이돌 의상을 입고 있었다.

본인의 탁월한 미모도 상승작용을 일으킨 덕분인지 정말로 진짜 아이돌이 공연을 온 게 아닐까 하는 착각이 들 정도였다.

『까핫♪ 다늘~ 오늘도☆ 건강하지~?』

그리고 케이 경이 마이크를 한손에 들고 다른 쪽 손을 흔들면서 귀여운 목소리로 기운차게 외친 순간.

"""우오오오오오오오오오오오오오오오오오오오오!"""

무대 주위의 학생들이 한손을 번쩍 치켜들고 열광했다.

"""케·이·양!"""

"""케·이·양!"""

"""L·O·V·E·케이 양!"""

"""와아아아아아아아아아아아아아아아아아아!"""

어마어마한 열기와 열량. 기세만 놓고 보면 모 국민 아이돌 그룹의 리얼 라이브에 필적하는 열광적인 분위기.

다들 눈에 핏발을 세운 채 이성을 잃고 광분한…… 까놓고 말해 위험한 상태였다.

『꺄핫♪ 응! 다들 오늘도 기운이 넘치는 것 같아서 난 무척 기뻐~! 모두의 기운☆ 나도 확실히 받았으니까~!』

그런 혼돈의 도가니 앞에서 케이 경은 플레어스커트를 펄럭이며 한 바퀴 회전한 후, 다시 귀여운 포즈를 잡았다.

『……흑. 긍지 높은 기사인 내가 왜 이런…… 이런 짓을…….』

하지만 자세히 보면 얼굴은 수치심 때문에 새빨갰고 눈물까지 글썽거리며 온 몸을 부들부들 떨고 있었다. 어딜 봐도 무리하고 있다는 게 팍팍 느껴졌다.

"""우오오오오오오오오오오오오오오오오오오오오!"""

"저 싫으면서도 무리하는 느낌이 끝내줘어어어어어어어~!"

"왠지 괴롭히고 싶은 타입의 아이돌 최고오오오오오~!"

"""케이 양! 힘내! 지지 마!"""

"""와아아아아아아아아아아아아아아아아아아아아아아!"""

그래도 학생들은 전혀 개의치 않았지만 말이다.

『으으…… 그, 그럼 시작한다~! 모두에게서 받은 내 가슴의 고동이…… 이 세상 끝까지 전해지기를! 신곡 갑니다~! 「내 사랑의 기사님」!』

이어서 대중적인 도입부가 연주된 후 케이 경은 이젠 될 대로 되라는 듯 노래하기 시작했다.

"""와아아아아아아아아아아아아아아아아아아아아아아!"""

그 순간, 폭발한 환호성과 폭음.

가사는커녕 곡조차 들리지 않는 경천동지할 열기가 학교 앞뜰에 휘몰아쳤다.

"……저건 대체 뭐야?"

린타로는 고막이 터질 듯한 소음에 넋을 잃을 수밖에 없었다.

"훗…… 이번에도 성공적이군요. 루나 회장님."

"……응. 이번에도 대성공이네."

그리고 곧 약간 떨어진 곳에 운영 텐트가 설치된 것을 눈치챘다.

그 텐트에는 『학생회 집행부』라는 현수막이 걸려 있었고 아마 이 수수께끼의 라이브를 기획한 운영진, 아니. 흑막인 학생들이 안에서 대기 중이었다.

또한 그 학생들의 중심에는 마치 옥좌에 앉은 왕처럼 파이프 의자에 다리를 꼬고 거만하게 앉은 소녀가 있었다.

검붉은 색 액체(아마 포도 주스)가 담긴 와인 글라스를 기울이는 그 소녀는 다름 아닌 루나 아르투르였다.

"그건 그렇고…… 티켓 판매량은 어때?"

루나는 와인잔을 입가에 가져다대고 물었다.

"물론 매진입니다!"

"이번에는 가격을 꽤 높게 설정했습니다만, 판매량이 주춤하기는커녕 이건 기부라면서 오히려 날개 돋친 듯 더 빠르게 팔렸습니다!"

그러자 주위의 측근들 — 아마 학생회 임원들 — 이 저마다 기뻐하며 대답했다.

"훗…… 그렇다면 다음부터 특등석은 일반표의 세 배로 내놔도 팔리겠네!"

"예, 틀림없이 팔릴 겁니다! 다섯 배, 아니. 열 배도 가능할걸요?"

"케이 씨의 신도…… 팬들이라면 분명 얼마든지 열성적으로 돈을 내줄 겁니다!"

"아하하하하하! 역시 케이는 돈이 되는 나무야! 이렇게 유능한 《잭》을 보고 『꽝』이라니…… 펠리시아도 참 보는 눈이 없다니까~!"

루나는 속편하게 웃음을 터트렸다.

"이걸로 이 라이브가 끝날 때쯤에 케이가 차기 학생회장 선거에 도전하는 나를 어필해주고 팬들의 표를 확보하면 다음 학생회장 자리도 내 것⋯⋯. 크크크, 완벽해!"

"예, 완벽하고말고요. 아무튼 케이 씨의 리얼 라이브를 열 수 있는 건 루나 회장님이 이끄는 현 학생회 집행부뿐이니 말입니다. ⋯⋯으헤헤."

루나와 그녀의 추종자들은 누가 봐도 악당처럼 웃었다.

"⋯⋯그건 그렇고 루나 회장님. 축구부에서 사기 증진을 위해 케이 씨를 일일 매니저로 빌려달라고, 바닥에 고개를 조아리면서까지 한 요청은⋯⋯ 어쩌실 겁니까?"

"흥. 먼저 그쪽이 몇 표나 모을 수 있을지 제시하라고 해. 지난 달 농구부에 케이를 치어걸로 빌려준 대신 표를 얼마나 확보했는지 알려준 다음에."

"예! 그럼 바로⋯⋯."

'완전 악당 소굴이잖아⋯⋯ 싫다. 이런 학교⋯⋯.'

린타로는 뺨을 실룩거리며 게슴츠레한 눈으로 정재계나 예능계의 흑막 같은 대화를 듣고 있었다.

"응?"

"아."

그러자 마침 포도 주스를 쪽쪽 마시던 루나의 시선과 딱 마주쳤다.

"넌 어제 그……?!"

그제야 린타로의 존재를 눈치챘는지 학생회 멤버들의 호기심 어린 시선이 모이는 가운데, 루나가 그에게 달려왔다.

"오! 마가미 린타로. 너, 우리 학교였어?!"

"오늘부터. 나는 전학생이거든."

"그렇군. 그래서…… 깜짝 놀랐어!"

"놀란 건 나야. ……여러모로."

린타로는 무대 쪽을 힐끔 흘겨보았다.

『모두들~! 신곡, 어때~?☆』

"""최고야아아아아아아아아아아아아아아아아!"""

『그럼 다들, 내 매니저인 루나를 다음 학생회장으로 잘, 부, 탁, 해~!』

"""맡겨만 둬어어어어어어어어어어어어어어어어!"""

『흑…… 훌쩍. ……이런 치욕을…… 내 기사의 긍지는 죽었어. ……큭, 그냥 죽여.』

"""귀여워어어어어어어어어어어어어어어어어어!"""

그리고 귀를 틀어막은 뒤 인상을 찌푸리며 말했다.

"학교 꼴이 뭐 이래? 넌 이 학교를 대체 어쩌고 싶은 거야?"

"시끄럽거든? 난 학생회장…… 다시 말해, 이 학교의 왕이라구? 즉, 이 학교는 내 것. 내 소유물을 어떻게 하든 내 맘이잖아?"

하지만 루나는 전혀 개의치 않고 의기양양하게 웃으며 가슴을 폈다.

'이 녀석, 완전 꼴통이잖아. ……뭐 내가 남 말할 처지는 아니지만.'

린타로는 두통이 나기 시작했다.

"으음. 뭐, 그건 됐어. 이 학교가 어떻게 되든 나하곤 관계없는 일이니까."

그리고 사고를 전환한 뒤 루나를 똑바로 응시했다.

"그럼, 이쯤에서 잠깐 **이쪽** 비즈니스 이야기를 해보는 건 어때?"

"……!"

린타로가 싸늘하게 웃자 루나의 표정이 약간 날카로워졌다.

"내가 이렇게 전학생 신분으로 이 학교에 온 이유……《킹》인 네 앞에 나타난 이유는…… 말하지 않아도 알겠지?"

"응, 당연하지. 마가미 린타로!"

루나도 입가를 끌어올리며 린타로를 마주보았다.

"훗…… 눈치가 빨라서 다행이군."

루나의 반응에 린타로는 씨익 웃었다.

뒷세계를 살아온 자들 특유의 공감대가 형성되기 시작한 순간—.

"너, 내 하인이 되려고 온 거지?"

루나가 당당하게 가슴을 펴고 엉뚱한 소리를 지껄였다.

"응? ……으응?"

린타로는 영문을 몰라 눈을 깜빡거릴 수밖에 없었다.

"역시 난 카리스마가 넘치니까 말야! 첫눈에 굴복해서 하인으로서 몸도 마음도 바치고 싶어진 마음은 이해해! 하하~ 카리스마가 넘치는 것도 참 곤란하다니까~!"

그런 영문을 알 수 없는 말을 지껄인 루나는 파이프 의자를 끌고 와 린타로 앞에 세워두더니 그 위에 다리를 꼬고 털썩 앉으며 등을 한껏 젖힌 후—

"주종 관계를 맺는 의식이야. 핥아."

의기양양한 얼굴로 신발을 신은 발을 린타로에게 내밀었다.

"……"

"훗, 뭐 해? 널 내 하인으로 삼아주겠다고 하잖아? 자, 린타로…… 내 앞에 부복하고 신발을 핥……."

"으라차아아아아아아아아아아!"

린타로는 손에 든 가방을 루나의 면상을 향해 있는 힘껏 집어던졌다.

타악!

가방에 맞은 충격을 이기지 못한 루나의 몸이 뒤로 기울고 바닥에 엎어졌다.

"아야! 무, 무슨 짓이야?! 이 무례한 인간!"

"시끄러어어어어! 무례한 게 대체 어느 쪽인데?! 넌 왜 그렇게 자연스럽게 거만한 거야? 바보 아냐? 정신 나갔어?"

루나와 린타로는 서로의 양손을 움켜잡고 지근거리에서

서로를 노려보며 위협했다.

그 순간이었다.

"아주 잘 말했어요! 전학생!"

패기 넘치는 목소리가 울려 퍼지는 동시에 학생 집단이 달려와 루나와 린타로를 포위했다.

그들의 앞에 서 있는 건 딱 봐도 고지식해 보이고 건강한 미모의 여학생이었다. 팔에는 『선도부』라는 완장을 차고 있었다.

"루나 아르투르는 이 학교의 질서를 어지럽히는 악이에요! 그녀를 섬겨선 안 됩니다! 자, 우리와 함께 싸우죠! 전학생!"

"컥?! 미모리 츠구미?! 또 성가신 녀석이 왔잖아?!"

그러자 츠구미라 불린 소녀가 눈살을 찌푸리고 루나를 검지로 척 겨누었다.

"루나 양! 저건 대체 뭐죠?! 저런 교내의 풍기를 현저하게 어지럽히는 추잡한 쇼는!"

"뭐? 평범한 선거 활동이거든? 보면 알잖아? 이제 곧 다음 학생회장 선거니까."

"어, 디, 가 선거 활동이라는 거예욧! 애초에 당신, 저 쇼로 대체 얼마나 수익을 올린 거죠?! 그건 당연히 교칙 위반……."

"아하하하하하! 바보구나, 츠구미! 내가 바로 교칙이거든?"

"큭! 학교 상층부가 약점을 잡힌 탓에 아무도 당신의 말을 거스르지 못한다지만! 이런 짓이 정말로 허용될 거라고 생각하는 건가요?! 전 절대로 인정 못 하거든요?!"

"앗. 이거 완전히 악의 독재자 vs 정의의 레지스탕스라는 구도구만."

린타로는 어처구니가 없는 목소리로 중얼거릴 수밖에 없었다.

"에잇, 더는 대화 따윈 필요 없습니다! 오늘이야말로 오랏줄을 받으시죠! 당신은 지금까지 저지른 수많은 죄의 대가로 반드시 학생 지도실에서 반성문을 써줘야겠어요!"

"뭐?! 당연히 싫거든?! 그 말대로 했다간 학생회장 자리에서 쫓겨나잖아? 빨간 줄이 그어진 학생은 회장이 될 수 없는걸!"

"그게 목적이라구요! 당신 같은 막나가는 바보녀를 학생회장 자리에서 쫓아내고 이 학교의 질서를 바로잡기 위해서예요!"

"훗, 바보네. 아직도 모르는 거니? 이 학교의 왕은 이 루나 아르투르 단 한 명뿐! 지금도! 그리고 앞으로도!"

"에잇, 문답무용! 모두들 절 따르세요!"

"""우오오오오오! 폭군을 몰아내자아아아아아아아아아!"""

츠구미를 선두로 그녀를 따르는 학생들이 일제히 루나를 향해 쇄도했다.

"에잇, 제군! 막아! 막으라고오오오오오오오오오!"

"""다드으으으으을! 우리의 왕을 지키자아아아!"""

"""저 불경한 반역도들을 해치워어어어어어어어어!"""

그리고 루나를 앞세운 학생회 임원들과의 충돌이 시작되었다.

"""우리는 루나 회장을 지지한다아아아아아아아!"""

"""이 모든 건 우리의 케이 양을 위해애애애애!"""

거기에 케이 경의 열광적인 팬들도 가세한 결과 앞뜰은 질풍노도 아비규환의 지옥도로 변모하고 말았다.

"……대체 뭐냐고. 이 학교는……."

너무나도 처참한 그 꼬락서니에 린타로가 무심코 진지한 표정을 지은 순간—.

"아하하. 이 학교의 풍물시……랄까?"

뒤에서 누군가가 말을 걸었다.

린타로가 고개를 돌리자 그곳에는 한 여학생이 서 있었다.

"처음 뵙겠습니다. ……으음, 분명…… 마가미 린타로, 군이었지?"

린타로는 고개를 갸웃거리며 인사하는 소녀를 본 순간, 무심코 영혼을 사로잡혔다.

인형처럼 청초하고 가지런한 외모. 하지만 투명할 정도로 부드러운 미소가 그녀가 살아있는 인간이라는 사실을 강하게 체감시켰다. 헤어밴드로 정돈한 긴 머리카락은 윤기 있는 칠흑색. 블랙 다이아몬드처럼 커다란 눈망울. 화사하고 가련한 몸을 형성하는 피부는 도자기처럼 매끄러웠고, 언뜻 보이는 목덜미가 자못 위태로운 매력을 자아내고 있었다.

뚜렷한 이목구비를 보아하니 아무래도 서양인의 피가 약간 섞인 듯했지만, 그 소녀에게는 완벽한 일본 미인이라 표현해도 될 법한 압도적인 청초함과 아름다움이 내재되어 있었다.

"저기…… 넌?"

"나유키. 후유세 나유키. 학생회 서기야."

자신의 이름을 나유키라 밝힌 소녀가 살포시 웃고 고개를 숙였다.

차가운 느낌의 이름과는 반대로 마치 봄바람 같은 훈훈한 모습이었다.

"린타로 군은 본토에서 온 전학생이지? ……놀랐어?"

"어, 놀랐어. ……이쪽이 놀라게 해주려고 했는데."

린타로는 눈앞에서 펼쳐지는 난투 소동을 게슴츠레한 눈으로 흘겨보며 말했다.

"놀라게 해?"

"아, 아니. 미안. 너랑은 상관없는 이야기야."

린타로는 고개를 젓고 말을 이었다.

"그건 그렇고 이 학교는 대체 뭐야? 다들 잘도 저런 폭거를 용납하네?"

"아하하, 그건…… 루나 양이 이러니저러니 해도 학생들의 지지를 받고 있어서야."

"지지? 저걸……? ……농담이지?"

"응. 일부는 저런 식으로 루나 양에게 반발하는 사람들도 있지만, 학교 전체를 놓고 보면 지지자가 더 많아."

"……괜찮은 거야? 이 학교."

"루나 양은 성적이 우수하고 운동 신경도 뛰어난 데다 학생회장으로서 세운 실적도 많거든. ……예를 들면, 학생들 사이에서 불평이 많았던 학생식당 메뉴를 개선하거나, 여학생에게 심한 성희롱을 한 교사를 탄핵해서 학교에서 쫓아내거나, 즐거운 이벤트를 잔뜩 기획했어."

나유키는 당시를 그리워하는 얼굴로 즐겁게 말했다.

"물론 루나 양은 딱히 모두를 위해 뭔가를 하려고 했던 건 아니야. 그저 본인이 맛있는 걸 먹고 싶어서, 성희롱 교사가 맘에 안 들어서, 소란을 피우고 싶어서 그렇게 했을 뿐. 하지만 그녀가 사리사욕으로 일을 저지르면 결과적으로는 다들 행복해지는…… 그런 신비한 사람이거든."

"……."

그 순간, 어째선지 린타로가 갑자기 입을 다물었다.

"어, 린타로 군? 저기…… 혹시 내가 기분 상할 이야기를 한 걸까?"

"아니. 아무것도 아냐."

린타로는 기분을 전환하듯 고개를 세차게 저었다.

"그건 그렇고 넌 루나한테 꽤 호의적이네? ……저 녀석들만큼은 아니지만."

""""우오오오오! 우리는 루나 님의 방패애애애애애!""""

그리고 몸 바쳐서 루나를 지키는 학생들을 흘겨보았다.

"그건…… 후훗. 루나 양의 우리의 은인이니까."

"……?"

린타로가 다시 시선을 돌렸지만 나유키는 따스한 눈으로 루나가 날뛰는 모습을 바라보고 있었다.

그래서 별 생각 없이 이유를 물으려 한 그때였다.

"린타로 군. ……루나 양을 앞으로 잘 부탁할게."

그녀가 갑자기 묘한 말을 꺼냈다.

"뭐? 어째서? 난 저 녀석이랑 만난 지 얼마 안 된 사이거든?"

"왠지 루나 양이…… 린타로 군을 굉장히 맘에 들어 한 것처럼 보였거든."

"뭐? 날?"

"응. 실은 엄청 보기 드문 일이야. 루나 양이 직접 다른 사람을 하인으로 삼겠다는 말을 꺼내는 건. 기본적으로 그녀는 타인에게 자기 뜻을 강요하지 않는 사람이니까."

"흐음~?"

하지만 그 말을 들은 린타로는 저쪽도 자신에게서 이용가치를 발견한 것이라 판단했다. 아무래도 어젯밤에 힘을 보여준 게 효과가 있었던 모양이다.

'뭐, 됐어. 처음부터 한 방 먹긴 했지만, 내가 할 일은 변함없어. 하지만 상황을 봐선 아무래도 루나 녀석과 그 이야

기를 나누는 건 방과 후로 미뤄야겠군······.'

린타로는 몰래 메마른 미소를 지었다.

그 후 린타로는 학교 사무실에서 적당히 전학 수속을 마쳤다.

그리고 곧장 예정대로 2학년 C반 교실로 가게 되었다.

"자, 그럼 오늘부터 너희 새 학우가 된 마가미 린타로 군이다. ······너희들, 사이좋게 지내라? 그럼 마가미. 자기소개를 부탁하마."

늘씬하고 큰 키와 안경이 특징인 2학년 C반의 담임 쿠조의 말을 듣고 린타로는 교단에 섰다.

"아~ 마가미 린타로입니다. 앞으로 잘 부탁드립니다. 출신은······, 취미는······."

그리고 정해진 이벤트를 치르며 교실 전체를 둘러보았다.

'과연 국제학교군······. 일본인과 외국인의 비율은 대충 반반 정도인가······.'

린타로는 적당하고 무난하게 자기소개를 하면서 속으로 그런 생각을 했다.

"앗?!"

예정대로 교실 뒤쪽에는 루나가 있었다. 그녀는 린타로와 시선이 마주치자마자 마치 마음에 든 장난감을 발견한 어린애처럼 눈을 반짝였다.

"……?!"

자세히 보니 교복을 입은 케이 경도 이 반 학생에 섞여 있었다.

아마 루나가 자신의 호위로서 곁에 두기 위해 주위에 암시 마법을 걸어서 학생으로 위장시킨 게 아닐까.

아무래도 어젯밤의 일이 있었기 때문인지 케이 경은 노골적으로 경계심을 드러냈다.

하지만 린타로는 그것을 태연히 무시하고 다른 면면들을 확인했다.

'……어라?'

그러자 마침 예상치 못한 얼굴이 눈에 들어왔다. 후유세 나유키도 이 반 학생이었나 보다.

그녀는 시선이 마주치자 부드럽게 미소 지으며 가볍게 고개를 끄덕여 인사했다.

'뭐, 아무래도 상관없지만. 루나 말고는 딱히 관심도 없고.'

린타로는 관심을 끊고 자기소개를 마쳤다.

"……그러니 앞으로 잘 부탁합니다~."

역시 무난하게 인사한 뒤 마무리를 짓자 교실 여기저기서 드문드문 박수소리가 들렸다.

"그건 그렇고 마가미…… 너도 참 골치 아픈 반으로 전학을 와버렸구나."

그러자 담임인 쿠조가 린타로의 어깨를 두드리며 동정하

는 목소리로 말했다.

"이미 알고 있을지도 모르지만…… 이 반은 우리 학교 최고 문제아가 있는 곳이라…… 늘 소동이 일어나는 발생지이기도 해."

"예에?! 쿠조 선생님, 그게 대체 누굴 말씀하시는 건가요~?"

"너다, 너! 너 때문에 내가 얼마나 고생하는지 알아?!"

루나가 뻔뻔하게 손을 들고 발언하는 것을 본 쿠조는 어처구니가 없는 얼굴로 외쳤다.

"뭐, 루나뿐만이 아니지. 무슨 영문인지 이 학교에는 문제 있는 인물들만 모여들어서……."

"아…… 그런가요?"

솔직히 전혀 관심도 없었지만 린타로는 일단 맞장구를 쳤다.

"그래. 이 학교가 처음인 넌 앞으로 지내면서 당황할 일도 많을 거다. 하지만 만약 곤란한 일이 있다면 사양하지 말고 나에게 상담하러 와. 최대한 힘이 돼줄 테니까."

"아하하하하하하! 쿠조 선생님도 참! 착한 것도 그 정도면 병이거든요?!"

루나가 그렇게 놀리자 다른 학생들도 따라서 웃음을 터트렸다.

"너희들은 진짜…… 뭐, 됐다. 아무튼 마가미와 사이좋게 지내도록. 마가미도 오늘부터 이 반의 일원이니까 말이다."

아마도 이런 게 이상적인 반의 모습이 아닐까.

루나를 포함한 이 반 학생들은 담임인 쿠조를 나름대로 신뢰하고 있는 것 같았고, 쿠조도 입으로는 문제아반이라고 투덜대면서 뒤에서는 학생들을 세심하게 돌봐주는 타입인 모양이었다.

'평범한 전학생이었다면 잘 적응할 수 있을 것 같다고 안심할 상황이겠지만…… 나하고는 관계없는 일이지.'

린타로는 눈앞의 광경을 마치 딴 세상일처럼 바라보았다.

그러자 지금까지 걸어온 인생의 궤적이 불현듯 머릿속에 떠올랐다.

—웃기지 마. ……넌 대체 뭐야?

—거, 거짓말이지……? 나한테는 축구밖에 없는데……!

—그토록 열심히 공부했는데…… 늘 놀기만 한 이런 자식에게 지다니……!

—똑같은 인간인데 너랑 난 왜 이렇게 차이가 나는 거냐고!

—괴물 자식. 넌 우리와 다른 존재야. 인간이 아니라고.

—아아…… 지금까지의 내 인생은 대체 뭐였던 거지?

—너…… 너 따윈 이 세상에 태어나지 않았으면 좋았을 텐데……!

눈앞의 화기애애한 광경은 지금까지의 인생에서 단 한 번도 끼어들 수 없었던 광경이기도 했다.

'흥…… 이쪽 세계에는 더는 아무것도 기대 안 해. ……지금까지 대체 몇 번이나 기대를 배신당한 줄 알아?'

린타로는 고개를 흔들어서 억지로 짜증스러운 기억을 떨쳐냈다.

'좀 괜찮다 싶으면 금방 날 괴물 취급하고 따돌리는 **이쪽** 세계 따윈 이제 아무래도 상관없어. ……아무래도 상관없다고.'

그리고 멍하니 그런 생각을 하며 지정된 자리로 이동했다.

…………

루나 아르투르는 아무래도 꽤 인기가 많은 학생인 모양이었다. 주위에 늘 사람이 끊이지 않는 그녀는 다양한 의미로 이 학교의 중심인물이었다.

어쨌든 아무도 없는 곳에서 루나와 단둘이 계승전에 관한 이야기를 하고 싶었던 린타로는 전학생에게 흥미를 드러내며 말을 걸어오는 학생들에게 무난하게 대응하고 지루한 수업을 작업처럼 담담하게 소화했다.

그동안 린타로는 그저 눈에 띄지 않도록 얌전히 있었다. 답답함을 필사적으로 참고 성격을 죽이며 아무런 특기도 개성도 재미도 없는 무난하고 평범한 학생을 연기했다.

모든 일에 진짜 실력을 발휘하지 않았다.

그 덕분인지 학생들은 점점 관심을 잃었고 곧 린타로는 반의 풍경 일부로 녹아들 수 있었다.

이걸로 됐다. 주위의 관심을 적게 받을수록 앞으로 편해질 테니까.

하지만 4교시 때 그 사건이 일어나고 말았다.

오늘 4교시 수업은 수학이었다.

교단에 선 수학 담당 교사는 스도 타카시. 머리카락이 약간 후퇴하기 시작한 중년 남자였다.

"음~ 애들아, 그럼 바로 수업을 시작하마~."

친근한 말투와는 반대로 약간 신경질적인 느낌이 드는 스도의 첫마디를 기점으로 수업이 시작되었다.

그리고 수업이 진행될수록 교실의 분위기는 나락으로 떨어졌다.

"하아, 수준이 낮구만. 너희들, 이런 문제도 못 풀어?"

빈정거림이 가득한 스도의 목소리가 고요해진 교실 안에 울려 퍼졌다.

조금 전부터 담담하게 진행된 스도의 수업은 아무튼 질이 나빴다.

학생들을 이해시키려는 배려심이 전혀 없었다.

심지어 풀게 시키는 것도 이리저리 꼬인 음험한 문제들뿐이라 풀어봤자 학생들 본인에게는 아무런 도움이 되지 않았다. 명백히 학생들을 괴롭히는 것만이 목적인 악질적인 문제들뿐이었다.

"너희들, 제대로 공부하긴 하는 거냐? 안 하지? 내가 젊을 때는 좀 더 필사적으로 공부했는데, 요즘 젊은 애들은 고작 이것밖에 안 되나 보네~."

스도의 말투는 친근했지만 그 이면에서는 더러운 품성이 느껴졌다.

"젠장…… 대체 뭐냐고. 저 문제는."

"어째선지 못 풀겠어……. 언뜻 보기엔 쉬워 보이는데……."

하지만 풀지 못하는 건 사실이라 학생들은 작은 목소리로 투덜댈 수밖에 없었다.

스도는 그런 학생들을 둘러보며 음험하게 비웃었다.

'옳거니. 문제 있는 인물이 많은 학교라 이건가…….'

스도의 수업을 적당히 흘려듣던 린타로는 어느 정도 납득한 듯 코웃음을 쳤다.

"스도 선생님은, 저기…… 이 학교에 최근에 부임하신 선생님인데…… 원래는 수학자가 되려고 했지만, 꿈을 이루지 못하고 어쩔 수 없이 교사가 된 분이야."

그러자 왼쪽 옆자리에 앉은 나유키가 작은 목소리로 말을 걸어왔다.

"그래선지 마치 화풀이라도 하는 것처럼 수업 시간마다 학생들을 괴롭히니까 얼마 전에 루나 양이 수학 문제 대결로 스도 선생님께 완승을 거둔 적이 있거든. ……그 후로 스도 선생님은 루나 양이 있는 우리 반을 마치 원수처럼 여기

시는 것 같아."

"……진짜 속 좁은 인간이구만."

그저 한숨밖에 나오지 않았다.

지금 스도가 칠판에 적어둔 수학 문제는 루나에게 창피를 주려고 필사적으로 고안한 문제이리라.

'뭐, 어떤 의미로는 반칙이지. ……저 문제는.'

린타로는 스도가 낸 수학 문제에 숨겨진 악의를 한눈에 간파했다.

하지만 아무래도 상관없었다. 이 반에도, 수업에도 전혀 관심이 없었다.

그렇게 린타로가 한숨 자려고 눈을 감으려 한 순간이었다.

"자, 그럼 루나 아르투르 군…… 너라면 이 문제를 풀 수 있을까?"

스도가 이 순간을 기다렸다는 듯 칠판에 적힌 문제를 분필로 가리키며 린타로의 바로 앞자리에 앉은 루나를 지명했다.

"……."

루나는 입을 다문 채 일어나 그 문제를 지그시 바라보았다.

하지만 그녀의 입이 열리는 일은 없었다.

'……그야 당연하겠지. 아무리 루나가 성적이 뛰어나도 저 문제는 못 풀어.'

린타로가 관심 없다는 듯 하품을 삼킨 그때―.

"잠깐만요! 스도 님!"

케이 경이 더는 못 참겠다는 듯 자리에서 벌떡 일어나 루나를 감싸기 시작했다.

"저, 저는…… 이 시대의 수학은 잘 모르겠지만…… 그게 정말 제대로 된 문제인가요?! 저에게는 뭔가 악의가 있는 걸로밖에 보이지 않습니다만!"

"어? 그렇게까지 말하는 거야? 너무하네. 너, 네 머리가 나빠서 못 푸는 걸 내 탓으로 떠넘기다니…… 이러니까 방임주의 세대는……. 부모한테 대체 어떤 교육을 받은 거야?"

"뭐요?! 제 아버지를…… 엑터를 모욕하시는 겁니까?!"

케이 경은 이 자리에 검이 있었으면 바로 뽑아서 베어버리지 않았을까 싶을 정도로 격노했다.

"케이…… 좀 참아."

"큭……."

하지만 루나가 끼어들자 분한 얼굴로 물러났다.

"스도 선생님?"

그리고 루나는 다시 스도를 돌아보더니 뻔뻔한 얼굴로 씨익 웃고 이렇게 말했다.

"실망이네요. ……설마 그런 수준의 문제밖에 못 내시는 건가요? 세계의 최첨단을 달리는 이 국제학교에서 근무하는 교사라면 좀 더 수준이 높을 줄 알았는데 말이죠."

"뭐라고?!"

그 순간, 스도뿐만 아니라 교실 전체가 눈을 부릅뜨며 들썩였다.

"여, 역시 루나! 저런 문제도 풀 수 있는 거야……?"

"아니, 잠깐! 아무리 루나라도 저 문제는 무리잖아!"

"하, 하지만, 혹시 루나라면……."

학생들은 불안과 기대가 뒤섞인 시선으로 루나를 주목했다.

'흥…… 허세군.'

하지만 린타로는 졸린 눈을 문지르면서 속으로 단언했다.

저건 고등학생 수준으로는 절대로 풀 수 없는 문제다. 사전에 조사한 루나의 경력에 따르면 그녀의 학력이 매우 우수한 건 사실이지만, 그래봤자 고등학생의 범주에 불과했다.

그건 스도도 잘 알고 있으리라.

"이, 입으로는 무슨 말을 못 하겠어!"

루나의 도발에 스도는 관자놀이에 힘줄을 세웠지만 흥분하지 않고 받아쳤다.

원래 끓는점이 낮은 성격일 텐데도 아직 화를 내지 않는 것을 보아하니 자신이 만든 문제에 어지간히 자신이 있는 모양이었다.

"어쩔 수 없네요. 그럼 멋지게 풀어드릴게요. 비참한 인생의 패배자인 당신이 실패를 인정하지 못하고, 재출발도 하지 못하는 딱한 겁쟁이가 주제에 자기보다 약하다고 판단한 사람들을 괴롭히고, 업신여기고 싶어 하는 저열하기 짝이 없는 승인 욕구와 자기만족…… 겉으로만 내세울 수 있는 아무 의미도 가치도 없는 우월감과 자존심을 채우려고 치명적으로 부족한 머리를 필사적으로 쥐어짜고 굴려서 만든 문제가 얼마나 보잘 것 없고, 수준 낮은 문제인지. 당신이 인생의 귀중한 시간을 얼마나 쓸데없는 짓에 낭비한 건지……지금부터 그걸 증명해드리죠."

하지만 루나는 주먹으로 한 대 치고 싶어지는 의기양양한 얼굴로 말을 쏟아냈고, 결국 스도는 폭발하기 직전이었다.

"……라고 제 뒷자리에 있는 마가미 린타로 군이 그랬어요. 스도 선생님."

루나는 뒤에 있는 린타로를 태연하게 가리킨 뒤 다시 자리에 앉았다.

"이야~ 아까부터 뒤에서 계속 좋알거리는 게 신경 사나워서…… 스도 선생님. 얘 좀 어떻게 해주세요!"

"……뭐?"

어안이 벙벙한 린타로에게 반 전체의 시선이 모였다.

"지, 진짜야……?"

"농담이지……? 저런 문제를 쉽게 푼다고……?"

"저 전학생, 대체 정체가 뭐지……?"

"아, 아니. 잠깐 기다려 봐. 나는……."

예상치 못한 사태에 쩔쩔매는 린타로의 시야에 갑자기 루나가 살짝 뒤를 돌아보고 히죽 웃는 모습이 들어왔다.

'세, 세상에…… 이 녀석, 날 희생양으로 삼은 거야?!'

상상을 뛰어넘는 루나의 만행에 린타로는 현기증을 느낄 수밖에 없었다.

"호, 호오~? 아무래도 이번 전학생은 꽤 우수한 학생인가 보네……?"

그러자 이번에는 스도가 관자놀이에 시퍼렇게 힘줄을 세우며 린타로를 노려보았다.

'아니, 이 상황에서 그 말을 믿는 거냐고! 저 인간, 진짜 바보 아냐?! ……이걸 어쩌면 좋지?'

상황이 번거로워질 것 같은 예감에 린타로가 머리를 긁적이며 한숨을 내쉰 순간이었다.

"풀 수 있지?"

머리 뒤로 깍지를 낀 루나가 린타로에게만 들리는 목소리로 말을 걸었다.

"어엉?"

"난 무리야. 하지만 난 알아. ……풀 수 있잖아? **너라면.**"

린타로는 입을 다물었다.

"어명이야. ……나 대신 풀어."

그 말은 린타로의 능력에 대한 확신이었을까. 아니면 도발이었을까.

어째서 루나가 그렇게 단언하는지는 알 수 없었다. 알 수 없었지만…….

'어차피 난 《아서 왕 계승전》에 참가하기 위해 루나의 진

영에 들어갈 예정이었잖아? 주도권을 잡으려면 여기서 무능한 모습을 보여줄 수는 없겠지.'

린타로는 어디까지나 자신이 가장 우선해야 할 목적을 위해 그 도발에 응해주기로 했다.

"예, 별것 아닙니다. 그 정도 수준의 문제라면."

그리고 귀찮다는 듯 느릿느릿하게 자리에서 일어났다.

"정말로? 그럼 어서 풀어볼래? 자, 빨리 칠판 앞으로 나와! 어서!"

린타로는 스도의 분노와 굴욕이 뒤섞인 미소를 무시하고 생각에 잠겼다.

'이거 참, 실력을 드러내서 눈에 띄는 건 싫은데 말이지. 아무튼⋯⋯.'

─웃기지 마. ⋯⋯넌 대체 뭐야?

─거, 거짓말이지⋯⋯? 나한테는 축구밖에 없는데⋯⋯!

─그토록 열심히 공부했는데⋯⋯ 늘 놀기만 한 이런 자식에게 지다니⋯⋯!

─똑같은 인간인데 너랑 난 왜 이렇게 차이가 나는 거냐고!

─괴물 자식. 넌 우리와 다른 존재야. 인간이 아니라고.

─아아⋯⋯ 지금까지의 내 인생은 대체 뭐였던 거지?

─너⋯⋯ 너 따윈 이 세상에 태어나지 않으면 좋았을 텐데⋯⋯!

'아무튼…… 난 **지나치게 유능하니까** 말야. 실력을 드러내서 좋은 꼴을 당한 기억이 없으니까.'

그리고 머릿속을 스쳐지나가는 지긋지긋한 기억들을 억지로 떨쳐내고 그 자리에서 대답했다.

"극값 후보는 둘. α특이점$(1,-1)$의 극소점이자 극솟값은 -2. β특이점$(3,2)$의 극소점이자 극솟값은 1. 그리고 말러의 정리를 이용하면 극값 후보를 하나 더 찾을 수 있지만…… 아마 댁이 상정한 답은 이 두 개겠죠. ……제 말이 틀립니까?"

"아, 힌트 정도는 줄게. 먼저 이 식을…… 어?"

희희낙락한 얼굴로 칠판에 뭔가를 쓰려 한 스도가 그 자리에서 굳어버렸다.

그리고 방금 들은 말을 이해하는 동시에 안색이 빠르게 창백해졌다.

교실 안의 학생들은 린타로가 내놓은 해답을 전혀 이해하지 못했지만 스도의 표정을 보고 그것이 정답이라는 것을 눈치챘다.

"스도 선생님. 그 문제는 『다변수 함수의 극값 판정』. 언뜻 보기엔 고등학교 수학처럼 꾸며냈지만, 명백히 대학 과정에서나 배우는 고등 수학이잖아요? 애초에 이건 최근에 논문으로 발표된 라셈 행렬이라는 새로운 개념을 모르면 절대로 풀 수 없는 문제예요. 제가 보기엔 도저히 저희 같은 고등학생이 풀 만한 문제가 아닌데 말이죠. 까놓고 말해 어른스럽지 못하시네요."

"어, 어, 어어어……."

스도는 넋을 잃은 얼굴로 잠시 몸을 떨었다.

"어, 어떻게……? 네가 고등 수학을 마스터했다고 쳐도…… 어떻게 이 문제를 그렇게 쉽게…… 식도 세우지 않고 한눈에 풀 수 있는 거지?"

"글쎄요?"

린타로는 더는 할 말이 없다는 듯 자리에 앉았다.

하지만 체면을 왕창 구긴 스도는 물러서지 않았다.

"아, 아하하…… 린타로 군. 아무래도 넌 수학을 꽤 잘하는 모양이네. 그럼 네가 어느 정도 수준인지 내가 한 번 시험해볼까?"

스도는 굳은 얼굴로 애써 미소를 짓고 허세를 부렸다.

"후우…… 더 하자고요? 좀 참아주시죠……."

이렇게 해서 스도는 칠판에 계속 문제를 써가며 린타로에게 정답을 요구했다.

전부 루나에게 창피를 주기 위해 열심히 만든 함정 문제들이었다.

이젠 숨길 생각도 없는지 완전히 고등학교 범위를 뛰어넘은 난해한 문제들뿐.

"그 선형대수 편미분 방정식의 극한 근사치는 $3n$이네요."

"헉?!"

하지만 린타로는 모조리 간단하게 풀어버렸다.

전부 암산으로 푼 건지 식을 쓰거나 고민하는 눈치조차 없었다. 문제가 점점 더 어려워졌지만 정답을 말하는 린타로의 입은 멈추지 않았다.

"내가…… 그, 그토록 열심히 고안한 문제를…… 이렇게 쉽게……?"

린타로가 문제를 쉽게 풀어버릴수록, 가끔 자신의 예상을 뛰어넘는 훌륭한 해답이 나올수록 스도는 절절이 통감할 수밖에 없었다.

수학이라는 분야에서 그와 자신 사이에 존재하는 압도적인 격의 차이를. 과거에 수학자를 꿈꾸었던 그의 앞을 가로막았던 천재들을 아득히 뛰어넘는 절대적인 벽을.

학생들은 그저 입을 떡 벌린 채 그런 두 사람의 모습을 지켜볼 뿐.

스도는 이래 봬도 수학자가 되고자 했던 자신의 마지막 자존심을 걸고 자신이 만든 가장 어려운 문제들을 적었지만, 전부 헛수고로 끝나고 말았다.

"……이상으로 제시된 세 개의 3차원 유클리드 부분집합은 그 (i) 및 (ii) 및 (iii)의 전제 조건하에 동치 관계다. ……이상, 증명 끝."

그리고 수업 시간 막바지에 이르러서 린타로가 시시한 표정으로 그렇게 대답한 순간—.

"마, 말도…… 안 돼……."

스도는 힘없이 그 자리에 무릎을 꿇을 수밖에 없었다.

"응? 벌써 끝이에요? 기껏해야 아직 대학원 졸업 논문 수준의 문제잖아요? 적어도 수학자를 목표로 삼은 사람이 고작 이 정도일 리 없을 텐데요?"

"기, 기껏해야……? 고작……?"

린타로의 무심한 한 마디에 스도는 가슴속에서 뭔가가 꺾이는 소리를 들었다.

그리고 마치 그런 그를 구원하듯 수업 종료를 알리는 종소리가 들렸다.

"……으……아……아아……."

스도가 마치 몽유병 환자 같은 비틀거리는 걸음걸이로 교실을 나갔지만 움직이는 사람은 아무도 없었다.

""""……""""

무거운 침묵이 교실 안을 지배했고 저마다 린타로를 주목했다.

옆에서 보기엔 참 통쾌한 광경이었을 터.

학생이 성질 나쁜 교사에게 한 방 먹이는 속 시원한 광경이었을 터였다.

"……저, 저 녀석. 대체 뭐야……?"

"괴, 굉장해! 굉장하긴 하지만……."

"……아무래도 좀 이상하지 않아? 정말 우리랑 같은 고등학생 맞아?"

"아니…… 혹시 천재 아닐까?"

"즉, 지금까지 힘을 숨기고 있었다는 거야……?"

하지만 놀라움과 찬사뿐만 아니라 그 뒤에 숨겨진 짙은 당혹스러움이 고스란히 드러나는 시선들이 린타로를 주목하고 있었다.

하지만 린타로에게는 지긋지긋하기 짝이 없는 시선들이었다.

경험으로 알고 있었기 때문이다. 저 놀라움과 찬사 뒤에 숨겨진 『감정』이 언젠가 반드시 질투와 두려움으로 바뀌어서 자신을 배척할 거란 사실을. 자신을 괴물 취급하며 멀리하게 될 거란 사실을…….

'제길, 저질러 버렸구만…….'

린타로는 속으로 짜증스럽게 혀를 찼다.

그렇다. 돌이켜보면 그의 인생은 늘 이런 식이었다.

수학뿐만이 아니었다. 모든 학문, 모든 스포츠, 모든 분야에서 린타로는 타의 추종을 불허하는 능력을 보일 수 있었다.

어떤 사정으로 인해 선천적으로 타고난 인간을 초월하는 탁월한 능력.

아무런 노력도, 고생도 필요 없이 늘 온갖 분야에서 필사적으로 노력하는 사람들을 아득히 뛰어넘는 결과를 내고만다. 린타로는 평범한 천재나 신동의 영역과 개념을 가볍게 무너트리는 존재였던 것이다.

덕분에 어릴 때부터 늘 배척받고 괴물 취급을 당해왔다. 현생의 친부모조차 두려워하고 멀리했기에 린타로는 집을 나올 수밖에 없었다.

인간의 영역을 벗어난 치트 능력을 가졌다고 찬양과 찬사를 받을 수 있는 건 장르 문학 세계관 속에서 뿐. 실제로는 이물질에 대한 배척이 일어나는 게 현실이었다.

'이거 참…… 또 한동안 평범한 학생 연기에 전념해야겠네.'

오로지 힘을 숨기고, 마음을 죽이고, 그늘 속에서 숨죽인 채—.

진심으로 숨이 막힐 것 같은 답답한 생활을 보내면서—.

미칠 듯이 지루하고 시시한 이 세상을 살아갈 수밖에 없었다.

'하지만 이젠 아무래도 상관없어.'

그렇다. 린타로는 **이쪽 세계**에는 더 이상 기대를 품지 않았다.

원하는 것은 **저쪽 세계**. 애초에 자신은 《아서 왕 계승전》에 참가하기 위해 이 머나먼 인공섬까지 온 게 아니었던가.

이 학교에는 루나와 접촉하려고 온 것뿐, 딱히 즐거운 학창 생활을 원한 건 아니었다. 양떼 속에 섞인 늑대는 그저 늑대일 뿐이다.

"에휴."

린타로가 주위의 시선을 피하려고 책상 위에 엎드려 자려 한 순간이었다.

"풉…… 큭큭……."

앞자리의 루나가 갑자기 어깨를 들썩이기 시작했다.

"아하하하하하하하하하하하하하하하하하하하하!"

그리고 벌떡 일어나더니 더는 못 참겠다는 듯 크게 웃음을 터트렸다.

루나의 그 갑작스러운 행동에 같은 반 학생들은 물론이고 린타로조차 깜짝 놀라서 눈을 휘둥그레 뜨며 그녀를 바라보았다.

그러자 한차례 웃은 그녀는 린타로를 돌아본 후—.

"내 말대로 됐지? 린타로!"

엄지를 척 세우면서 한여름의 태양처럼 활짝 웃었다.

"뭐어?"

린타로와 주위의 학생들은 영문을 몰라 입을 떡 벌릴 수밖에 없었다.

"얘들아, 내 말 좀 들어봐. 실은……."

그리고 루나가 책상 서랍에서 종이를 한 무더기 꺼내 머리 위로 뿌리자, 종이다발— 복사용지가 교실 여기저기로 하늘하늘 흩어졌다.

전부 백지였다. 그 복사용지에는 아무런 글자도 인쇄되지 않았다.

"뭐야 이건……?"

"……응? 이, 이건……?!"

하지만 그 백지를 받아든 학생들은 어째선지 저마다 눈을 부릅뜨며 경악했다.

"야, 루나. 이거 설마……."

"맞아! 방금 수업에서 스도 선생님이 냈던 문제와 해답이야!"

루나는 자신만만한 얼굴로 선언했다.

"스도 선생님이 나한테 복수하려고 어려운 문제를 준비했다는 건 학생회 정보망으로 파악해두고 있었거든! 그래서 스도 선생님의 PC에서 미리 문제를 훔친 뒤 복사해둔 거야!"

'이 녀석……!'

린타로는 뺨을 실룩이며 속으로 신음을 흘렸다.

'【눈속임】 마법을 썼구나!'

마법이란 『언령』으로 세계에 말을 걸어서 술자의 꿈과 소원을 현실에 반영시키는 힘이다.

그리 특수한 힘은 아니다. 『강하게 소원을 빌면 반드시 이루어진다』……과학과 문명이 발달하기 전에는 누구나 가질 수 있는 힘이라 수십 년 전만 해도 마법을 쓸 수 있는 사람은 발에 채일 만큼 많았었다.

하지만 현대인의 인식이 《의식의 장막》에 갇힌 탓에 지금은 마법사의 수가 격감한 상태였다. 가끔 어린아이들이 신비한 힘을 발휘하거나 현실에 존재하지 않는 것을 보는 경험을 하게 되는 정도였다.

모두가 이젠 마법 같은 건 세상에 존재하지 않는다는 현실을 받아들이고 희망을 품지 않게 되었기 때문이다.

그런 마법 중 하나인 【눈속임】은 인간의 인식을 조작하는 마법이다.

저쪽 세계에서는 기초 중의 기초에 해당하는 마법이고 현재 린타로가 허리에 찬 검을 아무도 눈치채지 못하는 것도 그 【눈속임】의 효과 덕분이었다.

루나는 그 【눈속임】을 써서 새하얀 백지에 마치 스도의 문제와 해답이 적혀 있는 것처럼 학생들의 인식을 조작한 것이다.

'【눈속임】 같은 초보 마법은 당연히 나랑 케이 경 같은 **저쪽 세계**의 주민에게는 거의 통하지 않지만⋯⋯.'

"여, 역시 대단하군요! 루나! 설마 그런 대책을 세워두고 있었다니! 그 빈틈없는 일처리에 전 크게 감복했습니다!"

"흐흥~ 좀 더 칭찬해봐! 케이!"

'⋯⋯【눈속임】 같은 초보 마법은 당연히 **나** 같은 저쪽 세계의 주민에게는 거의 통하지 않지만⋯⋯.'

얼굴에서 표정을 싹 지운 린타로는 주위에 있는 학생들의 상태를 살폈다.

"그, 그럼⋯⋯ 마가미가 문제들을 쉽게 풀었던 건⋯⋯."

"그래, 루나와 한패라 그랬던 거구나! 어쩐지!"

이쪽 세계의 주민인 학생들에게는 절대적인 효과를 발휘했다.

린타로가 그 어려운 문제들을 풀 수 있었던 건 전부 루나 덕분이라는 거짓말을 아무도 의심하지 않았다.

그런 가운데, 갑자기 루나가 린타로의 옆으로 오더니 어깨동무를 했다.

"사실 얘는 내 소꿉친구거든! 이 학교에서 운명적으로 재회한 셈이랄까?"

"뭐어?! 너, 그게 무슨…… 으읍?!"

루나는 그게 대체 무슨 소리냐며 눈을 부릅뜨는 린타로의 입을 어깨에 걸친 손으로 틀어막은 후 학생들에게 속사포처럼 말을 쏟아냈다.

"어릴 때는 둘이서 같이 잔뜩 장난을 치고 다닌 사이였는데…… 내가 이번에 스도 선생님에게 한 방 먹일 작전을 세우고 있는 걸 보더니 재밌겠다면서 껴달라고 하더라구! 내말이 맞지? 린타로!"

그리고 씨익 웃으면서 린타로에게 동의를 구했다.

린타로가 대체 무슨 속셈인지 몰라 입을 다물어버린 그때였다.

"흐응, 소꿉친구였구나……. 어쩐지 호흡이 잘 맞는 콤비다 싶었어."

"이야~ 스도의 그 넋 나간 얼굴은…… 정말 걸작이었지!

나이스, 마가미!"

"그건 그렇고 루나는 진짜 빈틈이 없구나~."

"응, 과연 루나야! 이 학교는 이상한 선생이 많으니까……
역시 루나처럼 수완 좋은 녀석이 학생회장인 게 딱 좋은 것
같아!"

그리고 학생들의 그런 대화를 들은 루나는 잽싸게 자기
PR을 시작했다.

"그치? 그치? 그런 고로 항상 학생들의 편이자! 강자를
굴복시키고 약자를 지키는 정의의 학생회장 루나 아르투르
를 아무쪼록 차기 학생회장으로 잘 부탁해!"

"아하하하하하! 좋아! 맡겨만 둬!"

"응. 다음 학생회장 선거에선 너한테 표를 던질게!"

그런 루나를 중심으로 학생들이 왁자지껄하게 떠드는 한
편—.

'이, 이 녀석…… 결국 전부 자기 공적으로 삼아버렸잖
아?! 자기한테 이득이 되는 부분만 쏙 빼갔어?! 진짜 뭐 이
런 녀석이 다 있지?! 보통 이렇게까지 하냐고!'

린타로가 전율하고 있자 루나가 불현듯 작은 목소리로 말
을 건넸다.

"……린타로. 너한테 할 말이 있어."

"……?!"

"오늘 방과 후에 옥상으로 와. ……반드시. 알겠지?"

일방적으로 말한 루나는 그대로 의기양양한 걸음걸이로 떠나갔다.

"앗?! 자, 잠깐만요! 루나! 마가미 린타로와 소꿉친구라니, 그게 대체 무슨……!"

그러자 케이 경이 마치 충견처럼 그 뒤를 따랐고 학생 일부도 추종자들처럼 우르르 몰려갔다.

"……흥."

그런 루나의 뒷모습을 지켜보던 린타로는 코웃음을 쳤다.

저쪽에서 먼저 말을 꺼냈지만 이건 이것대로 나쁘지 않은 상황이었다.

'그건 그렇고…… 내가 빌붙으려고 한 녀석은 예상보다 터무니없는 여자였군.'

잉글랜드의 시골 귀족 아르투르가(家)의 세상 물정 어두운 아가씨인 줄로만 알았는데 의외로 만만찮은 소녀였다.

'젠장. 내가 이런 실수를. 방금 그건 완전히 한 방 먹었어…….'

이제 와서 돌이켜보면 스도가 갑자기 린타로로 표적을 바꾼 부자연스러운 행동도 루나가 암시 마법을 썼기 때문일지도 몰랐다.

아무튼 이렇게까지 누군가에게 휘둘린 건 처음이었다.

능력으로만 따지면 루나는 틀림없이 린타로보다 부족했다.

하지만 그녀는 오히려 그 점을 이용해서 화려하게 판을 뒤집었다.

이번 사건으로 C반 학생들은 분명 루나를 바닥을 헤아릴 수 없는 흑막으로, 그리고 린타로를 그녀의 손바닥 위에서 놀아난 조수 포지션으로 보게 됐으리라.

'칫, 맘에 안 드는군. ……주도권을 뺏기는 건 역시 맘에 안 들어.'

하지만 곧 린타로는 자신에게 향하는 시선이 평소와는 다르다는 것을 눈치챘다.

"이봐, 마가미. 앞으로도 루나의 파트너 역할, 기대할게."

"하하하! 저 녀석의 뒤치다꺼리를 하는 건 힘들겠지만, 그래도 소꿉친구니까 힘내 봐!"

확실히 결과만 놓고 보면 무심코 실력을 드러내는 바람에 교실 안에서 붕 뜨게 될 뻔한 린타로를 루나가 감싸준 걸로 볼 수도 있었다. 어디까지만 결과만 놓고 보면의 이야기지만…….

—그녀가 사리사욕으로 일을 저지르면 결과적으로는 다들 행복해지는…… 그런 신비한 사람이거든.

불현듯 오늘 아침 나유키가 한 말이 떠올랐다.

"흥. 설마 그럴 리가……. 루나가 **그 녀석**도 아닌데……."

린타로는 그렇게 혼잣말을 하고 자리에서 일어났다.

그리하여 방과 후.

카멜롯 국제학원의 널따란 옥상에는 린타로의 모습이 있

었다.

그는 옥상을 빙 둘러싼 철책에 등을 기댄 채 하늘을 올려다보며 루나를 기다리고 있었다.

그렇게 얼마나 오랫동안 기다렸을까.

이윽고 녹슨 쇠가 마찰하는 소리가 주위에 울려 퍼졌다.

학교 건물에서 옥상으로 이어지는 출입구가 열린 것이다.

그 문 너머에는 루나가 서 있었다.

"홋…… 기다렸지?"

그리고 린타로 앞으로 성큼성큼 걸어오더니 자신만만하게 가슴을 폈다.

"응! 왕보다 확실히 먼저 약속 장소에 와 있다니, 아주 좋아! 자, 그럼 시간이 아까우니까 바로 이야기를…… 어? 왜 그래? 린타로."

하지만 곧 린타로의 상태가 이상하다는 것을 눈치챘다.

철책을 움켜잡은 린타로의 손이 쉴 새 없이 덜덜 떨리고 있었다.

"린타로? 그 손은 왜 그래? 혹시 병? 잠깐만, 그럼 어서 병원에 가보는 편이……."

루나가 당황한 순간―.

"……언제…… 거야……?"

린타로가 작은 목소리로 중얼거렸다.

"응? 뭐? 잘 안 들리거든?"

"사람을 대체 언제까지 기다리게 하는 거냐고! 이 멍청아아아아아아아아아아!"

린타로는 눈물이 그렁그렁한 얼굴로 루나의 멱살을 확 움켜잡고 목이 찢어져라 고함을 내질렀다.

그러고 보니 주위는 이미 완전히 해가 저물어서 깜깜해진 한밤중이었다.

"아! 미안, 미안! 실은 준비하느라 시간이 좀 걸렸거든! 아주 『살짝』 늦어졌지 뭐야! 에헷☆"

"이건 『살짝』 수준이 아니잖아! 아무리 세간의 차가운 시선에 익숙해진 나라도 약속장소에서 바람맞는 건 못 견딘다고! 이 망할 자식아!"

"뭐야. 약속대로 왔잖아? 하! ……속 좁은 남자네."

"늦, 었, 거, 든?!"

루나는 완벽히 지각한 주제에 당당했다. 아니, 뻔뻔했다.

지금까지 린타로는 다양한 타입의 인간들을 자기 페이스로 끌어들여서 농락해왔지만 이 루나라는 소녀 앞에서는 번번이 죽을 쑤기 일쑤였다.

"아, 됐어! 아무튼 너! 나한테 할 이야기가 있다고 했지?!"

"뭐, 그렇지."

"우연이네. 나도 너한테 할 이야기가 있어!"

"……흐응? 그래? 그렇구나."

루나는 다 알고 있다는 듯 차갑게 미소 지었다.

"그래. 아무튼 어제 그런 일이 있었으니 우리가 나눌 이야기라곤 어차피 하나밖에 없잖아?"

"맞아. 이 타이밍에 우리가 나눌 이야기라면…… 그것밖에 없겠지."

서로를 견제하듯 사납게 웃었다.

그리고 린타로는 선수를 취하려는 것처럼 단도직입적으로 말했다.

"루나. 나도, 너희가 이제부터 시작할 《아서 왕 계승전》에서……."

한 몫 거들게 해달라고 말하려 한 그때—

"바라는 대로! 너한테 내 하인이 될 권리를 줄게!"

루나가 영문 모를 소리를 자못 당연한 것처럼 지껄이는 바람에 린타로는 눈을 휘둥그레 뜨고 침묵할 수밖에 없었다.

"알아, 다 안다구! 린타로!"

루나는 그런 린타로의 반응을 개의치 않고 단숨에 말을 쏟아냈다.

"넌 진정한 왕인 내 하인이 되고 싶은 거지?! 하지만 쑥스러워서 무심코 내 제안을 거절했던 걸 엄청 후회했던 거지?! 괜찮아! 다 알고 있으니까! 아랫것들의 그런 츤데레스러운 태도를 이해해주는 것도 왕의 그릇……."

그리고 부랴부랴 어디선가 파이프 의자를 가져와서 그 위에 철푸덕 앉은 뒤 오만하게 다리를 꼬고 허리를 젖혔다.

"그런 고로. 자, 주종 관계를 맺는 의식이야. 핥으렴."

우쭐한 표정으로 신발 한쪽을 린타로에게 내미는 루나.

"으라차아아아아아아아아아아아아!"

하지만 린타로는 루나가 앉은 파이프 의자의 다리를 확 움켜잡고 인정사정없이 뒤집어버렸다.

"꺄아아아아아아아아아아아아악?!"

루나의 몸이 그대로 바닥을 데굴데굴 굴렀다.

"아, 아프잖아~! 이게 무슨 짓이야?! 린타로는 바보바보!"

"닥쳐어어어어어어! 야, 너! 이 타이밍에 왜 그 소리가 나오는 건데?! 내가 하고 싶은 이야기는 그게 아니라고!"

"어? 아냐? 거짓말~."

루나는 놀란 얼굴로 눈을 크게 떴다.

"뭐야~ 시시하게시리~. 흐응~? 뭐, 됐어. 조만간 반드시 네 쪽에서 내 하인으로 삼아달라는 말이 나오게 해줄 테니까."

그리고 더는 할 말이 없다는 듯 등을 돌리고 옥상 출입구를 향해 걸어갔다.

"어, 어딜 가는 거야?! 부탁이니까 제 이야기 좀 들어주세요! 제발!"

린타로는 황급히 루나의 어깨를 붙잡고 제지했다. 역시 이번에도 결국 루나의 페이스에 완전히 말려든 모양이었다.

"내가 하고 싶은 이야기라는 건 당연히 《아서 왕 계승전》에 관한 거야! 나를 네 진영에서, 그 싸움에 참가하게 해줘!"

그 말을 들은 순간, 루나의 걸음이 우뚝 멈추었다.

"《아서 왕 계승전》은 열한 명의 《킹》들에 의한, 이 인공섬 어딘가에 숨겨진 아서 왕의 4대 지보를 건 쟁탈전이야! 규칙은 지극히 간단! 먼저 네 개를 전부 모은 《킹》의 승리! 하지만 《킹》끼리 직접 싸워서 상대방을 죽이거나 지보를 뺏는 것도 가능해! 오히려 4대 지보가 전부 무대로 드러난 후반전에는 《킹》끼리 격돌할 수밖에 없어! 너도 알잖아? 킹인 너에게는 『전력』이 필요하다는 걸!"

"……."

"루나. 날 네 진영에 넣어줘. 그러면…… 내가 널 승자로 만들어줄게."

린타로가 거만한 태도로 자신만만하게 말한 순간이었다.

『기다려주세요, 주군!』

갑자기 어디선가 늠름한 여성의 목소리가 울려 퍼졌다.

그리고 루나가 목에 건 『돌』 펜던트가 빛나기 시작했다.

동시에 허공에 『문』이 열리더니 루나의 《잭》인 케이 경이 긴 푸른머리를 나부끼며 루나의 앞에 상쾌하게 착지했다.

……이상할 정도로 노출이 심한 간호사 복장을 입은 채.

"……저 꼴은 또 뭐야?"

"하하, 이 학교는 알바 OK라 참 다행이지 뭐야~. 덕분에 군자금 모으기도 순조로운 거 있지?"

루나는 진지한 얼굴로 경악한 린타로에게 쑥스럽게 웃으

며 대답했다.

"너, 자기 《잭》한테 대체 무슨 알바를 시키는 거야?"

"루나! 그, 그런 남자를 신용해선 안 됩니다!"

케이 경은 부끄러움을 얼버무리려는 듯 더더욱 필사적인 기세로 루나에게 청원했다.

"……《원탁의 파편》인가."
_{라운드 프래그먼트}

린타로는 루나의 목에 걸린 돌 펜던트를 힐끔 쳐다보고 중얼거렸다.

아서 왕을 계승하고자 하는 《킹》들은 저마다 하나의 『돌』을 소지하고 있다.

그 돌의 명칭은 《라운드 프래그먼트》. 아서 왕과 그의 부하인 원탁의 기사들 중에서도 특히 서열이 높은 열두 명의 기사에게만 자리가 허락된 『원탁』의 파편이다.

각 《킹》은 자기 몸에 흐르는 아서 왕의 피와 《라운드 프래그먼트》를 촉매로 삼아 캄란 언덕에 잠든 원탁의 기사를 《잭》으로서 현세에 소환할 수 있다. 그렇게 소환된 《잭》은 가혹한 계승전에서 이겨나가기 위한 중요한 전력이었다.

그리고 아서 왕이 앉은 제1석과 『위험한 자리』인 제13석을 제외한 제2석부터 제12석에 대응하는 열한 개의 《라운드 프래그먼트》가 실존했다.

"그랬군. 원탁의 제3석 케이 경. 아서 왕의 젖형제. 그녀가 네 《잭》이었던 거군, 루나."

린타로는 창피한 듯 몸을 꼬는 케이 경을 누군가를 그리워하는 눈으로 바라보았다.

하지만 케이 경은 노골적인 경계심과 적의를 드러내며 노려보았다.

"펠리시아 님께 한 방 먹인 무위…… 확실히 당신은 일반인은 아닌 것 같습니다. 하지만 그러하기에 더더욱 수상해요! 대체 왜 우리한테 접근한 거죠?!"

"하긴, 그렇겠지? 왜 일부러 **최약의 아서 왕 계승 후보자**인 너희들에게 접근한 건지…… 보통은 의심하는 게 당연하겠지?"

린타로가 빈정거리듯 대답한 순간, 케이 경의 눈이 날카롭게 분노로 타올랐다.

"야야, 화내지 마. 내가 아니야. 그 망할 호수의 귀부인들이 그렇게 떠들고 다녔다고. 하지만 뭐…… 그런 평가를 받은 이유는, 너희도 알고 있겠지?"

린타로는 어깨를 으쓱이고 담담한 목소리로 말했다.

"이 계승전의 승패를 정하는 건 각 《킹》들이 소지한 엑스칼리버의 성능…… 그리고 그 《킹》의 부하인 《잭》의 실력이야."

엑스칼리버란 그 먼 옛날 아서 왕 본인도 사용했던 『왕의 검』의 총칭이다.

이 계승전에 참가하는 《킹》은 호수의 귀부인들로부터 한 사람당 한 자루의 엑스칼리버를 받았다. 또한 그 엑스칼리버들은 《킹》의 본질을 반영해 제각기 다른 형상을 띠고 있다고 한다.

"그런데도 너희 진영의 엑스칼리버는 능력 발동 조건이 최악인 쓰레기 검인 데다 지금은 팔아버린 상태지. 하물며 《잭》은 케이 경…… 이런 소릴 하는 건 미안하지만, 아서 왕의 부하 중에선 최약의 기사잖아."

"제, 제가 최약의 기사라고요?! 당신, 절 우롱하는 겁니까?! 전 다고넷 경보다는 강했다고요! 취소하세요!"

"다고넷 경은 궁정 광대잖아. ……본인이 말하고도 부끄럽지 않아?"

케이 경이 분한 얼굴로 눈물을 글썽이며 몸을 부들부들 떨었지만 린타로는 게슴츠레한 눈으로 태클을 걸었다.

"뭐, 됐어. 아무튼 미리 말해두지만…… **난 강해.**"

린타로는 자신 있게 웃으면서 루나에게 말했다.

"내가 네 진영에 가세하면 네 전력은 껑충 뛰어오를 거야. 전혀 승산이 없었던 너희들의 싸움에 승기가 보이기 시작하겠지. ……어때? 날 네 진영에 받아주는 건? 내가 널 이기게 해줄게, 루나."

"흐응? 그래서? 결국 넌…… 정체가 뭔데?"

그러자 루나는 눈을 가늘게 뜨고 조용히 되물었다.

"어쩐지 내 엑스칼리버에 관한 것도 알고 있는 모양이고."

"내 정체 같은 건 아무래도 상관없잖아? 네 엑스칼리버에 관한 건…… 호수의 귀부인들에게 좀 들었을 뿐이야."

"네 목적은? 어째서 굳이 가장 불리한 내 진영에 붙으려는 거지? 무슨 꿍꿍이인진 모르겠지만, 이기고 싶은 거라면 더 유리한 진영들도 있잖아?"

루나가 그렇게 질문한 순간—.

"……재밌을 것 같아서야."

린타로는 처절하게 웃으며 숨기지 않고 대답했다.

"어차피 내가 붙는 진영이 이길 게 뻔해. 그럼 가장 우승 배율이 낮은…… 최약의 진영에 붙는 편이 재밌겠지. ……내 말이 틀려?"

"무슨……!"

그 말을 듣고 케이 경은 아연실색할 수밖에 없었다.

오만불손. 천상천하 유아독존. 신조차 두려워하지 않는 거만함. 마가미 린타로라는 소년은 마치 그런 개념들이 옷을 입고 걸어 다니는 듯한 존재였던 것이다.

"난 말야…… 지루해. 이 세상이."

린타로는 갑자기 검을 뽑아 들었다.

"요즘 『전생해서 치트 능력을 받고 무쌍을 찍는 이야기』가 유행하지? 내가 실제로 그 케이스인데…… 더럽게 지루하더라. 아무런 삶의 보람도, 달성감도 느껴지지 않아. 이런 건 살아있는 시체나 다를 바 없다고."

어젯밤에도 봤던 린타로의 쌍검 — 왼쪽은 지팡이 속에

숨겨진 직도, 오른쪽은 장검 — 이 달빛을 반사해 불길하게 번뜩였다.

"하지만…… **이쪽 세계**에서라면 조금은 사는 게 즐거워질지도 몰라. ……안 그래?"

그리고 검을 바닥에 늘어트린 채 압도적인 위압감과 투기를 퍼트리자, 루나와 케이 경은 온몸에서 솜털이 곤두서는 것을 느꼈다.

"다시 한 번 말할게, 루나. 날 네 진영에 넣어줘. 내 목숨을 널 위해 쓰게 해. ……싫다면 강제로라도 승낙하게 해주지."

"큭…… 본성을 드러냈구나! 속물……!"

동시에 케이 경의 모습이 눈부신 빛에 감싸였다.

하늘로 치솟은 빛의 입자가 몸에 달라붙더니 검을, 갑옷을, 서코트(Surcoat)를 형성했다.

마나를 승화시킨 《오라》를 물질화해서 기사의 무장을 현현시킨 것이다.

"너 같은 무례한 놈이 우리의 신성한 계승전을 더럽히게 둘 수는 없다!"

눈 깜짝할 사이에 늠름한 여기사의 모습으로 변신한 케이 경은 린타로에게 검을 겨누고 대치했다.

"호오? 해보겠다고? ……좋아. 내 힘이 어느 정도인지 보여줄 좋은 기회군."

하지만 린타로는 아무렇지 않은 태도로 사납게 웃었다.

그야말로 일촉즉발의 상황. 더는 충돌을 피할 수 없으리라.

그런 전투의 예감이 극한까지 고조된 순간, 갑자기 루나가 린타로를 향해 태연히 걸음을 옮기기 시작했다.

"……엥?"

이 긴박한 분위기 속에서 너무나도 무방비하게 검의 간격 안으로 들어온 탓인지 린타로와 케이 경은 어안이 벙벙한 얼굴로 전혀 반응하지 못했다.

그리고 곧 루나는 린타로의 어깨를 가볍게 두드린 후 망설임 없는 목소리로 선언했다.

"채용."

린타로는 혹시 잘못 들은 게 아닐까 싶어 눈을 깜빡거렸다.

"참 나! 린타로, 너도 참 솔직하지 못한 어린애네!"

하지만 루나는 그 반응을 완전히 무시하고 헤벌쭉 웃었다.

"요컨대, 그거지? 결국 내 하인이 되고 싶다는 뜻이지? 이해했어!"

"……응?"

"알았어, 채용! 린타로, 널 내 가신으로 삼아줄게! 나도 마침 널 가신으로 삼고 싶었던 참이거든! 그럼 얼른 주종 관계를 맺는 의식부터 치러야겠네!"

신이 난 루나가 또 어디선가 파이프 의자를 꺼냈다.

"아, 아니거드으으으으으으으으으으으으으으으은?!"

"잠까아아아아아아아아아아아아아아아안!"

린타로와 케이 경이 동시에 절규했다.

"그러니까, 대체 왜 이야기가 그렇게 되는 거냐고! 네 머릿속엔 대체 뭐가 든 거야?!"

"안 됩니다, 루나! 이런 척 봐도 수상하고 뭔가 변변찮은 일을 꾸미고 있을 법한 중2병 환자를 가신으로 삼는 건! 이 언니는 결단코 인정 못 해요!"

그리고 동시에 따지고 들었다.

"에~? 그치만 린타로…… 넌 내 진영에서 싸우고 싶은 거지? 나에게 승리를 바치려고. 날 진정한 왕으로 만들려고. 그것도 자기 목숨조차 도외시할 각오로."

"그, 그건 그렇다만……."

"그럼 즉, 내 가신이 되겠다는 소리잖아. 그것도 엄청 충성심이 높은."

"……응? 그, 그런가? 난 사실 네 가신이 되고 싶었던 건가? 어? ……나도 이제 뭐가 뭔지 잘 모르겠네?"

"그리고 케이 경. 린타로는 언뜻 보기엔 오글거리는 사람이지만…… 아무래도 힘은 진짜인 것 같고, 무엇보다 재밌는 녀석이잖아!"

"……재, 재미요……?"

"그치만 앤 진심인걸? 진심으로 『재밌을 것 같다』는 이유만으로 이 싸움에, 우리 진영에 참가하려는 거잖아? 이런 『재밌는 녀석』이 세상에 또 어딨겠냐구!"

"아, 아니…… 저기, 루나? 그건 그냥 정신이상자인 게……."

"흐흥~! 왕의 그릇이라면 역시 이런 야생마 같은 인재도 제 손발처럼 다룰 수 있어야겠지?! 뭐, 진정한 왕인 나라면 완전 여유겠지만!"

루나는 자랑스럽게 가슴을 펴고 웃었다.

그 너무나도 천진난만한 모습에 린타로와 케이 경의 몸에서 자연스럽게 독기가 빠져나갔다.

"젠장. 겁을 줘서 주도권을 잡으려고 했는데, 어째 생각대로 안 풀리는구만. 이제 됐어. 네 진영에서 싸우게 해준다면 가신이든 뭐든 맘대로 불러."

"후우~ 뭐랄까…… 루나. 역시 당신은 **그 아이**를 닮았네요. ……**그 아이**도 『재밌을 것 같다』는 이유만으로 온갖 괴짜와 기인들을 자기 부하로 삼은 아이였죠."

이 순간만큼은 감상이 일치했는지 린타로와 케이 경은 동시에 깊은 한숨을 내쉴 수밖에 없었다.

그리고 케이 경은 루나를 똑바로 바라보며 진지하게 말했다.

"루나. 이건 당신의 싸움이에요. 그게 당신이 원하는 바라면…… 전 더 이상 참견하지 않겠습니다. 저는 당신을 섬기는 기사로서, 당신의 뜻을 받아들일 뿐."

"케이 경……."

"……저는 정말로 글러먹은 기사였습니다. 결국 동생을…… 아서를 지키지 못했죠. 모든 것이 시작된 그날, 그 아이가 『돌에 꽂힌 선정의 검₍엑스칼리버₎을 뽑았을 때도……. 원탁의 종언지인……
그 파멸의 캄란 언덕에서도."

"……."

"그러니 이번에야말로 지킬 겁니다. 제가 캄란 언덕에서
당신의 부름에 응한 건 오로지 그것만을 위해서일 뿐. ……그
탓에 당신은 최약의 패를 뽑아버린 걸지도 모르겠지만요."

그렇게 말한 케이 경은 이번에는 린타로에게 시선을 돌렸다.

"똑똑히 들으세요, 마가미 린타로. 어떤 이유가 있든 앞으
로 당신이 루나에게 해를 끼친다면 전 이 목숨을 걸고서라
도 당신을 벨 겁니다. 설령 힘이 미치지 못하더라도. ……이
말 만큼은 기억해두시길."

"응, 명심해둘게. 다른 그 누구도 아닌 당신의 경고라면 더
더욱."

"흐, 흐음……?"

의외로 고분고분한 린타로의 반응에 뜻밖이라는 표정을
지었던 케이 경의 모습이 갑자기 빛의 입자로 변하더니 밤
의 어둠속으로 사라졌다. 소환이 해제돼서 있어야 할 곳으
로 귀환한 것이리라.

그리고 케이 경이 사라지는 모습을 끝까지 지켜본 린타로
는 루나를 돌아보았다.

"자, 그럼 폐하? 《아서 왕 계승전》은 어젯밤부터 시작된
셈인데…… 중요한 4대 지보 퀘스트는 아직 하나도 뜨지 않

앉고 언제 뜰지도 모르는 상황이야."

"맞아. 지금은 아직 다른 《킹》들이 과연 어떤 식으로 움직일지…… 대체 누가 《퀸》일지…… 이런저런 정보를 수집하거나 방침을 세우기 위한 유예기간이라는 거겠지."

"그럼 우린 어떻게 할까?"

린타로는 약간 목소리 톤을 낮추고 물었다.

"퀘스트가 발표되고 지보 쟁탈전이 본격화되기 전에 할 수 있는 일은 얼마든지 있어. 다른 《킹》들의 움직임을 살펴도 되고, 일시적으로 동맹을 맺을 상대를 찾아도 되고, 방어를 굳히고 철저하게 방관해도 돼. 반대로 조금이라도 배율을 떨어트리기 위해 적극적으로 다른 《킹》들에게 싸움을 걸어서 일찍 퇴장시켜도 돼. 뭣하면…… 암살도 가능하겠지."

"……."

"자, 루나? 어떡할래? 네 방침을 말해봐. ……뭐, 어떤 방침을 세우든 네 승리를 위해 내가 최대한 공헌해줄 테니까."

그러자 루나는 보기 드문 진지한 눈으로 린타로를 응시하면서 말했다.

"그래. 지금 꼭 해야만 하는 중요한 일이 있긴 해. ……이 싸움에서 이기려면."

"흐응?"

뜻밖의 대답에 린타로는 입가를 끌어올렸다.

"린타로. 바보 움직이자. ……지금 당장."

그렇게 결단을 내린 루나의 눈동자에서는 그야말로 지배자다운 당당하고 날카로운 품격이 느껴졌다.

"좋네. 적극적인 게 완전 내 취향이야. ……그래서? 구체적으로 뭘 어쩔 건데?"

"린타로. 외부인이었던 넌 아직 모를 테지만……."

루나는 반색하는 린타로에게 낮은 목소리로 대답했다.

"이 《아서 왕 계승전》에서 이기려면 반드시 확보해둬야 할 중요한 『정보』가 있어. 오늘 밤에 우린 그걸 접수하러 갈 거야. ……괜찮겠지?"

"호오? 그런 게 있다고? ……좋아. 그렇게 하자."

루나가 세운 방침을 들은 린타로는 무척 유쾌하게 웃었다.

제3장 고독한 마인과 한밤중의 태양

루나가 린타로에게 제안한 것은 어떤 시설의 잠입 임무였다.

그곳에 중요한 『정보』가 숨겨져 있다고 한다.

루나가 어디선가 가져온 시설의 내부도와 정보를 기반으로 치밀하게 작전을 세운 두 사람은 바로 행동을 개시했다.

하수도를 통해 지하에서 목표 시설에 침입한 후 천장 위의 통기구를 포복전진하면서 신중하게 나아갔다.

이윽고 통기구 안에서 격자망을 떼고 아래쪽 공간으로 착지했다.

주위를 확인해보니 앞뒤로 길게 뻗은 복도였다.

곳곳에 있는 비상등 조명만이 흐릿하게 비추는 어두운 공간 속에서 두 사람은 서로 시선을 나누고 고개를 끄덕인 후 소리 없이 달리기 시작했다.

시계로 시각을 확인하고 머릿속에 있는 이 시설 내의 경비원 배치와 순찰 루트를 대조해서 절대로 마주치지 않을 루트를 골라 재빨리 건물 안을 이동했다.

이윽고 두 사람은 목표인 방의 문 앞에 도착했다.

문 옆에 있는 카드 리더기에 카드키를 인식시켜야 열리는 카드락 방식의 문이었다.

"훗, 어설퍼."

하지만 루나는 어디선가 입수한 카드키를 리더기에 긁었다.

그러자 삐~ 하고 작은 전자음이 들리는 동시에 리더기의 붉은색 램프가 녹색으로 변하며 싱겁게 보안이 해제되었다.

"……준비성이 좋구만."

린타로는 바로 문을 열고 실내로 재빨리 몸을 날렸다.

수많은 책상과 의자, PC, 프린터, 세단기가 늘어서 있는 사무실 같은 방이었다.

그리고 가장 안쪽에는 금고 하나가 떡 하니 존재감을 자랑하고 있었다.

"린타로, 저 금고야."

근대적인 사무실과는 어울리지 않는 구식 다이얼 금고였다.

전자 금고와 달리 심플하기 그지없는 물리적 방어 구조라, 크래킹 같은 뒷기술이 통하지 않아서 오히려 더 열기 어려운 물건이었다. ……원래대로라면.

"아쉽지만, 내 정보망을 구사해도 이 금고의 번호만은 알 수 없었어. 린타로, 열 수 있겠어?"

"하! ……누구한테 하는 소리야?"

린타로는 서늘하게 웃으며 금고의 다이얼 옆에 귀를 가져다댔다.

그리고 다이얼을 좌우로 대충 돌리기 시작했다.

다이얼 회전의 미묘한 소리 변화를 물리적으로 확인해서 번호를 찾으려는 것이다.

두세 번 다이얼을 돌린 린타로는 재빠르고 정확하게 좌우로 눈금을 맞추었다. 그러자 곧 작게 띵 하는 소리가 들리더니 금고의 잠금이 풀렸다.

여기까지 작업시간은 고작 15초 남짓에 불과했다.

"엄청나다……."

린타로는 루나가 뒤에서 눈을 휘둥그레 뜨는 기척을 느끼며 금고 레버를 잡고 문을 철컥 열었다.

거창한 금고 안에는 어떤 서류가 담긴 A4용지 사이즈의 종이봉투가 끈으로 묶인 채 덩그러니 놓여 있었다.

"성공이야!"

금고 안에서 그 봉투를 꺼낸 루나가 내용물을 확인했다.

틀림없다. 이것이 바로 루나가 원했던 중요한 정보였다.

"응! 이겼어! 이 싸움! 네 덕분이야, 린타로!"

루나는 감격한 나머지 몸을 떨었다.

"……슬슬 알려주지 않을래? 그걸 대체 어디에 쓸 건지."

린타로는 팔짱을 낀 채 작은 목소리로 물었다.

지금 자신이 저지른 일에 대한 후회 때문일까, 아니면 두려움 때문일까. 그의 얼굴에는 비지땀과 동요가 고스란히 드러나 있었다.

"후훗. 혹시 너…… 쫀 거야?"

루나의 입이 어둠속에서 붉은 호선을 그리며 린타로를 비웃었다.

"의외로 소심하네? 늘 자신만만한 태도는 혹시 허세?"

그러자 린타로가 짜증스럽게 혀를 찼다.

"난 알려달라고만 말했거든? 대체 어디에 쓸 거냐고. 그……."

그리고 루나가 만족스러운 얼굴로 바라보는 서류 다발을 가리키고 외쳤다.

"그…… 이 학교의 중간고사 문제지를!"

린타로의 목소리가 주위로 썰렁하게 울려 퍼졌다.

"……."

"……."

잠시 침묵이 주위를 지배했다.

그렇다. 사실 두 사람이 마치 어떤 나라의 첩보원처럼 잠입한 이 시설은…… 그들의 모교, 카멜롯 국제학원의 교직원 건물이었다. 그리고 이 방도 평범한 직원실에 불과했다.

"이야~ 실은 요즘 학생회장인 내 지지율이 미묘하게 떨어졌거든. ……그 지긋지긋한 선도부 놈들의 네거티브 캠페인 때문에."

이윽고 루나가 띄엄띄엄 설명을 시작했다.

"오히려 왜 널 지지하는 인간이 있는 건지 모르겠다만…… 그래서?"

"뭐, 나도 이쯤에서 지지율을 회복시킬 기사회생의 수를 뒤볼까 했거든."

"흠흠."

"즉, 입수한 이 시험 문제 정보를 낙제 과목이 많아서 진급이 위태로운 학생이나 중요한 대회를 앞둔 운동부에게 흘려서 표를 끌어들이는 거지."

"……."

"다시 말해! 다음 학생회장 선거전에서의 내 승리는 이 시험 정보로 한층 더 굳건……."

파아아아아아앙!

무표정한 린타로가 노트로 루나의 머리를 후려치는 소리가 방 안에 울려 퍼졌다.

"아얏?! 와, 왕한테 이게 무슨 짓이야! 무엄하게! 이 무례한 인간!"

"닥쳐어어어어어어어어! 이게 어디가 「《아서 왕 계승전》에서 이기려면 반드시 확보해둬야 할 중요한 『정보』라는 건데?! 이 멍청아!"

"뭐, 뭐야! 중요하거든?! 진정한 왕인 내가 학생회장 자리…… 즉, 이 학교의 왕위에서 언제 밀려날지 모르는 불안한 상태라면 《아서 왕 계승전》에 집중할 수 없을 테니까!"

"그딴 건 아무래도 상관없잖아!"

"바보야! 이 작은 학교에서조차 왕이 못 됐는데 세계를 지배할 아서 왕을 자처할 수 있을 리 없잖아!"

"뭔가 정론을 들은 것 같은 기분도 들지만, 그거 완전히 억지 논리거든?!"

루나는 진지한 얼굴로 말했지만 린타로는 머리를 쥐어뜯으며 반박했다.

하지만 루나는 곧 천박하게 웃으면서 명령했다.

"자, 린타로. 얼른 문제를 촬영하고 튀자구? 큭큭큭 큭……."

"나…… 혹시 가세할 진영을 잘못 고른 걸까……?"

린타로가 한숨을 내쉬며 마지못해 스마트폰을 꺼낸 순간─.

띠리리리리리리리리리리리리리리리리리링!

고요한 어둠의 정적을 깨트리는 경보음이 갑작스럽게 울려 퍼졌다.

"어?! 뭐야?! 무슨 일이지?"

루나가 당황하는 한편, 복도 쪽에서 사람들이 몰려오는 발소리가 들렸다.

이윽고 직원실 문이 난폭하게 열리더니 수많은 사람이 안으로 우르르 몰려들었다.

"함정에 제대로 걸렸군요! 루나 양!"

그 집단의 선두에는 《선도부》 완장을 찬 소녀, 미모리 츠구미가 서 있었다.

"츠, 츠구미?! 대체 어떻게 여길?!"

"전부 당신을 붙잡기 위한 함정이었답니다!"

츠구미가 자랑스레 가슴을 펴고 선언했다.

"당신이 시험 문제를 노리고 직원실 주위의 냄새를 맡고 다닌 건 눈치채고 있었어요! 저희 선도부는 오히려 그 점을 이용해서 총력을 기울인 루나 포박 작전을 실행한 셈이죠!"

"뭐, 뭐야! 내, 내가 무슨 악당이라도 돼?!"

"두말할 것 없는 악당 맞잖아요!"

"그럼 아닌 줄 알았냐!"

츠구미와 린타로는 거의 동시에 태클을 걸었다.

"크윽?! 어쩐지 너무 쉽게 카드키를 입수했다 싶더니만⋯⋯ 내가 이런 실수를!"

"훗! 루나 양의 범죄 행위는 시설 내에 신규 도입한 마이크로 방범 카메라에 똑똑히 찍혔어요! 완벽한 증거인 셈이죠!"

'아, 미안. 선도부원 씨. 그 방범 카메라라면 내가 사전에 크래킹으로 전부 꺼놨어. 아마 아무것도 안 찍혔을 거야. 이럴 줄 알았으면 건드리지 말 걸 그랬네.'

린타로는 속으로 사죄할 수밖에 없었다.

"이젠 여기서 루나 양을 붙잡기만 하면 저희의 완전 승리! 폭군의 지배에서 이 학교를 해방하는 거예요!"

'부디 힘내십쇼. 압정에 대항하는 정의의 레지스탕스들에게 승리와 영광이 있기를.'

린타로는 속으로 응원할 수밖에 없었다.

"하지만 거기 계신 전학생 분은 안심하세요! 당신은 분명 루나 양이 협박해서 어쩔 수 없이 도운 것뿐이죠?! 예, 다 알고 있답니다!"

"아, 예. 실은 말씀하신 대룝니다. 제발 절 구해……."

린타로가 즉시 꼬리를 자르려 한 순간이었다.

"자, 이 상황을 어떻게 벗어나볼까? 내 충실한 가신인 린타로! 응? 어쩌지? 내 오른팔 린타로! 내 이번 계획에 가담한 린타로! 나한테 목숨을 바치겠다고 맹세한 충성심 두터운 운명 공동체 린타로!"

'이, 이 자식이……?!'

하지만 루나가 여봐란 듯이 동료 인증을 해서 퇴로를 차단해버리자 린타로는 관자놀이에 힘줄을 세울 수밖에 없었다.

"어? 전학생 분? 다, 당신 설마 정말로 루나 양과……?"

경악하여 몸을 떠는 츠구미 앞에서 루나는 요사스럽게 웃으며 린타로와 팔짱을 끼더니 당당하게 선언했다.

"당연하지! 얘랑 난 일심동체인 왕과 신하거든?! 얘는 나한테 충심으로 목숨을 바쳤고, 나도 그 충심에 보답하기 위해 목숨 걸고 싸울 거야! 우리는 더할 나위 없는……."

"뜨아아아아아! 이젠 그냥 그걸로 됐어! 그래! 나도 악의 축이라고! 악의 축!"

때려주고 싶다.

린타로는 옆에서 사악하게 웃는 루나를 그저 한 대 때려주고만 싶었다.

그리고 제정신을 차린 츠구미가 매정하게 선언했다.

"에잇! 어쩔 수 없네요! 여러분! 두 사람을 제압하세요!"

""""우오오오오오오오오오오!""""

츠구미를 시작으로 선도부원들이 일제히 고함을 지르면서 달려들었다.

"달아나자! 린타로!"

"치잇! 잡힐까 보냐아아아아아아아아아아아아아!"

루나와 린타로는 달려드는 학생들을 피하고, 급소를 찌르고, 다리를 걸어 대응했다.

"돌파 성공!"

그리고 바닥을 구르며 학생들 사이를 동시에 돌파한 두 사람은 그 자리에서 벌떡 일어나더니 쏜살처럼 달아났다.

"노, 놓쳤습니다! 츠구미 씨!"

"괜찮아요! 이 교직원 시설 곳곳에 이미 사람을 잔뜩 깔아뒀으니까요! 반드시 붙잡을 수 있을 거예요! 자, 여러분! 작전대로 가죠!"

일동은 츠구미의 지휘에 따라 루나와 린타로의 뒤를 쫓기 시작했다.

"야야, 루나! 너, 대체 교내에 적을 얼마나 만든 거야?!"

복도를 달리던 린타로가 뒤를 힐끔 훔쳐보며 외쳤다.

""""거기 서어어어어어어어어어어어어!""""

거친 고함 소리와 함께 학생들이 마치 해일처럼 밀려오고 있었다.

"크윽~! 왕에게 반역이라니, 저 불경한 놈들~!"

"왕이라기보다 마왕이잖아! 그럼 저 녀석들은 용사겠네!"

만난 지 얼마 안 됐는데도 벌써 대화의 호흡이 척척 맞는 콤비였다.

"칫! 츠구미라는 지휘관의 모습이 안 보여! 이건 분명 앞질러 가 있겠군! 이대로 달아나봤자 궁지에 몰릴 뿐이라고!"

"으음~ 제법이네. 츠구미……."

"어쩔 거야? 그냥 얌전히 《마나 가속》을 써서 강제로 뿌리칠까?"

린타로를 비롯한 **저쪽 세계**의 주민들은 《마나 액셀》이라 불리는 기술을 쓸 수 있다.

육체의 세피라를 연결하는 영적인 통로에 특수한 호흡법으로 마나를 순환시켜서 인간의 범주를 뛰어넘는 초감각과 신체 능력을 발휘하는 기술이다.

동양에서는 선술 또는 기공이라고도 불리며 인간을 초월한 무위를 역사에 새겼던 고금동서의 영웅들은 대부분 무의식적으로 이 기술의 혜택을 받았다고 한다.

"《마나 액셀》을 쓰지 않은 평범한 인간의 신체능력으로 저만한 수를 상대하는 건 힘들걸?"

"하지만 일반인을 상대로 너무 거친 짓을 하긴 싫은데……."

두 사람이 그렇게 망설인 그때였다.

키잉!

갑자기 이명 같은 소리가 들리더니 주위의 공기가 변질되었다.

거대한 위화감이 단숨에 세상을 뒤덮은 것이다.

"……?!"

"방금 그건……?"

두 사람은 무심코 다리를 멈추었다.

한밤중이긴 해도 멀리서 기척으로 느낄 수 있었던 인간 문명의 혼잡함이 어느 순간 갑자기 아득히 멀어진 것 같은 감각.

지극히 평범한 현실 세계였던 이 장소가 전혀 다른 별개의 뭔가로 덧칠되는 듯한, 다른 세계로 끌려온 듯한 위화감.

어느새 이곳은 학교이자, 학교가 아닌 장소로 변모해 있었다.

그리고 뒤에서 쫓아오던 학생들은 위화감이 세계를 지배하는 동시에 마치 조각상처럼 굳어버린 상태였다.

"뭐, 뭐야 이건? 이 위화감, 왠지 말로는 잘 설명할 수 없지만……."

루나는 눈을 깜빡이며 주위를 살폈고 린타로는 혀를 차고 대답했다.

"……【이계(異界)화】 마법이야."

"【이계화】?"

"그래. 현실계와 환상계를 나누는 《의식의 장막》을 일시적으로 모호하게 만드는 일종의 결계지. 누군가가 우리를 현실 세계의 이면…… 그 풍경을 투영한 이공간으로 끌고 온 거야. 이곳은 이미 어디에도 존재하지 않는 장소가 된 셈이지."

그리고 굳어버린 학생들을 흘겨보았다.

"현실계에 속한 자들은 《의식의 장막》 때문에 환상계를 인지할 수 없어. 그래서 이계 안에 내팽개쳐지면 보통은 저렇게 시간이 멈춘 것처럼 굳어버려."

"대체 누가 이런 짓을……?"

루나가 고개를 갸웃하자 린타로는 즐거운 듯 히죽 웃었다.

"그야 뻔하잖아? 적의 소행이겠지."

"……!"

"벌써 잊었어? 《아서 왕 계승전》은 이미 시작됐다고? 딱히 4대 지보 퀘스트가 뜰 때까지 기다릴 필요는 없어. 그 전에 라이벌을 탈락시키는 것도 충분히 가능해."

린타로가 그렇게 말한 순간, 파공성이 울렸다.

굳어버린 학생 중 한 명이 별안간 루나를 향해 맹렬한 속도로 달려든 것이다.

마치 총알처럼 빠른 그 움직임은 명백히 인간의 신체능력을 뛰어넘고 있었다.

"……?!"

반응이 늦은 루나는 멍하니 자신을 향해 다가오는 손을 바라보기만 할 뿐이었다.

하지만 곧 그 손은 허공을 가르고 말았다.

"읏차!"

린타로가 재빨리 루나를 허리에 끼고 뒤로 몸을 날렸기 때문이다.

세찬 물결처럼 뒤로 흐르는 풍경 속에서 린타로는 오른쪽 벽을 밟고 천장을 박차며 한층 더 뒤에서 착지. 그리고 신발 바닥을 마찰시키면서 10미터 정도 뒤로 물러났다.

"고, 고마워……."

"저건 【조종】 마법이군. 저만한 수의 인간을 동시에 지배하고 조종하다니……. 적 쪽엔 상당한 고위 마법사가 있는 모양이야."

린타로가 루나를 뒤로 물린 뒤 전방을 바라보자 다른 학생들도 하나둘 씩 움직이기 시작했다.

학생들의 몸에는 불길한 노란 빛이 깃들어 있었다. 그들은 의식이 없는 공허한 눈으로 루나를 응시한 채 마치 좀비처럼 천천히 다가왔다.

"그건 그렇고 이렇게 많은 일반인을 끌어들여서 널 노리게 하다니…… 적도 진짜 어지간히 더러운 놈들이구만!"

린타로는 루나의 손을 잡고 근처에 있는 교실로 들어갔다.

그리고 문을 닫더니 그 문에 고대 켈트의 오검 문자로 【KEEP OUT】이라 적었다.

【폐문】마법. 문을 마법적인 효과로 잠근 것이다.

곧 밖에 모여든 학생들이 잠긴 문을 세차게 두드리기 시작했다.

시끄러운 소리가 교실 안 쪽으로 울려 퍼지고 문이 비명을 질렀다.

"칫……. 그리 오래는 못 버티겠네."

린타로는 혀를 차고 교실 창밖으로 시선을 돌렸다.

창밖에는 【이계화】의 영향으로 일그러지고 꿈틀대는 이차원 공간이 펼쳐져 있었다.

저 공간에 떨어지면 결코 무사하지 못하리라. 창밖으로 달아나는 건 무리였다.

하지만 린타로는 전혀 당황하지 않고, 동요하지 않고 냉정히 상황을 분석했다.

'누군가의 마법으로 조종당하는 학생들은 신체 능력도 무지막지하게 강화된 상태야. 그 누군가의 명령으로 루나를 죽일 작정이지. ……따라서 설득은 불가능해. 그리고 도주도 불가능한 상황이니…….'

그렇다면 답은 하나밖에 없었다.

"죽일 수밖에 없겠군."

아무렇지 않게 잔혹한 결심을 굳힌 린타로는 검을 빼들었다.

왼손에는 지팡이 안에 숨겨진 직도. 그리고 오른손에는 장검.

두 개의 날카로운 검날이 그의 살의에 반응해 번뜩였다.

"훗, 원망하지 마라. 이건 이 싸움에 말려든 너희들의 운명이니까."

윤리관이 망가진 냉혹한 미소를 지은 린타로는 강렬한 살의를 품은 채 이제 곧 문을 부수고 들어올 학생들을 기다리기 시작했다.

하지만 마침 누군가가 그의 어깨를 붙들었다.

루나였다.

"……뭐야?"

린타로는 짜증스러운 표정으로 루나를 돌아보았다.

그녀는 무서울 만큼 진지한 눈으로 린타로를 바라보고 있었다.

그 너무나도 선명하고 아름다운 눈동자에 한순간 말문이 막힌 그때―.

"린타로. 그것만은 허락 못 해."

엄숙한 의지가 깃든 목소리가 린타로의 고막과 영혼을 세차게 두드렸다.

루나의 분위기는 평소와 전혀 달랐다. 반사적으로 고개를 조아리고 싶어지는 압도적인 『왕의 품격』을 드러내고 있었다.

"어, 뭐라고……?"

린타로는 한순간이나마 이런 철부지 같은 소녀에게 압도당한 사실에 짜증을 느끼며 대답했다.

"야, 너. 지금이 어떤 상황인지 알기는 해? 저 녀석들은 어디 숨었는지 알 수 없는 적에게 완전히 지배된 상태라고. 죽이지 않고 여기서 빠져나갈 수 있을 것 같아? 넌 저 녀석들한테 붙잡히는 순간, 그대로 갈기갈기 찢겨질 거라고!"

"그래도!"

루나는 당당하게 선언했다.

"저 아이들에게 손대는 건 허락할 수 없어! 그것만은 용납 못 해! 절대로!"

린타로는 혀를 찰 수밖에 없었다.

'칫······. 이래서 여자는······.'

그런 실망감이 표정에 고스란히 드러났다.

"물러 터졌군. 그런 식으로 왕이 될 수 있을 거라고 진심으로······."

"왕이기 때문이야!"

린타로의 모멸과 조소를 루나는 단호하게 일축했다.

"······?!"

린타로는 무심코 눈을 부릅떴다. 그 목소리가 마치 어둠을 몰아내는 한 줄기 빛처럼 느껴졌기 때문이다.

"저 아이들은 나를 거역한 괘씸한 모반자지만, 내가 다스리는 이 학교의 학생이기도 해! 다시 말해, 내 신하이자 백성이야! 그런 그들에게 검을 들이대는 건 허락할 수 없어! 왕에게는 신하를, 그리고 백성을 지킬 의무가 있어! 그 대전제를 무시하고 그들에게 손을 쓰겠다면…… 린타로. 난 왕으로서 널 처단하겠어!"

루나는 검을 뽑더니 마치 지팡이처럼 역수로 들고 바닥에 꽂았다.

그리고 한없이 곧고 뜨거운 눈으로 린타로를 직시했다.

'……이 녀석이 정말로 시험 문제를 훔치려고 했던 그 얼간이 루나라고?'

자신의 눈이 의심스러울 정도로, 압도적인 존재감과 품격을 드러낸 루나의 모습에 린타로는 당황할 수밖에 없었다.

그리고 그런 위풍당당한 자태는 어떤 인물의 등을 연상케 했다.

—이제는 그립기만 할 따름인 옛 브리튼의 머나먼 대초원.

수많은 전장을 담아온 창염(蒼炎)의 눈동자. 한시도 흐트러진 적 없는 온화한 미소.

바람에 나부끼는 황금빛 머리카락. 찬란하게 빛나는 갑옷. 호화스러운 망토.

엑스칼리버

황금도 은도 아닌 눈부신 빛을 발하는 보검을 손에 든 젊은 소년왕— **그 녀석**은 언제나 자신감과 자부심이 넘치는 얼굴로 옆에 거느린 자신을 향해 이렇게 말하곤 했다.

"■■. 어명이야."

"린타로! 어명이야!"

루나의 그 목소리를 들은 순간, 전생의 기억 속을 헤매던 린타로의 의식이 현실로 돌아왔다.

그녀는 목에 건 펜던트를 손에 쥔 채 의식을 집중하고 있었다.

그러자 허공에 『문』이 열리더니 마나가 전류처럼 튀는 소리가 들리는 동시에 케이 경이 소환되었다.

이번에는 코스프레가 아니라 기사다운 장비를 갖춘 상태였다.

"내가 저 애들을 붙들고 있을게! 넌 그 틈에 케이 경과 힘을 합쳐 이 공격을 꾸민 사람을 찾아서 해치워!"

린타로는 무의식적으로 루나의 손을 향해 시선을 내렸다.

거기 있는 건 찬란하게 빛나는 보검이 아니라 아무런 특징도 없는 투박한 바스타드 소드였다. 명백히 루나의 격에 어울리지 않는 검이었다.

저게 만약 진짜 왕의 검이었다면······.

하지만 린타로는 자신이 잠시나마 그런 아쉬움을 느꼈다는 것을 자각하지 못했다.

"흐, 흥! ······너, 엑스칼리버도 없는 주제에 폼은 엄청 잡는다? 정말로 내가 흑막을 박살낼 때까지 버틸 수 있겠어?"

"흥! 못 버틴다면 어차피 내 왕으로서의 자질은 거기까지라는 거겠지!"

"제길, 쓸데없이 초탈하기는…… **그 녀석**을 쏙 빼닮았군."

"그 녀석?"

"칫……. 아무래도 난 엄청나게 성가신 왕을 섬기게 된 모양이네."

린타로는 루나가 의아한 얼굴로 고개를 갸웃하는 것을 무시하고 재빨리 쌍검을 거두었다.

"그래, 알았어. 네 말대로 해주지!"

그리고 될 대로 되라는 심정으로 외친 순간, 밖의 학생들이 문을 부수고 안으로 쏟아져 들어왔다.

"우오오오오오오오오오!"

"하아아아아아아아아아아아앗!"

린타로와 루나가 움직였다. 해일처럼 밀려드는 학생들을 몸통박치기로 밀치고 길을 열어서 그대로 교실 밖으로 뛰쳐나갔다.

그러자 조종당하는 학생들이 당연하다는 듯이 두 사람의 뒤를 따라왔다.

"에에에에엑?! 루, 루나?! 이게 대체 무슨 상황이죠?!"

영문을 몰라 당황하는 케이 경에게 루나가 소리쳤다.

"케이 경! 린타로를 따라 가!"

"하, 하지만……!"

"자, 어서 가자고! 엉터리 기사!"

린타로는 케이 경의 망토를 움켜잡더니 루나만 남기고 맹렬하게 달려갔다.

"꺄아아아아아아아아아아아아아아아악?!"

끌려가는 케이 경의 비명이 복도 안쪽으로 빨려 들어갔다.

"내가 어떻게든 할 때까지 죽지 말라고! 미덥지 못한 임금님!"

"린타로!"

그렇게 외치며 떠나가는 린타로의 등을 향해 루나는 이렇게 말했다.

"널 믿어!"

"······!"

한순간, 린타로의 다리가 멈추었다.

"······흥."

하지만 곧 코웃음을 치고 그대로 떠나갔다.

역시 이 사태를 일으킨 인물의 표적은 루나뿐인 모양이었다.

조종당하는 학생들은 두 사람에게는 눈길도 주지 않고 루나를 향해 쇄도했다.

"훗, 조금만 참아! 내 가신이 금방 너희를 비열한 지배에서 해방시켜줄 테니까."

하지만 루나는 여느 때와 다름없이 의기양양하게 웃을 뿐.

그리고 수많은 학생들이 아무런 장비도 갖추지 않은 루나를 향해 일제히 달려들었다.

저 민첩하고 사나운 육식짐승 같은 움직임은 적이 건 마법의 힘 덕분이다. 평범한 인간은 도저히 대응할 수 없는 스피드와 파워였다.

하지만 사납게 달려드는 학생들 앞에서 루나의 몸은 유연하게 약동했다.

"흡!"

앞에서 손을 뻗는 학생을 스텝을 밟으며 피했다.

오른쪽에서 주먹을 휘두르는 학생의 팔을 낚아채고 다리를 걸어서 집어던졌다.

왼쪽에서 몸을 날리는 학생을 점프해서 뛰어넘었고, 공중제비를 돌면서 다른 학생의 어깨 위에 착지. 그대로 학생들의 어깨를 발판 삼아 이리저리 뛰어다니다 이윽고 학생 무리를 완전히 통과한 루나는 곧장 린타로 일행과는 정반대 방향으로 달려가기 시작했다.

조종당하는 학생들은 그런 루나를 해일처럼 추격했다.

'……『믿는다』라.'

린타로는 복도를 달리면서 케이 경에게 사정을 설명하는 동시에 생각에 잠겼다.

'바보구만. 혹시 내가 자기를 버리고 달아나거나, 실은 적과 한패일지도 모른다는 의심은 안 하는 거야? ……저 녀

석, 아마 오래는 못 살겠군.'

생각이 짧은 루나의 경솔함에 린타로는 입술을 비틀었다.

'하지만…… 이러니저러니 해도 현생에서 그런 말을 듣는 건 처음이었어.'

뭐, 딱히 아무래도 상관없는 일이다. 어차피 말은 말. 아무런 가치도 없다.

린타로는 고개를 붕붕 휘둘러 생각을 떨쳐냈다.

"그, 그렇군요! 상황은 파악했습니다!"

질풍처럼 복도를 질주하는 린타로의 뒤에서 케이 경이 그제야 입을 열었다.

"그럼 더더욱 제가 루나를 지키기 위해 남아야 했던 게 아닐까요?!"

"이봐, 케이 경. ……과보호는 여전하네?"

"린타로? 과보호라니…… 그게 무슨."

"이미 어명이 떨어졌잖아? 『나와 함께 흑막을 박살내라』. ……가신이라면 왕을 믿고 따라야 하지 않겠어?"

'뭐 난 그 녀석의 가신도 뭣도 아니지만.'

"린타로…… 혹시 당신은 그 전설 시대와 인연이 있는 인물이 아닌가요?"

그러자 케이 경이 뭔가 느낀 바가 있는지 갑자기 그런 말을 꺼냈다.

"이 시대의 인간인 당신에게 이런 질문을 하는 건 무척 이상하게 들리겠지만…… 저와 당신은 일찍이 같은 왕을 섬겼던 게 아닌지요?"

"흑막은 루나를 도발하려고 이계 안에 대량의 학생을 끌어들였어. 덤으로 마나를 부여해서 신체능력까지 강화해줬더군."

하지만 린타로는 노골적으로 화제를 피하며 자기 할 말만 했다.

"마법의 위력은 거리와 반비례해. 이 정도로 강력한 마법을 쓰려면 술자는 반드시 근처에 있어야 하지. 이계 밖에서 저만한 수의 학생을 조종하고 강화까지 거는 건 전설 시대의 마법사라도 무리야."

"……흑막은 반드시 이 이계화된 공간 어딘가에 숨어 있다는 거군요."

사태가 긴박하기 때문인지 케이 경은 더 이상 캐묻지 않고 린타로의 말에 맞장구를 쳤다.

"하, 하지만…… 대체 그 흑막을 어디서 찾아낼 거죠?!"

케이 경은 약간 조바심이 드러난 얼굴로 주위를 살폈다.

아무튼 바닥과 천장과 벽은 현실 그대로지만 통로는 사방이 미로처럼 복잡하게 얽힌 상태였다. 방의 배치도 명백히 달랐다.

"아마 【이계화】의 영향으로 공간이 뒤틀린 거겠죠. 이대로면 저희는 여기서 영원히 빠져나갈 수 없게 될 거예요! 어서 흑막을 찾지 않으면 루나가……!"

"……멈춰!"

그 순간, 린타로가 갑자기 발을 멈추었다.

시선을 돌리자, 복도 너머에 등에 날개가 달린 손바닥 크기만한 소녀가 빛나는 가루를 흩뿌리며 공중에 떠 있었다.

"저건…… 《전령 요정(메신저 픽시)》?"

의아해하는 린타로와 시선이 마주친 요정이 고개를 꾸벅 숙였다.

그리고 곧장 복도 안쪽의 갈림길에서 오른쪽으로 날아갔다.

마치 자기를 따라오라는 것처럼…….

"그렇군. 흑막의 안내라는 건가."

그 의도를 눈치챈 린타로가 입가를 끌어올렸다.

"……함정이 아닐까요?"

"뭐, 그럴 가능성은 낮겠지. 모처럼 주위를 【이계화】했는데 굳이 함정의 존재를 눈치채게 할 필요는 없잖아? ……나라면 함정에 빠질 때까지 가만히 있었을걸."

린타로는 잠시 간격을 두고 입을 열었다.

"그리고 만약 함정이라고 해도…… 내가 정면에서 짓밟아 버릴 테니 문제없어."

"하아…… 참 믿음직스럽네요. 당신, 정말로 대체 정체가 뭐죠?"

케이 경이 어이가 없는 얼굴로 물었으나 린타로는 역시 대답해주지 않았다.

"자, 가자고. 케이 경. 흑막이 기다리고 있어."

그리고 날아간 요정의 뒤를 따라 망설임없이 달려갔다.

요정을 따라 갈림길에서 오른쪽으로 꺾은 후 교실을 가로질러서 창밖으로 이동.

그리고 다시 복도를 나아가다가 이번에는 계단을 계속 올랐다.

"으윽…… 진짜 여긴 뭐죠? 왠지 기분이 나빠지기 시작하는데요."

린타로는 케이 경의 푸념을 등으로 흘려들으며 전혀 끝이 보이지 않는 계단을 하염없이 올랐다.

지금까지 오른 계단의 높이만 합쳐도 이미 학교 건물 높이를 훌쩍 뛰어넘은 상태였다.

하지만 이윽고 계단 끝에 문이 보이기 시작했다.

문 옆에는 그 요정이 마치 두 사람을 기다린 것처럼 둥실둥실 떠 있었다.

"……출구야."

린타로가 문을 열고 건너편으로 진입한 순간.

"……!"

눈앞에 카멜롯 국제 학원의 운동장이 펼쳐졌다.

뒤를 돌아보니 방금 지나친 문은 학교 1층의 정면에 있는 현관이었다.

"……싫다 정말. 이래서 마법이 싫다구요. 진짜 영문을 모르겠다니까."

이 신비한 현상을 목도한 케이 경이 지긋지긋한 얼굴로 신음을 흘렸다.

하지만 린타로는 그런 케이 경을 무시하고 성큼성큼 나아갔다.

운동장 한복판에서 누군가가 자신들을 기다리고 있었기 때문이다.

"그렇군. 너희가 이번 사태의 흑막이었나……."

낯이 익은 남녀였다.

바로 어젯밤에 만난 사이니 당연하다면 당연했다.

"이제야 왔군요. ……한참 기다렸답니다."

이 《아서 왕 계승전》에 참가한 《킹》 중 하나인 펠리시아.

그리고 그녀의 《잭》인 청년 기사.

그 두 사람이 완벽한 임전 태세로 린타로 일행을 기다리고 있었던 것이다.

린타로를 여기까지 안내한 요정은 펠리시아에게 날아가더니 그녀의 주위를 몇 번 돌다 마치 환상처럼 사라졌다.

"이거 참…… 너, 겉보기랑 다르게 꽤 악랄한 수법을 쓰더라?"

"흐흥, 놀라셨나요? 전 고대 엘핀의 피도 물려받아서 마법

에 제법 조예가 깊답니다. 머릿속에 근육밖에 안 든 루나와
달리…… 으응?!"

갑자기 펠리시아가 고개를 갸웃거렸다.

"루, 루나는 어디 간 거죠? ……앗! 설마 Mr. 마가미와 케
이 경만 보내고 자긴 높은 데서 구경을? 큭! 설마 이렇게까
지 바보 취급당할 줄은……!"

"뭘 궁시렁대는 거야? 이쪽은 네가 바라는 대로 둘로 갈
라져 줬거든? 자, 어서 시작해보자고."

린타로는 사납게 웃으며 쌍검을 뽑아들었다.

"자, 그럼 어젯밤의 빚을 갚아주마. 마가미 린타로."

그러자 펠리시아의 《잭》도 린타로의 앞을 가로막고 검을
들었다.

"하! 너로는 무리거든? 이 주제도 모르는 자식."

린타로가 빈정거리듯 말한 순간이었다.

"주, 주제를 모르는 게 누군데요!"

"으헉?!"

케이 경이 뒤에서 린타로의 양쪽 겨드랑이를 단단히 붙들
었다.

"잠깐, 무슨 짓이야! 이거 놔!"

"닥치세요! 당신은 저 《잭》이 누군지 모르니까 그런 허세
를 부릴 수 있는 거라구요!"

그리고 린타로의 몸을 휘둘러서 뒤로 내던졌다.

"설마 여기서 당신들과 부딪치게 될 줄은…… 큭! 어쩔 수 없군요! 여기선 같은 전설 시대를 살아온 제가 싸울 수밖에……."

케이 경은 근심어린 얼굴로 검을 뽑았다.

"마가미 린타로. 제가 시간을 벌겠습니다. 그러니 당신은 그 틈을 타서 어떻게든 펠리시아 님을 해치워주세요."

그러자 펠리시아의 《잭》이 대화에 끼어들었다.

"홋…… 케이 경. 그러고 보니 이렇게 당신과 검을 맞대는 건 오랜만이군."

"……?!"

"하지만 당신이 날 막을 수 있을 거라고…… 진심으로 그렇게 생각하는 건가?"

《잭》이 여유 넘치는 표정으로 천천히 검을 든 그때—

"이이이이야아아아아아아아아아아압!"

케이 경은 더는 대화는 필요 없다는 듯 강렬한 기합성과 동시에 땅을 박차며 《잭》을 향해 돌진했다.

다음 순간, 귀를 찌를 듯한 금속성이 어둠의 적막을 깨트렸다.

"흠, 여전하군. 역시 이 정도였나."

"……큭?!"

케이 경이 펼친 필살의 일격은 《잭》의 검에 가볍게 막히고 말았다.

"원탁의 기사 『최약』. 케이 경…… 당신이 그런 취급을 받는 이유를 잘 생각해보라고."

"으, 으으……으아아아아아아아아아아아앗!"

분한 얼굴로 포효한 케이경은 재차 상중하로 빠르게 검을 휘둘렀다.

번개 같은 그 속도는 확실히 현대인이 평생 걸려도 도달할 수 없는 경지였다.

하지만 《잭》은 그 공격도 전부 간단히 간파하고 최소한의 움직임으로 막아냈다.

실력 차이가 너무나도 명백했다. 케이경은 완전히 어린애 취급을 당하고 있었다.

그리고 그렇게 수십 번의 검극을 나눈 후, 마침내 《잭》이 움직였다.

"흡……!"

"……?!"

전투는 한순간에 끝났다.

갑자기 빠르게 움직인 《잭》의 선풍 같은 검격을 케이경이 간신히 검으로 막았지만 위력을 완전히 흘려내지 못한 《잭》의 검끝이 케이경의 몸을 스쳤다.

하지만 그 검은 케이경이 입은 갑옷을 마치 종잇장처럼 갈라버렸다.

위로 솟구치는 핏방울. 케이경의 몸에서 한순간 힘이 풀리자 《잭》이 바로 그녀의 배를 향해 뒤돌아 차기를 먹였다.

"아으으으으으으윽!"

충격을 이기지 못하고 날아간 케이 경은 린타로의 발밑까지 데굴데굴 굴러왔다.

"콜록! 헉……! 헉……! 여, 역시…… 강해!"

싱겁게 패배한 케이 경은 피를 토하며 몸을 일으켰다.

그리고 상처 입은 몸을 떨면서 검을 지팡이 삼아 일어났다.

"후후홋. 과연 대단해요. **가웨인 경!**"

전투를 지켜보던 펠리시아가 자랑스럽게 《잭》의 이름을 외쳤다.

"……이제 알겠습니까? 린타로. 제 말뜻을."

케이 경은 분한 얼굴로 목소리를 쥐어짜 냈다.

"그렇습니다. 저 《잭》은…… 가웨인 경. 갑옷조차 베어버리는 명검 갈라틴의 선택을 받은 원탁의 제8석. 오크니의 용맹한 로트 왕의 적자이자, 브리튼 전토의 위대한 지배자인 아서 왕의 조카……."

"예, 그 말대로예요!"

그러자 펠리시아가 의기양양하게 뒷말을 이었다.

"제 《잭》은 현대에서도 원탁 최강으로 유명한 그 가웨인 경! 뛰어난 무용과 청렴결백함과 고결함을 겸비한, 아서 왕의 신뢰도 가장 두터웠던 기사 중의 기사예요!"

"홋, 주군. 제가 원탁 최강이자 기사 중의 기사라니…… 아무리 사실이라지만, 쑥스럽군요."

가웨인 경도 내심 기뻤는지 자랑스럽게 미소 지었다.

"하지만 거기 있는 《잭》은 원탁의 기사 최약으로 유명한 케이 경! 아서 왕의 자비로 원탁의 제3석을 받은 낙오 기사랍니다! 그러니 처음부터 당신들에겐 승산이 없었던 거라구요! 오~호호호호!"

펠리시아는 결국 웃음을 터트렸다.

"그 말대로다. 원탁의…… 아서 왕의 걸림돌 주제에 함부로 나서지 마라."

"큭!"

케이 경은 검에 몸을 기댄 채 고개를 떨구며 이를 악물 수밖에 없었다.

아무런 반박도 할 수 없었다. 원탁 최약. 그것은 현대에도 전해지는 아서 왕 이야기에 나오는 엄연한 사실이었으므로…….

그녀의 명예를 위해 첨언하자면 그녀는 결코 약하지 않았다.

그저 다른 원탁의 기사들이 지나치게 강했을 뿐이다.

"제길…… 제길! 나, 나는…… 난……!"

케이 경은 원통함으로 얼굴을 일그러트린 뒤 몸을 떨었다.

하지만 그런 그녀의 머리에 린타로가 부드럽게 손을 얹어주었다.

"신경 쓰지 마, 케이 경. 원래 원탁에서의 네 역할은 전투가 아니었잖아?"

"……?!"

뜻밖의 위로에 케이 경은 멍한 눈으로 린타로를 올려다보았다.

"아서 녀석은 네가 없었으면 패도(覇道)를 이루지 못하고 중간에 꺾였을 거야."

"리, 린타로……?"

"뭐, 그건 그렇다 치고…… 슬슬 주인공이 등장해줘야겠군."

어안이 벙벙한 케이 경의 시선을 받으면서 이번에는 린타로가 앞으로 나섰다.

"Mr. 마가미…… 싸울 생각인가요? 가웨인 경과? ……현대인인 당신이?"

펠리시아가 가소롭다는 듯 눈살을 찌푸렸다.

"미리 말해두지만, 어젯밤 같은 기습은 통하지 않는다. 마가미 린타로. 그 기습은 그저 행운의 일격이었을 뿐이라고 말해두지. 두 번은…… 통하지 않아."

그리고 가웨인 경이 빈틈없이 검을 겨누었다.

케이 경과 싸울 때와는 위압감의 수준이 달랐다. 완전히 진심으로 싸울 작정인 모양이었다.

"큭…… 안, 됩니다. ……린타로. 가웨인 경과 정면에서 싸워선……."

케이 경은 고통을 견디며 필사적으로 호소했다.

"무슨 영문인지…… 당신은 현대인치고는 상당한 실력자인 것 같지만…… 솔직히 말해, 현대와 전설 시대의 인간은 근본적으로 격이 다릅니다. 지금의 인류는 오랜 세월을 거치면서 개체로서의 강함…… 영웅이 될 가능성을 잃고 말았습니다. 정면에서 싸워 전설 시대의 영웅인 가웨인 경을 상대로 이길 방법 따윈 존재하지 않아요. ……아니면 혹시 무슨 계책이 있는 겁니까?"

"응? 계책 같은 건 없는데."

하지만 린타로는 아무렇지 않게 대답했다.

"큭…… 역시 그런가요!"

케이 경이 원통한 얼굴로 이를 악문 순간—.

"계책이라는 건 약자가 강자에게 이기려고 쓰는 거잖아? 그럼 그딴 건 필요 없어."

"……예?"

"어?"

"……?!"

린타로의 그 기묘한 발언에 전원이 한순간 넋을 잃었다.

"가만히 듣고 넘길 수 없는 말이군. 마가미 린타로."

그러자 가웨인 경이 정갈한 미모에 약간 짜증을 드러내며 입을 열었다.

"그럼 마치…… 내가 너보다 약하다는 것처럼 들린다만?"

"어엉? 머리 나쁘구나, 너. 마치가 아니라 실제로 약하다고 말한 거거든?"

린타로는 비웃음을 띤 채 손날로 목을 치는 제스처를 취했다.

"가웨인…… 너 따윈 내 적수가 못 돼."

"……?!"

"무슨……."

—저 남자가, 지금 대체 무슨 소릴 한 거지? 혹시 바보? 아니면 허풍쟁이었나?

펠리시아와 가웨인 경과 케이 경의 생각이 완전히 일치한 순간이었다.

"이거 참, 나를 우롱하는 건가. 기사에 대한 모욕은 죽음으로써 갚아야 한다만?"

"그, 그래요! Mr. 마가미! 당신은 뭘 몰라도 너무 몰라요! 가웨인 경이 얼마나 강한지! 한 번 떠올려보세요! 작금의 게임과 만화에서 가웨인 경이 얼마나 우대받는지를! 대부분의 매체에서 최강급 캐릭터로 설정……."

자신의 자랑스러운 《잭》이 모욕당했다고 느낀 펠리시아가 흥분한 나머지 영문을 알 수 없는 말을 지껄이기 시작했다.

"하! ……최강급 캐릭터? 가웨인이?"

하지만 린타로는 두 자루의 검을 장난스럽게 빙글빙글 돌리면서 비웃을 뿐이었다.

"웃기는군! 아서 녀석이 『밥상』을 차려주지 않으면 제대로 활약도 못 하는 반편이 기사 주제에."

"……!"

그 순간, 가웨인 경의 표정이 얼어붙었다.

"예?"

"……밥상? 아서가?"

펠리시아와 케이 경은 무슨 뜻인지 몰라 눈을 깜빡거렸다.

"와 봐. ……덤벼보라고, 똘마니. 격의 차이를 가르쳐주지."

린타로는 곡예처럼 회전시키던 검을 멈추고 그제야 전투 태세를 취했다.

그 순간, 가웨인 경이 분노한 눈으로 움직이기 시작했다.

"마가미…… 린타로오오오오오오오오오오오오!"

그것은 공기의 벽을 돌파하는 초음속 돌진이었다.

"……?!"

가웨인 경이 내뿜는 무시무시한 살기가 마치 세찬 바람처럼 앞서 린타로의 온몸을 두들겼다.

"……?!"

"빠, 빨라……!"

너무나도 움직임이 빠른 탓에 펠리시아와 케이 경은 그 모습을 놓치고 말았다.

정적뿐인 세상 속에서 가웨인 경은 하늘 높이 세워든 검을 린타로의 정수리를 향해 벼락처럼 떨구었다.

수많은 전장에서 갈고닦고 피로 담금질한 거짓 없는 필살의 일격.

현대의 검술가는 수십 년을 수련해도 막을 수 없는 섬전 같은 일격.

피한다면 피하기 전에 베어버리고, 검으로 막는다면 그 검과 함께 베어버리는 것이야말로 전설 시대의 검술.

이 자리의 모두가 처참한 시체로 변한 린타로의 모습을 상상했다.

키이이이이이이잉!

귀를 찌를 듯한 금속성이 밤하늘을 찢었다.

린타로가 아무렇지 않게 대충 내민 오른손의 검으로 가웨인 경의 검을 막아낸 것이다.

심지어 검날이 아니라 검끝만으로…….

"세상에……?! 어떻게 저런 곡예 같은 짓을……!"

"마, 말도 안 돼……!"

그 경천동지할 광경에 펠리시아와 케이 경뿐만 아니라 당사자인 가웨인 경 또한 눈을 부릅뜬 채 굳어버릴 수밖에 없었다.

"흡……."

다음 순간, 린타로는 검끝으로 막고 있던 가웨인 경의 검을 검면으로 미끄러트리는 동시에 날카롭게 파고들었다.

"우오오오오오오오오오오오오오오오오오!"

그리고 가웨인 경과 교차하면서 왼손의 검으로 그의 배를 노렸다.

"크으으으으윽?!"

하지만 가웨인 경은 반사적으로 검을 내려서 그 공격을 막았다.

검과 검의 격돌. 대기를 뒤흔드는 충격음. 세차게 튀는 불똥.

린타로가 날린 참격의 압도적인 위력에 가웨인 경의 몸이 뒤로 크게 날아갔다.

"치이이이이이이이이잇!"

가웨인 경은 발바닥으로 바닥을 끌면서 십 수 미터 정도 밀려났다. 갑옷조차 베는 명검인 갈라틴이 비명을 지르는 게 느껴졌다.

"어때? 나도 꽤 하지?"

린타로는 여유가 넘치는 얼굴로 웃었다.

가웨인 경과 펠리시아와 케이 경은 저마다 경악과 충격에 사로잡힌 얼굴로 넋이 나가 있었다.

세 사람은 눈앞에서 펼쳐진 광경을, 방금 그 일합(合)을 제발 꿈이라 여기고 싶었으리라.

"또 간다?"

그러자 이번에는 린타로가 선공을 취했다.

세차게 지면을 박차고 한달음에 파고든 후―

"……?!"

X자를 그리는 린타로의 참격을 가웨인 경이 양손으로 쥔 갈라틴으로 막아냈다.

다시 고막을 찢을 듯한 충격음이 울려 퍼졌고 폭풍 같은 검압이 지면을 소용돌이 형태로 파헤쳤다.

"우오오오오오오오오오오오오오오오오!"

검날과 검날이 맞닿은 자세 그대로 린타로가 밀어붙이자 가웨인 경의 몸이 바닥을 크게 파헤치면서 뒤로 밀려났다.

"까불지⋯⋯!"

가웨인 경은 그 기세를 이용해 몸과 검을 뒤로 회전시킨 후―.

"마라아아아아아아아아아아아아아아아아!"

무방비하게 드러난 린타로의 등을 향해 검을 날카롭게 휘둘렀다.

"훗!"

하지만 린타로는 보지도 않고 왼손의 검을 뒤로 돌려 막아냈다.

"흐아아아아아아아아아아아아아아아앗!"

그리고 여전히 시선도 돌리지 않은 채 오른손의 검을 사납게 휘둘렀다.

"크으으으으으으윽?!"

가웨인 경도 그 일격을 초인적인 반사 신경으로 튕겨냈다.

린타로의 검과 가웨인 경의 검이 다시 정면에서 충돌. 지면과 대기를 뒤흔드는 충격음. 사납게 휘몰아치는 검압. 세차게 명멸하는 불꽃.

그 충격을 이기지 못한 두 사람의 몸이 마치 공처럼 동시에 뒤로 튕겨 날아갔다.

"이게……!"

"아직이다!"

다음 순간, 두 사람의 모습이 안개처럼 사라지더니 바닥이 깊게 파였다.

그리고 또 다음 순간, 중간지점에서 두 사람이 충돌.

검과 검이 맞부딪치며 세찬 비명을 질러댔다.

"하아아아아아아아앗!"

"우오오오오오오오오오!"

그리고 무시무시한 난타전이 펼쳐졌다.

린타로가 오른손의 검으로 가웨인 경의 발밑을 노리자, 가웨인 경은 도약하면서 검을 내리쳤다. 린타로는 왼손의 검으로 그 참격을 막아내는 동시에 오른손의 검을 대각선으로 쳐올렸다. 하지만 가웨인 경이 그 공격을 예상하고 피하자, 마치 전광석화처럼 몸을 날렸다.

이번에는 가웨인 경이 카운터를 노렸지만 린타로는 공중제비를 돌면서 회피. 동시에 가웨인 경의 머리를 노렸으나 갈라틴이 그것을 튕겨냈다.

찰나의 순간에 무한히 전개된 기술과 기술의 응수.

린타로의 쌍검이 종횡무진 어지럽게 곡선을 그렸고 가웨인 경의 검은 우직하게 날카로운 직선을 그렸다.

그 일격 하나하나가 전부 필살의 위력을 담고 있었다.

밤의 어둠이 복잡하게 얽히는 검광에 의해 수없이 해체되고 갈기갈기 찢어졌다.

검과 검이 맞부딪칠 때마다 참격의 회전수가 계속 증가했다. 마치 그 한계를 모르는 것처럼.

"치잇!"

"뭐해?! 어엉?! 날 베어버리는 거 아니었어?!"

카앙!

성대하게 핀 섬화(閃花)를 허공에 남기면서 교차한 두 검사의 몸이 그대로 반전.

다시 잔상을 남기며 서로를 향해 격렬한 연타를 퍼부었다.

끊임없이, 몇 번이고 줄기차게.

"뭐, 뭐죠……? 이게 대체 어찌된 일이냐구요……!"

펠리시아는 눈앞에서 펼쳐진 차원이 다른 싸움에 그저 압도당한 채 넋을 잃을 수밖에 없었다.

완전히 예상이 빗나갔다. 원래는 가웨인 경을 앞에 세우고 펠리시아가 마법으로 엄호할 예정이었지만 도저히 끼어들 틈을 찾을 수 없었다.

"Mr. 마가미…… 설마 저 가웨인 경과 호각으로 싸우다니……!"

"호각……? 아니, 그 정도가 아니야……!"

아무리 최약이라지만 이래 봬도 그녀 역시 전설 시대를 살아온 기사.

전투의 흐름을 지켜보던 케이 경이 미묘한 변화를 민감하게 감지했다.

"린타로가…… 압도하고 있어? 아니…… **강해지고 있어!**"

처음에는 희미한 위화감에 불과했으나 확실히 케이 경의 말대로 린타로의 검속과 회전수가 서서히 증가하고 있었다.

검을 한 번 휘두를 때마다 날카로움과 위력이 상승하고 있었다.

마치 녹슨 검이 전투를 통해 강하게 담금질되고 과거의 빛을 되찾는 것처럼…… 린타로는 강해지고 있었다.

"린타로…… 설마 성장하고 있는 건가요?! 이 싸움 중에?!"

거듭되는 충격적인 사실에 케이 경의 정보 처리 능력도 펑크가 나기 일보직전이었다.

"하하하하하하하하하! 좋아! 아주 좋아! 이 느낌이야! **기익났어!** 역시 삼을 되찾으려면 실전이 최고지!"

"크으으으으윽?! 이런 말도 안 되는 일이?!"

어느새 가웨인 경은 한계를 맞이했지만 린타로의 검 회전수는 그걸 뛰어넘어 계속 상승을 거듭했다.

처음에는 호각처럼 보였던 싸움은 이젠 완전히 한쪽으로 형세가 기운 판국이었다.

이미 가웨인 경은 쌍검의 연속 공격을 간신히 막는 것만으로 한계였다.

린타로가 가웨인 경을 완전히 압도하고 있는 것이다.

"흐아아아아아아아아아아앗!"

"치이이이이이이잇!"

린타로가 강하게 후려치듯 휘두른 검이 대기를 가르며 사선을 그렸고, 가웨인이 반동을 이용해서 올려친 검이 격돌. 충격음. 불꽃의 명멸. 떨리는 대기. 갈 곳을 잃고 휘몰아치는 검압.

이 일합으로 완전히 밀려버린 가웨인 경의 몸이 허공으로 날아갔다.

"큭?!"

거기서 난타전이 중지되고 가웨인 경은 펠리시아의 발밑으로 데굴데굴 굴러갔다.

"가웨인 경?!"

"괘, 괜찮습니다. 주군…… 하오나!"

가웨인 경은 불안한 얼굴로 다가오는 펠리시아를 손으로 제지하고 일어섰다.

전설 시대를 살았던 영웅의 이마에서는 땀이 폭포수처럼 흘러내렸고 숨은 마치 불꽃처럼 거칠었다. 누가 봐도 완전히 지친 상태였다.

"홋, 이런 걸 뭐라고 하더라? 맞아, 그거였지. 나 ZZANG 쎄에에에?"

검을 어깨에 얹은 린타로는 여유 있는 얼굴로 자신만만하게 웃었다.

이마에는 땀 한 방울 맺히지 않았고 숨소리도 평상시처럼 차분했다.

"굉장합니다, 린타로. ……저 가웨인 경을…… 당신은 도대체……?"

"케이 경. 위험하니까 넌 물러나 있어. 여긴 내가 정리할 테니까."

"아, 예……!(응? 혹시 저는 처음부터 필요 없었나요?)"

린타로는 케이 경과 그런 대화를 나눈 뒤 다시 앞으로 나섰다.

그 모습을 멀리서 지켜보던 가웨인 경은 탄식을 내뱉을 수밖에 없었다.

"인정할 수밖에 없군요. 마가미 린타로…… 그는 강합니다. ……지금의 저보다."

"……?!"

가웨인 경이 내린 결론을 들은 펠리시아의 표정이 씁쓸해졌다.

"확실히 오만불손하기 짝이 없고 딱 봐도 친구도 없을 것 같은 아니꼬운 성격인 데다 예의범절과 품성이라곤 눈곱만큼도 찾아볼 수 없는 최저최악의 남자인 것 같습니다만…… 놈은 입만 산 남자가 아닙니다."

"……의, 의외로 입이 험하시네요. 가웨인 경."

"엑스칼리버를 소유한 《킹》이라면 또 모를까 이 시대의 인간이 아무리 단련해봤자 우리 전설 시대의 전사와 대등하게 싸우는 건 일반적으로 불가능합니다. 저 케이 경조차 이 시대에 태어났다면 당대 최강의 검사로 이름을 떨칠 수 있었을 테니까요."

"그럼…… 어떻게 그는…… Mr. 마가미는……?"

"이유는 모르겠습니다. 하지만 전설 시대를 살아온 인간과 대등하게 싸울 수 있는 건 똑같은 전설 시대의 인간뿐. 그렇다면 그는 틀림없이 그 시대와 어떤 식으로든 인연이 있는 인물일지도 모르겠군요."

"이봐, 언제까지 떠들고 있을 거야? 그런 식으로 시간을 버는 게 작전이냐?"

가웨인 경과 펠리시아가 그런 대화를 나누고 있자 린타로가 검면으로 어깨를 툭툭 두드리면서 짜증을 부렸다.

"이쪽은 급해. 이러는 사이에도 루나 녀석이……."

그리고 무심코 그답지 않은 발언을 할 뻔하다가 입을 다물고 혀를 찼다.

"에잇! 꺼질 거면 꺼지고, 싸울 거면 싸우라고! 자, 어느쪽이야?!"

"큭……."

전투 속행인가, 아니면 퇴각인가.

펠리시아는 망설이는 표정으로 이를 악물었다.

"각오를 다집시다, 주군."

그러자 가웨인 경이 등을 떠밀어주며 다시 앞으로 나섰다.

"당신에게는 이제 뒤가 없습니다. ……안 그런가요?"

"……!"

"씁시다. ……당신의 **그걸.**"

"……아, 알겠어요."

그제야 펠리시아도 결심을 굳힌 듯 고개를 끄덕였다.

"그건 그렇고…… 마가미 린타로. 넌 대체 정체가 뭐지?"

그리고 다시 린타로와 대치한 가웨인 경이 조용한 목소리로 질문을 던졌다.

"네가 평범한 현대인이 아니라는 건 이해했다. 그렇다면 날 압도하는 그 기량…… 네 안에는 대체 뭐가 존재하는 거지?"

"글쎄?"

"원탁의 쌍검사라면 야만인 베이린^{베이린 르 소바주} 혹은 가장 고결한 기사 갤러해드^{갤러해드 더 이매큘러트}가 있지만……. 베이린 경이라면 훨씬 더 야성적이고 거친 검술을 썼을 테고, 갤러해드 경의 검술은 훨씬 더 화려하고 예술적이었을 터. 네 그 어딘지 모를 교활한 검술은 양쪽 다 해당되지 않아. ……뭐, 베이린 경의 검과는 약간 닮은 듯한 느낌도 든다만."

"……"

"자, 넌 대체 정체가 뭘까? ……《조커》?"

"칫…… 그딴 건 아무래도 상관없잖아."

린타로가 짜증스럽게 화제를 차단했다.

"그렇군. ……하긴, 아무래도 상관없는 일이지."

가웨인 경이 쿡 웃은 뒤 대답했다.

"이제 곧 죽을 네 정체 같은 걸 추궁해봤자 시간 낭비겠지."

그리고 그게 당연한 사실이라는 듯 말하자 린타로가 살짝 눈꼬리를 치켜떴다.

"……네 힘으로는 무리야, 가웨인. 이 시대에서야 과대평가를 받아서 원탁 최강 클래스라고 치켜세워주고 있지만…… 네 실력은 원탁 중에선 기껏해야 중견…… 원탁 중에서 너보다 강한 녀석은 썩어날 정도로 많았어."

"……?!"

린타로의 말에 케이 경과 펠리시아는 아연실색했고 가웨인 경은 입을 다물었다.

"그, 그게 무슨 소리죠? 린타로! 가웨인 경이 중견?! 말도 안 돼요! 저는 이 눈으로 봤습니다! 가웨인 경의 탁월한 무위는 원탁 중에서도……."

"말했을 텐데? 아서가 『밥상』을 차려줬었다고."

린타로는 담담하게 케이 경의 말에 대답했다.

"훗. 역시 알고 있었나. 마가미 린타로……."

그러자 가웨인 경이 어쩔 수 없다는 듯 어깨를 으쓱였다.

"난 태양의 화신인 고대 신족의 피를 이어서…… 이 몸에는 【태양의 가호】가 깃들어 있지. ……『해가 계속 뜨는 동안은 힘이 세 배가 된다』는 가호가."

"뭐라구요? 힘이 세 배……?! 뭡니까, 그건?!"

"맞아. 해가 계속 뜨는 동안…… 즉, 오전뿐이야. 가웨인이 강한 건."

케이 경이 경악했고 린타로가 고개를 끄덕였다.

"그 사실을 알고 있었던 아서는 귀여운 조카 가웨인의 활약을 위해 중요한 싸움은 반드시 오전에 치르려 했었지. ……단지, 그뿐이야."

"가, 가웨인 경이 그런 치사한 능력을 가지고 있었다니……!"

경악스러운 사실을 알게 된 케이 경은 의기양양한 얼굴로 가웨인 경을 돌아보았다.

"흥! 그런 거였나요! 당신의 실력에는 그런 비밀이 있었던 거군요?! 어차피 당신 따위 그런 치트 능력이 없으면 그 정도……."

"뭐, 그런 능력이 없어도 케이 경보단 압도적으로 강하지만."

"으아아아아아아아아아아아아아앙!"

린타로가 매몰차게 태클을 걸자 케이 경은 무너지며 울음을 터트렸다.

"뭐, 아무튼 그런 거야. 하지만 《아서 왕 계승전》은 주로 야간에 치러져. 네 그 미묘한 능력이 빛을 보게 될 일은 없겠지. 즉, 넌 잔챙이에 불과하다는 거라고. 가웨인."

"하긴…… 그렇겠군."

린타로가 도발했지만 가웨인은 이상할 정도로 차분하게

대답했다.

"숨겨봤자 어쩔 수 없겠지. 확실히 내 평소 실력은 원탁 중에서는 중간보다 위…… 솔직히 그리 눈에 띄지 않았어. 그래도 어떻게든 랜슬롯 경이나 라모락 경과 경쟁하고 싶어서…… 많은 편의를 받았지. 그건 부정하지 않아."

"가, 가웨인 경……."

펠리시아가 불안한 얼굴로 가웨인 경을 바라보았다.

하지만 그는 안심시키려는 듯 잠깐 온화하게 웃는 얼굴로 그녀를 바라본 후 다시 린타로를 돌아보고 선언했다.

"그럼에도 구태여 말하겠다, 마가미 린타로! 그녀…… 펠리시아와 함께 있는 한 나는 원탁 최강의 기사라고! 나는 이 싸움에서 반드시 펠리시아를 진정한 왕으로 세우고 말겠다! 난 그러기 위해 그 캄란 언덕에서 돌아온 것이므로!"

"오? 망할 가호도 발동하지 않은 똘마니 기사가 잘도 짖는구만. ……아직도 격의 차이를 모르겠는 거야? 크헤헤헤……."

린타로는 낄낄 비웃으며 쌍검을 들었다.

"좋아. 그럼 어디 그 최강이라는 걸 증명해볼래? 내가 박살내줄 테니까!"

"린타로…… 당신은 진~짜 악역이 잘 어울리네요. 이젠 구도만 놓고 보면 완전히 저쪽이 정의의 편이거든요?"

케이 경이 탄식하면서 태클을 걸었지만 린타로는 대놓고 무시했다.

"자, 간다!"

"와라! 마가미 린타로!"

린타로가 돌진하자 가웨인 경이 검을 들었다.

양손의 쌍검을 교차한 X자 참격을 가웨인 경이 검을 머리 위로 세워서 막았으나 린타로는 그 기세를 이용하여 밀어붙였다.

힘에서 밀린 가웨인 경의 발이 바닥에 직선을 새기고 모래먼지가 피어올랐다.

"왜 그래?! 자칭 원탁 최강 기사(웃음)님!"

"크윽?!"

역시 이번에도 린타로가 우세했다. 이미 그의 힘은 완전히 가웨인 경을 능가했고 결판이 나는 건 이제 시간문제처럼 보였다.

그리고 그런 추세를 파악한 케이 경은 어떤 확신을 가지고 외쳤다.

"이겼어! 이 싸움은…… 저희의 승리입니다!"

하지만 그 순간—.

"그건…… 과연 어떨까요?"

마찬가지로 전투를 지켜보던 펠리시아가 천천히 검을 뽑아들더니 머리 위로 세워들었다. 레이피어형 보검, 펠리시아가 《킹》이라는 증거인 엑스칼리버였다.

그리고 언령을 외쳤다.

"《나의 검이여·그 위광을 내 앞에 보여라·내 왕권을 검의 빛으로 전하라》!"

그러자 연소된 대량의 마나가 압도적인 양의 오라로 승화되어 펠리시아의 검에 모였다.

"칫! 설마 이런 초반에 진명(眞銘)^{로열 로드} 선언을 쓸 줄은!"

가웨인 경을 밀어붙이고 있던 린타로가 짜증스러운 얼굴로 이를 악물었다.

로열 로드. 그것은 《킹》이 소지한 엑스칼리버의 능력 해방을 뜻한다. 한순간에 전황을 뒤집을 수 있는 엑스칼리버에 숨겨진 강대한 힘이 로열 로드를 통해 발동하는 것이다.

당연히 《킹》에게는 필살기이자 위급한 순간까지 숨겨둬야 할 비장의 패이므로, 이런 계승전 초반부터 드러낼 만한 성질의 것이 아니었다.

어떤 힘이든 대책이 세워지면 효과가 반감되기 때문이다.

하지만 이 타이밍에 구태여 로열 로드를 공개한 펠리시아의 의중을 헤아릴 여유는 없었다.

"에잇, 건방지게! 케이 경! 아무튼 저 여자를 해치워!"

"아, 알고 있습니다!"

케이 경이 펠리시아를 향해 달려갔다.

저래 봬도 전설 시대를 살아온 기사답게 마치 질풍 같은 속도로……

하지만 펠리시아의 선언이 더 빨랐다.

"로열 로드…… 【빛나는 영광의 강철】!" ^{엑스칼리버}

그 순간, 펠리시아가 높이 치켜든 검이 눈부신 빛을 터트렸다.

주위가 마치 대낮처럼 밝아지며 시야를 새하얗게 물들였다.

『그때, 로트 왕과 백기왕과 캐러도스 왕이 아서 왕을 향해 일제히 달려들었습니다.』

『그리고 그들의 부하인 3백의 기사와 5만의 병사가 그 뒤를 따랐습니다.』

『하지만 이때 아서 왕은 엑스칼리버를 뽑았습니다. 「똑똑히 보아라. 너희가 상대하는 자가 어떤 자인지를」이라고 아서 왕이 말했습니다.』

『그 검은 삼천 개의 횃불을 한데 모은 것처럼 눈부시게 빛나며 왕들의 눈을 멀게 했습니다.』

『그 빛을 본 적대하는 모든 왕과, 기사와, 병사들이 「오오, 내가 대체 무슨 짓을」 하고 몸을 떨었습니다. 그들은 그제야 자신들이 반역자라는 사실을 깨닫고 동요했던 것입니다.』

존 시프 저 【라스트 라운드 아서】 제3권 제9장

"윽?!"

펠리시아가 치켜든 검의 빛을 쬔 린타로의 몸에 이변이 발생했다.

"흡!"

동시에 가웨인 경이 린타로를 밀어붙이며 강하고 날카로운 참격을 날렸다.

세찬 금속성. 압착되는 대기.

그 충격을 이용해서 간신히 뒤로 도약한 린타로가 짜증스럽게 표정을 일그러뜨렸다.

"에잇, 젠장! **몸이 무거워!**"

거의 무릎을 꿇을 뻔한 린타로는 땅에 검을 꽂고 버렸다.

갑자기 몸이 납덩이가 된 것처럼 무거워졌기 때문이다.

"어떤가요? 제 검의 힘은."

눈부신 빛을 발하는 검을 높이 든 펠리시아가 의기양양하게 조소했다.

"이 검의 진명은 【빛나는 영광의 강철】. 진정한 왕임을 증명하는 왕권의 위광을 발하는 검이죠. 그 효과는 『이 검의 빛에 닿은 적대자는 몸이 무거워지고 힘이 제한된다』랍니다"

"핫!"

하지만 린타로는 다시 기합을 넣는 동시에 검을 휘둘렀다.

"흥. 몸이 좀 무거워지긴 했지만, 이 정도쯤은 별것도 아니라고!"

"호오, 역시 움직일 수 있나 보군. 마가미 린타로."

"당연하지! 몸이 무거워졌다면, 그만큼 《마나 액셀》과 간격을 조절하면 될 뿐! 설마 이 정도의 디버프가 원탁 클래스의 강자에게 통할 거라고 진심으로……."

린타로는 호기롭게 외치고 검을 다시 세워든 후—.

"모, 몸이 무거워요……. 이젠 전혀 못 움직이겠어요……."

"케이 경……."

바닥에 축 늘어진 케이 경을 향해 애처로운 시선을 보낼 수밖에 없었다.

"칫…… 뭐, 아무튼. 네 그【빛나는 영광의 강철】로 내 힘을 죽이고 싸우겠다는 심산인가……. 하지만 그 정도의 잔재주로 나와 너희의 격차를 과연 뒤집을 수 있을까?"

힘이 제한된 상태에서도 린타로는 한없이 자신만만하게 웃었다.

마치 자신의 승리를 눈곱만큼도 의심하지 않는 것처럼…….

"그래요. 확실히 이 빛은 동격 이상의 상대에게는 거의 통하지 않죠. ……과거에 로트 왕이 이 빛을 앞에 두고서도 전혀 위축되지 않았던 것처럼. ……하지만."

펠리시아는 린타로를 날카롭게 노려보고 선언했다.

"어명입니다, 가웨인 경! 역적 마가미 린타로를 지금 이 자리에서 처단하세요!"

"예!"

그 순간, 가웨인 경이 땅을 박차며 린타로에게 돌진했다.

그리고 그 압도적인 속도를 실어서 검을 휘둘렀다.

"멍청한 녀석. 몇 번을 해봤자 마찬가……."

린타로는 그 공격을 튕겨내려고 오른손의 검을 위로 휘둘렀다.

세차게 맞부딪치는 검과 검. 충격음.

지금까지는 몇 번을 하든 항상 린타로가 우세한 구도였지만—

"……어?!"

린타로의 검이 처음으로 힘에 밀려서 튕겨나갔다.

몸도 그 충격을 이기지 못하고 뒤로 날아갔다.

이번 경합에서 이긴 건 다름 아닌 가웨인 경이었던 것이다.

"뭐, 뭐지……? 이, 이 녀석, 갑자기……?"

검을 통해 지금까지와는 차원이 다른 위력을 느낀 린타로가 눈을 깜빡거리며 당황했다.

"자, 마가미 린타로. 이번에는 내 차례다. 하아아아아아앗!"

하지만 가웨인 경은 개의치 않고 린타로에게 연격을 날렸다.

"윽?!"

다시 검의 선풍과 검의 선풍이 정면으로 맞부딪치기 시작했다.

하지만 이번 결과는 조금 전과 완전히 반대였다.

가웨인 경이 날리는 공격 하나하나가 무서울 정도로 빠르고, 무겁고, 날카로웠다.

참격을 펼칠 때마다 린타로의 몸이 속수무책으로 공중으

로 뜨며 뒤로 밀려났다.

"리, 린타로?! 왜 갑자기! 대체 어떻게 된 거죠?!"

바닥에 엎드린 케이 경의 의문에 대답할 여유도 없었다.

섬전처럼 내리치는 가웨인 경의 검을 머리 위로 교차시킨 쌍검으로 막았지만 충격을 이기지 못하고 바닥에 무릎을 꿇고 말았다.

마치 도탄처럼 궤도를 바꿔서 날아오는 연격을 뒤로 도약해서 간신히 피했다.

하지만 가웨인 경은 틈을 주지 않으려는 듯 거의 동시에 찌르기를 날렸다.

린타로는 오른손의 검으로 그 일격을 흘려내려 했으나 이번에도 완전히 흘려내지 못한 탓에 몸이 공중으로 떠올랐다.

가웨인 경은 그런 린타로를 향해 쉴 틈 없는 연타를 퍼부었다.

"제기랄……!"

대지 위를 종횡무진 질주하는 벼락같은 가웨인 경의 검격난무.

린타로는 필사적으로 막고 흘려내는 데 집중할 수밖에 없었다.

공격을 한 번 펼칠 때마다 조금 전보다도 강렬한 검압이 주위를 사납게 휩쓸었다.

"하앗!"

그리고 가웨인 경이 마치 이걸로 끝이라는 것처럼 가로 베기를 날렸고—.

"······?!"

린타로는 간신히 쌍검을 뒤로 물려서 그것을 막아냈다.

"으아아아아아앗?!"

하지만 그 압도적인 중량을 거스르지 못하고 날아가 땅바닥을 구른 뒤 린타로는 그 기세를 이용해 재빨리 다시 일어섰다.

"하아······ 하아······ 하아······ 쿨럭!"

하지만 그 얼굴에서는 마침내 여유가 사라졌고 숨도 가빠지기 시작했다.

"어떻게 된 거지? 확실히 몸이 무겁게 느껴지긴 해도 그뿐만이 아닌 듯한······?"

예상치 못한 열세에 몰린 린타로는 이를 악물고 자세를 고쳤다.

"저 검의 빛으로 내 힘이 약해졌다기보단······ 오히려 가웨인 경의 힘이 갑자기 강해졌어. ······도대체 왜?"

그리고 다시 한 번 펠리시아 쪽을 흘겨본 린타로는 그제야 뭔가를 깨달은 듯 탄식했다.

"······그렇군. 그렇게 된 거였나."

"호오? 눈치챘나. 역시 대단하군, 마가미 린타로."

"그래. 저 여자의【빛나는 영광의 강철】······ 저 빛은 오전의 태양과 같은 성질의 빛으로구만?"

"그 말대로다. 즉, 그녀의 검만 있다면 난 언제든 【태양의 가호】를 발동시킬 수 있는 셈이지. 평소의 세 배나 되는 힘을 언제든 발휘할 수 있는 거다!"

그렇게 외친 가웨인 경은 검끝으로 린타로를 겨누었다.

"이제 알았겠지?! 네 말대로 분명 난 원탁의 기사로서는 평범했을지도 몰라! 하지만 펠리시아와 함께 있는 한 내가 바로 원탁 최강의 기사다!"

그 말에 용기를 얻었는지 펠리시아도 가슴을 펴고 선언했다.

"저의 가웨인 경이 실제로 어떤 기사였는지는 관계없어요! 그는 저의 《잭》! 저와 함께 왕도를 걷는 제 최고의 기사인걸요!"

그리고 가웨인 경의 옆으로 다가와 자랑스럽게 검을 겨누었다.

"…………."

하지만 린타로는 침묵했다. 고개를 숙인 채 아무 반응도 보이지 않았다.

"그, 그럴 수가……. 이젠 다 틀렸어요. 끝장이에요. 설마 이런 초반부터 파워 인플레를 따라갈 수 없게 될 줄은 상상도 못 했는데……."

그리고 여전히 손가락 하나 까딱 못하는 케이 경이 바닥에 엎드린 채 원통해했다.

"자, 결판을 내죠! 마가미 린타로! 전 당신을 쓰러트리고…… 루나를 탈락시키겠어요!"

"예. 이걸로 저희도 거리낌 없이 이 계승전에 전념할 수 있겠군요."

이미 두 사람은 승리를 확신하고 있었다.

"정말 그 말 대로예요. 루나는 옛날부터 손이 많이 가는 애였답니다. 자기가 이 싸움에서 승산이 없다는 것쯤은…… 조금만 생각해봐도 알 수 있을 텐데 말이죠."

린타로는 묵묵히 그런 두 사람의 대화를 흘려들었다.

"애당초…… 루나는 왕에 어울리는 그릇이 아닌걸요."

하지만 그 말을 들은 순간만큼은 어깨가 작게 움찔거렸다.

"맨날 맨날 자기 사리사욕을 채우려고 내키는 대로 사고만 치더니…… 급기야는 이런 정체 모를 남자를 아군으로 끌어들이면서까지 이기려 하다니…… 그런 루나에게 아서 왕의 자리는 어울리지 않아요. 만약 루나가 왕이 된다면 이 세상은 훨씬 엉망이 되겠죠. 루나는 지배자의 그릇도 아니거니와 힘도 없는…… 전형적인 암군이에요. 그녀를 위해서라도, 세상을 위해서라도 여기서 탈락시켜야만 해요."

"하하하! 그럼 먼저 마가미 린타로부터 정리하죠. 하지만…… 아무쪼록 방심하지 마시길. 주군. 저 남자는 뭔가 바닥을 알 수 없는 구석이 있으니 말입니다."

"…………."

린타로는 말이 없었다. 여전히 무반응.

두 사람의 대화를 그저 묵묵히 흘려들었다.

하지만 어째선지 지금 이 순간, 그의 머릿속에는 루나가 했던 말이 반복해서 들렸다.

—린타로! 널 믿어!

"…………"

"어머, 왜 그러시죠? Mr. 마가미. 불리해지자마자 입을 다무시는 건가요? 의외로 마음이 여린 분이셨군요."

"하다못해 기사로서 정정당당히 결판을 내자. 자, 검을 들어라. 마가미 린타로."

"…………"

린타로는 잠시 그대로 침묵을 관철했다.

"큭큭큭……"

하지만 이윽고 갑자기 낮은 웃음을 흘리기 시작했다.

"뭐, 뭐지……? 정신이 나간 건가?"

가웨인 경이 의아해한 그때였다.

"아니, 뭐랄까…… 참 재밌어!"

린타로가 갑자기 고개를 쳐들었다.

표정에서 흘러넘치는 참을 수 없는 환희. 마치 즐거운 장난감을 손에 넣은 어린아이가 눈을 반짝이며 웃는 것 같았다.

"뭐라구요……?"

펠리시아는 이런 상황까지 와서 그런 표정을 짓는 린타로를 도무지 이해할 수가 없었다.

"하하, 끝내주는걸! 이 뭐라 형언할 수 없는 아슬아슬한 느낌! 그래, 이거라고! 이거! 이 감각! 난 줄곧 이런 걸 기다려왔다고!"

하지만 린타로는 그런 두 사람을 무시한 채 즐겁게 떠들어댔다.

"정말이지, 너무 사기적인 능력을 갖고 태어나는 것도 문제라니까? 덕분에 무슨 일을 하든 너무 쉽다보니 사는 게 지겨워서 돌아버릴 지경이었다고! 그래선지…… 난 지금 무지 즐거워. ……진심으로 이 싸움에 참가하길 잘 한 것 같아."

보는 이의 등골이 절로 서늘해지는 처절한 미소를 지은 채……

"허, 허세를……!"

"조바심은 금물입니다, 주군! 유리한 건 이쪽! 마가미 린타로는 틀림없이 강적이지만, 이대로 【빛나는 영광의 강철】을 유지한 채 견실하게 싸우면 반드시 이길 수 있습니다!"

가웨인 경은 내심 동요한 것을 숨기고 펠리시아를 감싸듯 앞으로 나섰다.

"유리한 건 그쪽…… 반드시 이길 수 있다고……?"

그러자 린타로가 차가운 눈으로 혼잣말을 중얼거렸다.

"마침 루나가 이 자리에 없어서 다행이네……."

"뭐라고?"

"내 진짜 실력을 **살짝** 보여주겠다는 거야."

의아해하는 가웨인 경에게 그렇게 말한 린타로는 오른손의 검을 바닥에 꽂았다.

그리고 빈 오른손으로 왼손의 검을 움켜잡더니 곧장 손바닥을 그었다.

"……?!"

그러자 당연히 얕게 상처가 난 손바닥에서 피가 흐르기 시작했다.

린타로는 그 피로 양쪽 손등에 눈의 형상을 본뜬 기묘한 문양을 그리고 언령을 속삭였다.

다음 순간. 그 문양이 갑자기 새빨갛게 타오르고 불길한 마나가 그의 체내에서 연소와 태동을 개시했다.

"대, 대체 뭐죠……?!"

마나가 맥동할 때마다 거대해지는 린타로의 존재감에 펠리시아가 전율한 순간, 갑자기 그의 주위에서 폭풍과 검은 《오라》가 위로 솟구쳤다.

사방팔방으로 발산된 충격파가 바닥에 엎드린 케이 경을 날려버렸고 펠리시아의 머리카락이 세차게 펄럭였다.

"크윽?!"

팔을 들어서 눈을 가렸던 펠리시아가 다시 팔을 내린 순간—.

"아······!"

어느새 린타로의 모습은 기묘하게 변해 있었다.

찬란한 황금색 홍채. 야차(夜叉)처럼 새하얗고 긴 머리카락.

양쪽 손등을 기점으로 팔 전체에 그물망처럼 뻗은 붉은 문양.

온몸에서 흘러넘치는 검은 《오라》로 이루어진, 검은 로브를 뒤집어쓴 것 같은 형태의 전투 의상.

그리고 태산 같은 압도적인 존재감.

그런 인외의 존재가 눈앞에 불현듯 모습을 드러낸 것이다.

"뭐······뭐, 뭐죠? 그 모습은?!"

그 모습에 겁을 먹은 펠리시아가 한 걸음, 또 한 걸음 뒤로 물러났다.

"······설마 마인(魔人)족?! 넌 포모르의 후예였던 건가······!"

가웨인 경 또한 눈을 부릅뜬 채 떨고 있었다.

저 새하얀 머리색과 황금색 마안은······ 틀림없는 포모르의 모습이었다.

아일랜드 침략 신화에는 수많은 신의 일족이 등장한다.

그중 하나가 바로 포모르. 같은 신의 일족인 다난에게 패배할 때까지 세계를 어둠의 힘으로 지배했다 전해지는 사악한 일족이다.

"마가미 린타로······ 넌 정말, 대체 정체가 뭐지?!"

"잡담을 나눌 시간은 이제 끝났어. ……미안하지만 후딱 정리해주마."

린타로는 압도적인 위압감을 내뿜으며 펠리시아와 가웨인 경을 향해 천천히 다가갔다.

그 모습은 그야말로 마왕의 행진.

"크윽?!"

가웨인 경은 될 대로 되라는 듯 몸을 날렸다.

힘이 세 배가 됐다는 건 속도도 세 배가 됐다는 뜻이기도 했다.

"우오오오오오오오오오!"

그 막대한 운동에너지를 그대로 담은 검이 은빛 섬광을 그리며…… 린타로의 목을 싱겁게 날려버렸다.

"해치웠나?!"

가웨인 경이 약간 당황하면서도 기뻐한 순간이었다.

"응, 축하해."

뒤에서 린타로가 어깨를 가볍게 두드렸다.

"……헉?!"

어느새 바로 조금 전까지만 해도 눈앞에 있었던 린타로의 목 없는 시체가 사라져 있었다.

마치 전부 꿈이나 환상이었던 것처럼…….

"하아아아아아아아아아아아앗!"

린타로는 확인할 틈도 주지 않고 가웨인 경의 등을 향해 아무렇게나 대충 검을 휘둘렀다.

"큭?!"

간신히 몸을 비튼 가웨인 경의 검이 그 공격을 막았지만─.

"으아아아아아아아아아아아아아아아아아앗?!"

충격을 이기지 못하고 몸과 함께 수평으로 날아갔다.

조금 전까지와는 비교조차 되지 않는 강력한 힘.

가웨인 경의 검이 그 유명한 갈라틴이 아니었다면 검과 함께 두 동강이 났을지도 모르는, 그야말로 차원이 다른 압도적인 폭력이었다.

"큭! 《춤춰라·춤춰라·꽃의 정령·춤으로 불의 꽃을·만개시킬지어다》!"

펠리시아는 반사적으로 요정 마법【꽃의 염무(焰舞)】를 영창했다.

그러자 진홍색 꽃잎들이 눈보라처럼 린타로를 에워싸더니 하나둘씩 불꽃을 피우기 시작했다.

이윽고 하나로 합쳐진 불꽃은 압도적인 업화로 변모해 그의 몸을 집어삼켰다.

"소용없어!"

하지만 린타로는 그렇게 외치고 왼팔을 휘둘렀다.

그러자 왼팔에서 분출된 검은 불꽃이 사납게 날뛰며 반대로 펠리시아의 불꽃을 **태워버렸다.**

"꺄악?!"

홍염과 흑염이 충돌하여 발생한 백드래프트 현상으로 인해 펠리시아의 몸이 뒤로 밀려났다.

"바, 방금 그건 어둠 마법【검은 불꽃】?!"

펠리시아는 아연실색할 수밖에 없었다.

"그리고…… 아까 가웨인 경을 속였던 건 어둠 마법【그림자】!"

수없이 많은 마법의 계통 중에는 환상 종족 고유의 《권속 마법》이라 불리는 것들이 존재한다.

위대한 자연과 세계의 힘을 다루는 《요정 마법》…… 엘핀의 마법.

어둠과 저주와 파괴의 힘을 다루는 《어둠 마법》…… 포모르의 마법.

빛과 축복과 재생의 힘을 다루는 《빛 마법》…… 다난의 마법.

환상 종족의 피나 영혼을 촉매로 발동하는 《권속 마법》은 당연히 해당 종족의 후예가 아니면 쓸 수 없다.

펠리시아가 요정 마법을 쓸 수 있는 건 어디까지나 그녀가 고대 엘핀의 피를 진하게 타고 났기 때문이다.

그렇다면 린타로는—.

"이 힘은【포모르화(化)】야. 난 일시적으로 선조회귀를 할 수 있거든."

"선조회귀……?! Mr. 마가미! 역시 당신은 포모르의……?!"

펠리시아는 다시 한 번 린타로의 모습을 관찰했다.

새하얀 머리카락. 황금색 눈동자. 온몸을 뒤덮은 불길한 문양. 암흑의 《오라》.

인간의 틀에서 크게 벗어난, 입에 담기에도 두려운 이형(異形)의 모습.

그리고 모든 것을 압살해버릴 것 같은 폭력적인 존재감과 위압감.

"이, 이길 수 없어요……."

펠리시아는 공포로 몸을 떨면서 그 사실을 확실하게 자각했다.

설령 자신이 빛나는 【영광의 강철의 힘】을 전개하더라도, 알고 있는 요정 마법을 전부 구사해도, 가웨인 경의 【태양의 가호】로도 눈앞의 소년을 당해낼 수 없다는 것을 이치가 아닌 영혼으로 깨달았다.

그만큼 마가미 린타로의 힘은 차원이 달라도 너무 달랐다. 절망적인 수준의 격차였다.

"자, 이 모드가 된 내가 압승하는 건 확정 사항인데…… 그전에 너희들, 아까 뭔가 재밌는 소리를 지껄이더라?"

린타로는 펠리시아를 노려보고 본론을 꺼냈다.

"루나는 왕에 어울리지 않는다고? 왕이 되는 건 무리다?"

"아……으……."

그 차기운 황금빛 눈동자에 노출된 펠리시아의 몸이 반사

적으로 움츠러들었다.

린타로는 그런 그녀를 한층 더 위협하듯 일갈했다.

"그런 건 해보지 않으면 모르잖아! 전쟁이니까 서로 적대하는 것 자체는 딱히 상관없지만! 네 잣대로 상대의 그릇을 함부로 재지 말라고!"

"······?!"

"아서 그 멍청이도 처음에는······."

그리고 거기까지 말하다 이성을 되찾았다.

'······난 대체 왜 정색하고 있는 거지? 그 바보가 왕의 자리에 어울리지 않는다는 건 누구나 알 만한 사실이고 실제로 나도 그렇게 생각했으면서.'

애당초 이 계승전 자체도 어차피 그에게는 지루함을 달래기 위한 게임에 불과했다. 자신이 고른 게임 캐릭터가 적 캐릭터에게 바보 취급당했다고 분통을 터트릴 이유는 어디에도 없을 터······.

그런데 왜?

"칫······ 슬슬 끝내자."

가볍게 고개를 흔들어서 정체를 알 수 없는 짜증을 털어낸 린타로는 다시 쌍검을 들었다.

그러자 암흑의 《오라》가 폭풍처럼 사납게 휘몰아쳤다.

문외한의 눈으로 봐도 양자의 전력은 그야말로 하늘과 땅 차이이리라.

"큭……?! 이, 이 괴물! 괴물……!"

공포에 질린 펠리시아는 몸을 떨면서 뒤로 서서히 물러날 수밖에 없었다.

가웨인 경뿐만 아니라 케이 경조차 이마에 비지땀을 철철 흘리며 새파랗게 질려 있었다.

모두가 겁에 질려 있었다. 절대적인 공포가 이 자리를 지배했다.

모두가 괴물이 된 린타로를 보고 겁에 질린 채 공포를 느꼈다.

"……후퇴합시다, 주군."

이윽고 패배를 직감한 가웨인 경이 씁쓸한 목소리로 진언했다.

"분하지만, 지금의 그에게는 제 【태양의 가호】도 전혀 통하지 않을 것 같습니다. 여기서 싸워봤자 승산은 없겠지요."

"그, 그건……."

"괜찮습니다. 여긴 당신이 펼친 이계 안입니다. 도주에 전념하면 충분히 달아날 수 있을 터. ……부디 결단을!"

"큭……! 으으……."

떨리는 손으로 검을 든 채 잠시 이를 악물었던 펠리시아가 이윽고 뭔가를 중얼거렸다.

그러자 그녀와 가웨인 경의 모습이 서서히 흐려졌다. 공간이 엉망으로 일그러졌다. 학교 전체를 감싸고 있던 펠리시아의 【이계화】가 해제된 것이다.

"큭! 두고 보세요, 이 괴물! 결코 이대로 포기하지 않을 테니까요!"

그리고 그 말을 끝으로 두 사람의 모습은 완전히 사라졌다.

············.

"으, 으음······."

"어, 어라?"

한데 모여서 기절해 있던 선도부원들이 하나둘씩 정신을 차리기 시작했다.

안개처럼 흐린 의식 속에서 천천히 몸을 일으키고 주위를 둘러보니 어둠에 감싸인 학교의 정경이 눈에 들어왔다.

"우린····· 왜 이런 데서 쓰러져 있는 거지?"

"분명····· 루나를 잡으려고······."

그러자 누군가의 걱정스러운 목소리가 들렸다.

"여, 여러분. 괜찮으세요?"

미모리 츠구미였다.

"츠구미 양·····? 저기····· 이게 대체 무슨 일인가요?"

학생들이 의아해했지만 츠구미는 조심스럽게 고개를 저었다.

"그, 그게 저도 잘 모르겠어요. 실은 저도 조금 전까지 의식을 잃고 쓰러져 있었거든요. 왜 쓰러진 건지는 전혀 기억에 없어서······."

"……당신도요?"

정신을 차린 학생들은 고개를 갸웃거리며 서로의 얼굴을 마주보았다.

"으음, 루나 양을 막다른 곳까지 몰아넣은 건 기억나는데…… 루나 양은?"

"그러고 보니 모습이 보이지 않네요."

"대체 어디로 간 거지?"

한편, 이계화가 풀린 운동장 한복판.

"칫…… 간만에 진짜로 괴물 취급을 받아보는군."

린타로는 뭔가를 체념한 말투로 투덜거렸다.

그리고 잠시 후—.

"아, 저, 저기…… 린타로?"

케이 경이 뒤에서 조심스럽게 말을 걸었다.

"괴, 굉장……하네요. 설마 당신이 그런 힘을 가, 가지고 있었다니……."

린타로는 고개를 돌려서 그런 케이 경을 힐끔 쳐다보았다.

"히익!"

하지만 그녀는 고작 그것만으로 어깨를 떨면서 굳어버렸다.

"…………."

린타로는 그런 케이 경의 모습을 복잡한 눈으로 흘겨보았다.

그리고 작은 목소리로 언령을 내뱉자 그의 온몸을 뒤덮고 있던 검은 《오라》가 사라지고 머리색과 눈동자 색이 원래대로 돌아왔다. 머리카락도 다시 짧아지고 마치 거인 같았던 존재감도 급속도로 줄어들었다.

머지않아 그곳에는 완전히 인간의 모습으로 돌아온 린타로가 서 있었다.

"케이 경. 방금 본 건…… 루나한테는 당분간 비밀로 해주면 안 될까?"

린타로가 쌍검을 거두며 그렇게 말하자 케이 경은 눈을 크게 뜨고 입을 다물었다.

"아니, 그 뭐랄까. 그런 식으로 두려움을 사는 건 익숙한데 말이지. 싸움은 이제 막 시작된 참이잖아? 이렇게 일일이 겁을 집어먹으면 앞으로의 의사소통과 싸움에 지장이……."

"……린타로?"

오만불손한 그답지 않게 쩔쩔매면서 변명하던 린타로는 어느새 약간 떨어진 곳에 서 있던 루나의 모습을 발견했다.

"저, 저기, 린타로? 방금 그 모습은…… 그 굉장한 힘은…… 뭐니?"

그녀는 넋이 나간 얼굴로 자신을 응시하고 있었다.

'이 녀석, 언제부터 있었던 거지?! 젠장…… 【포모르화】를 들킨 거야?!'

린타로는 자신의 부주의함을 한탄할 수밖에 없었다.

아무래도 펠리시아와 가웨인 경이 루니의 왕으로서의 자

질을 폄하하는 것을 듣고 발끈한 탓에 주위에 대한 경계를 소홀히 했었던 모양이다.

"저기…… 뭐야, 그거? 대체 뭐냐구……!"

무서울 정도로 진지한 눈을 한 루나가 떨리는 목소리로 추궁하며 다가왔다.

뭐, 타당하다면 타당한 반응이었다.

아무튼 자신의 협력자가 언뜻 봐도 『불길한 힘』을 자못 당연한 듯이 쓰는 광경을 목격했으니 불안과 의심에 사로잡혀서 두려움을 느끼는 게 당연하리라.

"저기, 린타로? 대답해줘. ……내 말 안 들리니?"

바로 어제까지만 해도 린타로는 이 힘으로 루나를 위협하고 굴복시켜서 꼭두각시로 삼을 생각이었고, 지금도 마음만 먹으면 충분히 그렇게 할 수 있었다.

하지만 어째선지 지금은 그리 내키지 않았다. 무서운 표정으로 다가오는 그녀를 가만히 쳐다보기만 했다.

"저기, 그 딱 봐도 위험해 보이는 힘은 대체 뭐야? 대답해 줘, 린타로. 그 힘……"

아무래도 변명은 통하지 않을 것 같았다.

'……짧은 동맹이었군. 뭐, 어쩔 수 없나.'

린타로가 자조 섞인 한숨을 내쉬고 시선을 피한 그때였다.

"……그 힘, 엄청 멋있었다구!"

"으응?"

린타로는 한순간 귀를 의심하며 고개를 갸웃거렸다.

그리고 눈을 깜빡이면서 루나를 돌아보자 그녀는 마치 어린아이처럼 눈을 반짝이며 얼굴을 코앞까지 바짝 들이대고 있었다.

"으헉?!"

"응? 응? 응? 응? 린타로! 방금 그 힘은 뭐야?! 대체 뭐냐구! 변신?! 설마 변신이야?! 머리랑 눈동자 색이 변하고, 머리카락도 길어지고, 옷도 이상해지고, 문양도 생기고, 덤으로 굉장한 파워업까지! 그거 변신이라는 거지?! 아니면 각성?! 왠지 엄청나게 멋있잖아! 저기, 그거 대체 무슨 마법이야? 나한테도 가르쳐주라! 진짜 부럽다~! 우와~! 우와~! 우와아~!"

미취학 아동이 실제로 변신 히어로를 만나면 아마 이런 반응을 보이지 않을까?

루나는 완전히 빨갛게 달아오른 얼굴로 크게 흥분한 상태였다.

"아, 진짜! 시끄러! 가깝다고! 얼굴 들이밀지 마, 짜증나니까!"

린타로는 뺨을 실룩이면서 루나의 양 어깨를 붙들고 밀쳐냈다.

"있잖아! 그거 대체 뭐야? 나도 쓰고 싶어! 어명이야! 가르쳐줘!"

"에잇, 진정해! 이건 【포모르화】! 유감스럽게도 내 전매특허야! 포모르의 후예 중에서도 극히 일부밖에 못 쓰는 거니까 포기해!"

"에이~ 그런 거야? 난 못 써? 으…… 아쉬워라."

루나는 뺨을 부풀리고 불만을 드러냈다. 딱히 허세를 부리거나 연기를 하는 느낌은 아니었다.

하지만 린타로는 그 반응에 의문을 느낄 수밖에 없었다.

"뭐야? 린타로. 내 얼굴에 뭐 묻었어?"

"아니…… 너, 내가 안 무섭냐?"

"뭐? 무서워해? 내가 왜?"

린타로가 될 대로 되라는 듯이 묻자 루나는 도리어 눈을 게슴츠레하게 떴다.

"아니, 그치만…… 딱 봐도 이상하잖아. 아무리 생각해도 인간의 힘이 아닌데."

"그야~ 만약 네가 정체 모를 괴물이거나 불구대천의 원수였다면 무서워했을지도 모르지만……."

루나는 무슨 바보 같은 소리를 하냐는 듯 태연하게 대답했다.

"넌 린타로고, 내 가신인걸."

그러자 린타로는 말문이 막힐 수밖에 없었다.

'뭐야 그게? 영문을 모르겠네 진짜. 어떻게 이 녀석은 만난 지 얼마 되지도 않은 이런 정체 모를 인간한테 그런 말을 할 수 있는 거지?'

"아하하하하하! 너처럼 어마어마하게 강한 가신이 생기다니 참 믿음직스럽네! 훗. 이렇게 우수한 가신을 거느릴 수 있는 난 역시 진정한 왕의 그릇…… 내가 아서 왕의 자리를 꿰찰 날도 머지않았어!"

"하아…… 네가 괜찮다면 그걸로 됐다만…… 하다못해 사정이라도 묻는 게 보통 아냐? 어떻게 이런 위험한 힘을 가지게 됐느냐, 라든가……."

"응? 린타로. 말하고 싶어?"

"아니…… 그건 아닌데."

"그럼 딱히 상관없잖아."

루나는 여전했다.

처음 만난 순간부터 늘 자신의 페이스를 망가트리는 엉뚱한 소녀 그대로였다.

그리고 린타로는 불현듯 깨달았다.

즐거운 얼굴로 까불대며 웃는 루나의 몸 여기저기에 난타박상과 열상을……. 옷에 묻은 피도 전부 그녀가 흘린 피인 것 같았다.

'이 녀석…… 정말로 지금 이 순간까지 학생들을 단 한 명도 안 죽이고 빠져나온 거야? 자기 몸을 희생하면서?'

―대체 왜?

물론 대답은 듣지 않아도 알 수 있었다.

아마 그녀는 진심으로 린타로를 믿었던 것이리라.

그러면 분명 이 상황을 어떻게든 해결해줄 거라고…….

가신을 믿고 자신의 신념을 관철하는 것이야말로 그녀의 왕도인 게 아닐까.

"응? 왜 그래? 린타로. 시큰둥한 얼굴로."

고개를 살짝 갸웃거린 루나가 개구쟁이 같은 표정으로 얼굴을 들여다보자 린타로는 언짢은 눈으로 잠시 그녀를 바라보았다.

"저기, 린타……로옥?!"

하지만 이윽고 표정이 가라앉더니 갑자기 루나의 목을 움켜잡았다.

"시끄러. 좀 닥쳐 봐."

린타로는 낮은 목소리로 말한 뒤 목을 잡은 손에 힘을 주었다.

"으……윽?!"

"린타로?! 다, 당신!"

케이 경이 깜짝 놀라서 검을 겨누었지만 린타로는 개의치 않고 계속 뭔가를 중얼거렸다.

그러자 루나의 목을 잡은 그의 손이 흐릿하게 빛나면서 그녀의 몸에 난 상처들이 빠르게 치유되기 시작했다.

"린타로……?"

상처가 거의 다 나은 것을 확인한 린타로는 그제야 손을 놓고 등을 돌렸다.

"흥. 【치유】 마법이야. 다난의 빛 마법이었다면 더 깔끔하게 고쳤겠지만, 공교롭게도 난 어둠 속성이거든. 뭐, 남은 상처는 하룻밤 자고 나면 다 나을 거다."

그리고 눈을 깜빡이는 루나와 케이 경을 흘겨본 후 교문을 향해 걸어가기 시작했다.

"자, 오늘은 그만 가자! ……참 나, 시험 문제 훔치기에 동원되질 않나. 초장부터 비장의 패를 꺼내게 하질 않나. 진짜 헛수고만 잔뜩 했네."

그러자 루나가 가벼운 발걸음으로 뒤를 따라왔다.

"후훗, 고마워! 린타로! 방금은 좀 내 신하 같았어!"

그리고 린타로의 등을 세게 한 번 친 후 옆에 나란히 섰다.

그대로 나란히 걸으면서 뭔가 대화를 나누는 린타로와 루나.

옆에서 보면 성격은 완전 딴판이어도 죽이 잘 맞는 친구 그 자체였다.

그런 두 사람의 모습을 뒤에서 지켜보던 케이 경은 조용히 생각에 잠겼다.

'저는 루나를 걱정한 나머지…… 린타로의 수상함과 힘에만 주목하느라 그의 인물됨이 어떤지는 알려고 하지 않았던 걸지도 모르겠네요.'

"마가미 린타로…… 미안합니다."

그리고 케이 경의 갑작스러운 사과에 린타로의 걸음이 멈추었다.

"솔직히 고백하자면, 전 아직 당신이 두렵습니다. 하지만 지금의 당신을 보니 앞으로 조금씩 알아가고 싶다는 생각이 드는군요. 이 두려움을 지금 당장 떨쳐내는 건 어렵겠지만…… 떨쳐낼 수 있도록 노력은 할 수 있겠죠."

"……."

"제 주군, 루나를 잘 부탁드립니다. 분명 앞으로의 싸움에서…… 루나에게는 당신의 힘이 필요할 테니까요. ……아마 제 힘보다도. 그러니……."

그러자 린타로가 그제야 입을 열었다.

"이봐, 케이 경…… 설마 나한테만 이 바보 왕의 고삐를 쥐게 할 셈이야? 말도 안 되는 소리하지 마. 좀 참아달라고."

"잠깐, 바보 왕이 뭐야? 바보 왕이! 그거 불경죄거든?!"

린타로는 뺨을 부풀리며 항의하는 루나를 무시하고 케이 경을 힐끗 돌아보았다.

케이 경은 한순간 자신의 눈을 의심했다.

늘 오만불손했던 그 린타로가 왠지 귀찮은 것 같으면서도 쑥스러운 듯한, 나이에 걸맞은 소년다운 표정을 짓고 있었기 때문이다.

"그렇군요. 저희가 함께 떠받쳐줘야 하겠네요."

"맞아. 그래도 뭐…… 전투면에서 댁은 전혀 도움이 안 될 것 같지만."

"으윽……?! 그, 그건……!"

"잠깐, 린타로! 말이 너무 심한 거 아냐?! 케이 경도 굉장하거든?!"

그러자 루나가 화난 얼굴로 케이 경을 변호했다.

"예를 들면! 그게…… 으음~? ……어? 케이 경의 굉장한 점……?"

"그만하세요, 루나. ……그런 반응이 더 괴롭다구요."

하지만 곧 진지한 얼굴로 말문이 막혀버리자 케이 경이 울상을 지었다.

"아, 맞아! 나 지금 자취 중인데 케이 경은 가계부 작성이 라든가, 요리라든가, 청소나 세탁 같은 걸 엄청 잘해! 그리 고 코스프레……."

"루나아아아아아아아아아아아아아아아!"

세 사람은 그런 식으로 떠들썩한 대화를 나누며 학교를 뒤로했다.

같은 시각, 고층 빌딩 사이의 어두운 뒷골목.

"하아……하아……하아……."

도주에 성공한 펠리시아는 벽에 등을 기댄 채 분한 얼굴 로 숨을 헐떡이고 있었다.

"괜찮으십니까? 주군."

"예. 저는 괜찮……지만……."

가웨인 경에게 걱정을 끼치지 않으려고 애써 미소 지었으 나 그녀의 창백하게 질린 얼굴에는 평소의 자신감과 패기가 사라져 있었다.

"……저희는…… 완전히 실패한 거네요."

오늘 밤에야말로 루나를 탈락시킬 예정이었다. **외부인이 말려들지 않도록 【이계화】를 써서** 루나만 이계로 끌어들인 후 거기서 결판을 내려고 했었다.

하지만 실패했다.

마가미 린타로. 그 소년이 설마 이 정도까지 규격을 벗어난 존재일 줄은 예상치 못했기 때문이다.

그 자리에 존재하는 것만으로도 모든 계산을 어긋나게 하는 그 모습은 그야말로 《조커》라는 호칭이 아깝지 않을 정도였다.

"그건 그렇고…… Mr. 마가미는 어떻게 이계 안에 있었던 걸까요?"

교내에 루나를 포함한 다수의 인간이 있는 건 【탐지】 마법으로 미리 파악해둔 상태였다.

그리고 그 골치 아픈 마가미 린타로가 그녀의 옆에 있다는 사실도…….

그래서 펠리시아는 그를 배제하기 위해 **루나만** 이계 안으로 끌어들일 예정이었다.

물론 마가미 린타로라면 언젠가는 무슨 수를 써서 직접 침입했을지도 모르지만 그 전에 자신과 가웨인 경이 결판을 낼 생각이었다.

의식을 잃은 루나를 구속한 후 그녀의 《라운드 프래그먼트》와 엑스칼리버를 회수해서 파괴하면 《킹》의 자격을 완전히 상실하게 될 터.

"정말 뼈아픈 실수였어요. 설마 Mr. 마가미도 같은 이계 안으로 끌려올 줄은……."

펠리시아는 자신의 마법에 대한 자부심이 모래성처럼 무너지는 것을 느꼈다.

"이대로면 루나가…… 그 남자의 손에……!"

"주군. 지나간 일을 후회해봤자 어쩔 수 없습니다. 앞으로는……."

가웨인 경이 실의에 빠진 펠리시아를 질타하려는 그때였다.

"이거 참, 또 진 거야? 실망이다. ……펠리시아 페럴드 경."

뚜벅, 뚜벅, 뚜벅.

뒷골목 안쪽에서 인기척이 느껴지는 동시에 발소리가 들렸다.

"그, 글로리아 경?!"

등에 소름이 돋았다.

그 깊은 어둠속에서 홀로 모습을 드러낸 것은 펠리시아의 일시적인 동맹자이자, 이 《아서 왕 계승전》의 최대 유력 《라스트 라운드 아서》 후보로 유명한 글로리아 경이었다.

어둠의 장막이 주위를 덮고 있어서 모습이 확실히 보이지 않았지만 저 심연 너머에서 싸늘한 조소를 머금었다는 건 분명히 느껴졌다.

"하지만 뭐, 네 실패는 어떤 의미로는 내가 기대했던 대로의 전개라고…… 볼 수도 있으려나?"

"기대했던 대로……? 그, 그게 대체 무슨 뜻이죠?"

동요를 감추지 못하는 펠리시아에게 글로리아 경이 한없이 차가운 목소리로 대답했다.

"이래 봬도 난 조심성이 많거든. 그 이레귤러, 마가미 린타로의 힘이 어느 정도인지 파악해두고 싶었는데 결과적으로 넌 훌륭히 임무를 완수해준 셈이지."

"……?!"

"쌍검술과 다채로운 마법, 그리고 【포모르화】…… 그는 예상대로 흥미로운 존재더군."

"당신…… 저를 미끼로……? 서, 설마?! Mr. 마가미가 이계 안에 있었던 건 당신이 뭔가 수작을 부려서……?!"

"큭큭큭……."

그러자 글로리아 경이 낮고 서늘하게 웃었다.

"네 덕분에 겨우 파악했어. 마가미 린타로…… 그는 나와 내 《잭》의 적수가 못 돼. 뭐, 제법 실력은 있지만 **그 정도로는 승부가 성립되지 않아.**"

아마 글로리아 경은 어떤 수단을 써서 린타로의 힘을 관찰했으리라.

그 인간의 틀을 벗어난 압도적인 힘을 목격했음에도 여유 있는 태도를 무너트리지 않았다.

"⋯⋯?!"

펠리시아는 얼음으로 등골을 후벼 판 것 같은 오한을 느꼈다.

"적을 알고 나를 알면 백전백승이라고 하지? 덕분에 난 이제부터 거리낌 없이 안심하고 그 잔챙이를 죽일 수 있겠어. ⋯⋯크크크."

그리고 글로리아 경은 짙은 어둠 속에서 불길한 대검을 뽑아들었다.

"진정한 아서 왕의 계승자는 나야. 나야말로 이 세상을 다스릴 진정한 왕이자 지배자이지. 그런 나에게 필요한 건 완전한 승리. 그래. 나를 제외한 모든 후보자를 죽이는 것뿐이겠지. ⋯⋯4대 지보의 수집? 그딴 건 다른 후보자를 몰살시킨 뒤에 느긋하게 하면 돼. ⋯⋯내 말이 틀려?"

"자, 잠깐만요! 제발! 루, 루나만은⋯⋯!"

펠리시아가 애원하며 한걸음 앞으로 나선 순간—

"위험합니다! 펠리시아!"

반사적으로 검을 뽑아든 가웨인 경이 바람처럼 그녀의 앞을 가로막았다.

귀를 찌르는 충격음과 동시에 수평으로 휘둘러진 대검에 얻어맞은 가웨인 경의 몸이 빌딩 벽면과 세차게 충돌했다.

그 충격으로 콘크리트 벽이 무너지고 가웨인 경도 속절없이 의식을 잃고 말았다.

"가, 가웨인 경?!"

"흐음? 과연 가웨인 경. 몸을 바쳐서 왕을 지키다니, 기사의 귀감이야."

가웨인 경을 일방적으로 때려눕힌 것은 글로리아 경이 펠리시아의 목을 노리고 무박자(無拍子)로 휘두른 대검의 일격이었다.

"그 왕에 대한 절대적인 충성심이 결과적으로는 원탁을 붕괴시키는 원인이 됐다니…… 참 안타까운 노릇이네. 그치?"

가웨인 경은 움직일 수 없었다. 괴로운 신음을 흘리며 피를 토할 뿐, 일어서지는 못했다.

글로리아 경의 대검 앞에서는 그 가웨인 경조차 갓난아기나 다를 바 없었다.

"아……! 글로리아 경…… 지금…… 저를 진심으로 죽이려고……?!"

펠리시아는 전율에 몸을 떨면서 외쳤다.

"이게 대체 무슨 짓이죠?! 저와 당신은 4대 지보가 갖춰질 때까지 공동 전선을……."

"하! 넌 이제 필요 없어. 네 가치는 그 몸에 흐르는 고대 요정족의 피와 마법의 지식뿐. ……그걸 빼앗아서 내 것으로 만들기 위한 마법 의식 준비가 마침 조금 전에 끝났거든. ……네 힘을 뺏으면 내 승리는 한층 더 굳건해지겠지."

"큭…… 처음부터 이럴 작정이었군요?! 제 힘을 뺏으려고…… 저와 동맹을 맺었던 거군요?! 절 속였던 거예요!"

"그건 피차 마찬가지잖아? 설마 내가 모를 줄 알았어?"

글로리아 경이 어깨를 으쓱였다.

"넌 처음부터 날 위험시하고 있었어. 날 내버려두면 이 싸움에서 막대한 희생자가 발생할 테니 무슨 수를 써서라도 나만은 배제하고 싶었겠지. ……네 소중한 친구를 지키기 위해서라도. 하지만 난 너무나도 강했어. 너희들의 힘만으론 도저히 막을 수 없을 정도로."

"그건……!"

"그래서 표면상으로는 동맹을 맺은 척하고 물밑에서는 다른 후보자들과 연계해서…… 내가 방심한 틈을 노리려고 했던 거지? 너무 약해서 나랑 싸우면 개죽음을 당할 게 뻔한 루나를 일찍 탈락시키려고 했던 거지?"

"……그, 그건……!"

"이제 그런 촌극은 됐어. 펠리시아…… 넌 여기서 탈락이야."

글로리아 경은 품속에서 체인이 달린 돌 아뮬렛을 꺼냈다.

『Ⅻ』라는 숫자가 새겨진 《라운드 프래그먼트》였다.

"《원탁의 제12석에서·내 부름에 응하라》."

그리고 언령을 읊자 머리 위에 스파크가 발생하는 동시에 마법진이 형성되었고, 허공에 『문』이 열렸다.

그 『문』에서 나온 《잭》은…….

제4장 이끌리는 손

나는 자주 꿈을 꾼다.

이제는 그립고 먼 과거의 꿈을…….

"야, 아서. 대체 어쩔 셈이야? ……너, 제정신이냐?"

꿈속의 나는 로그레스의 수도인 카멜롯 성에 귀환하자마자 옥좌에 앉아 졸고 있던 젊은 소년 왕, 아서를 추궁했다.

"너, 그 펠리노어 왕을 원탁에 받아들였다며?"

"응, 맞아. 하하, 믿음직한 신하가 늘어나서 나도 기뻐."

아서가 속편하게 웃었지만 나는 어처구니가 없어서 따졌다.

"이 바보야! 확실히 무지 강하긴 하지만, 머릿속에 근육밖에 안 든 그딴 무식쟁이를 부하로 삼아봤자 사고나 칠 게 뻔하잖아! 국무장관 케이 경이 울더라! 위가 아프다고! 너, 네 누나를 스트레스로 죽일 셈이야?! 케이 경이 없었으면 이 나라는 진작에 망했을걸?! 그렇지 않아도 원탁은 골빈 육체파 바보들뿐이니까, 네 누나도 좀 배려해주라고!"

"아, 아하하…… 누나한테는 좀 미안할지도……?"

"애초에 무섭지도 않아?! 너, 요전에 그 자식한테 죽을 뻔했잖아! 그때 내가 끼어들지 않았다면 지금쯤……!"

"자자, 이젠 서로 오해가 풀렸으니 됐잖아?"

내가 기막혀하자 아서는 천진난만하게 웃었다.

"로트 왕 일파와의 결전도 머지않았으니 강한 신하는 많을수록 좋잖아? 그리고 펠리노어 왕은…… 알고 보면 재밌는 사람이야. 무슨 일이든 완력으로 해결하려고 드는데, 실제로 완력으로 해결해버리는 거 있지?"

"재밌다라……. 넌 허구한 날 그 소리냐. 아무튼 그런 바보가 있으면 화합에 문제가……."

"괜찮아. ……분명 잘 될 거야."

"어엉? 대체 무슨 근거가 있어서 그런 소릴……."

"그야 나한테는 케이 경과…… ■■. 네가 있으니까."

아서는 늘 온화한 미소를 짓고 그렇게 말했고.

"칫, 어쩔 수 없네. 내가 그 바보를 어떻게 잘 구슬려볼게. ……진짜 손이 많이 가는 국왕님이라니까. 역시 왕으로 추대할 상대를 잘못 고른 걸까?"

나는 불평불만을 내뱉으면서도 내심 기뻐하고…….

―그런 꿈을 철들 무렵부터 자주 꾸곤 했다.

그리고 나이를 먹어서 정신이 성숙해지고 이해력이 늘어나자, 나는 그것이 내 전생의 기억이라는 것을 이치가 아닌 영혼으로 깨달았다.

아니, 그렇게밖에 설명할 길이 없었다.

나는 신동이었다. 꿈속의 나는 검술이건 마법이건 학문이건 뭐든지 잘했다. 현실의 나도 꿈속의 나처럼 뭐든지 잘했다.

꿈을 꾸고, 꿈속의 나를 흉내 낼 때마다 하나둘씩 잘하는 일이 늘어났다.

이유는 모르겠지만 아무래도 나는 전생의 능력과 기억을 갖고 태어난 모양이었다. 요즘 유행하는 전생 치트 능력자였던 셈이다.

다만, 문제는 도가 지나쳐도 너무 지나쳤다는 점이었다.

—아빠! 아빠! 이것 좀 봐! 나 오늘 시험에서 또 1등 했어!

—엄마! 엄마! 내 말 좀 들어봐! 나 오늘 체육 시간에 또 1등 했어!

주위에서 날 『천재』, 『신동』이라고 칭찬해준 건 처음뿐이었다.

아버지와 어머니가 날 자랑스럽게 여긴 것도 처음뿐이었다.

과연 언제부터였을까? 모두의 『대단하다』는 감탄과 동경 어린 시선이, 분위기 파악을 전혀 못 하는 『괴물』을 보는 눈으로 바뀌게 된 것은…….

내가 처음으로 그 시선을 알아차린 계기는 무엇이었을까?

전국대회에 나간 축구부를 단독으로 전부 제치고 골을 넣었을 때부터였을까? 아니면 전국 모의고사 두 자릿수 대 단골인 수재와의 시험 성적 대결에서 벼락치기로 압승했을 때부터였을까? 그것도 아니면 반 친구를 지키려고 불량배 50

명을 혼자서 모조리 때려눕혔을 때부터였을까?

우수한 연구자였던 아버지와 어머니가 반평생을 걸쳐서 쓴 연구논문의 오류를 지적하고 그 자리에서 두 분의 이론을 뛰어넘는 이론을 정립해버리는 바람에 아버지가 화를 내고 어머니는 눈물을 쏟았을 때부터였을까?

그렇게 언제부터인가 모두가 나를 『괴물』로 보게 되었고…… 나는 혼자가 되었다. 주위에는 아무도 없었다. 부모조차도…….

아니, 그래도 딱 한 명 늘 나를 굉장하다고 칭찬하면서 장래에 가신으로 삼아주겠다고 말했던 이상한 꼬맹이를 어디선가 만났던 것 같지만…… 꽤 옛날 일이라 이제는 얼굴조차 기억나지 않았다.

뭐, 아무튼 난 십대 중반에 깨닫고 말았다.

전부 어쩔 수 없는 일이라고.

튀어나온 못은 얻어맞는 것이 바로 이 세상의 섭리라고.

전생의 나는 스스로도 기겁할 정도의 치트 캐릭터였다. 그 전생 보정 때문에 현생에서 내 상대가 될 만한 자는 아무도 없었기에 나는 고독해질 수밖에 없었다.

이 지루하기 짝이 없는 쉬움 난이도 설정의 게임 세상에서 시간을 낭비하며 살아왔다.

진짜 실력을 드러낼 수 없었고, 드러내서는 안 됐다. 아무런 달성감도, 기쁨도, 살아있는 실감도, 삶의 보람도 없이 그저 수명만 계속 낭비했을 뿐이었다.

그렇다면 이제 남은 것은 체념뿐이었다. 이 더럽게 시시한 인생을 나름대로 즐기며 살아볼 수밖에 없었다. 난 혼자서 마음 내키는 대로, 마음 가는 대로 살 수밖에 없었다.

그래서 난 **그 여자**의 인도를 받고 이 《아서 왕 계승전》에 참전했던 것이다.

어쩌면 이토록 시시한 인생이 조금쯤 즐거워지지 않을까 해서…….

이유는 단지 그뿐이었다. 나에겐 이 싸움에 걸만한 거창한 목적이나 신념 같은 게 전혀 없었다.

……하지만 난 어쩌면 확인하고 싶었던 걸지도 몰랐다.

"이봐, 아서! 얼른 가자고! 하하하! 멍하니 있지 말고 어서!"

꿈속에서 아서 왕을 섬기는 전생의 나에게는 지금의 나와 같은 염세관이 전혀 없었다.

전생의 나도 현생의 나와 비슷하거나 그 이상의 두려움과 혐오를 받아왔음에도 늘 즐겁고 활기찬 모습을 보였다.

그리고 그런 전생의 내 곁에는 반드시 아서 왕이 있었다.

대체 왜? 전생의 난 뭐가 그렇게 즐거웠던 것일까. 너와 난 뭐가 다르지?

아서라는 왕은 그 정도로 전생의 나에게 특별한 존재였던 걸까?

너는 대체 왜……?

어쩌면 나는 그 답을 찾아서 이 《아서 왕 계승전》에……?

짜악!

"얘, 린타로! 뭘 멍하니 있는 거니?!"

어젯밤 오랜만에 꾼 꿈에 대해 고민하던 린타로의 의식을 루나의 시끄러운 목소리와 뒤통수를 후려치는 쥘부채의 충격이 현실로 이끌었다.

퍼뜩 놀라서 정신을 차려보니 이곳은 점심시간의 카멜롯 국제학원 교내 매점.

눈앞의 판매대에 진열되어 있는 것은 린타로가 어제 학생회 예산으로 사들인 대량의 빵이었고, 수많은 학생들이 저마다 그 빵을 사려고 몰려든 상태였다.

현재 린타로는 그곳에서 루나와 함께 빵을 파는 중이었다.

"난 대체 뭘 하고 있는 걸까……? 내가 뭐 하러 이 학교에 온 거더라……?"

"이 크림빵을 줘어어어어어어어어어어어!"

"나, 나는 이 팥빵! 팥빵을 넘겨!"

"쿠페빵을 요구한다!"

"……매번 감사합니다. 전부 백 엔입니다……."

린타로는 눈물을 글썽이며 판매원을 계속할 수밖에 없었다.

"좀 더 똑 부러지게 대응해, 린타로! 대목 특수는 시작이

절반이라구! 네가 그래도 장사꾼이니?!"

"아니거든?! 절대로 아니거든?!"

"아무튼 팔아! 시장의 흐름이 매도세로 기울었을 때 팔고, 팔고, 또 팔아치우는 거야! 분위기에 휩쓸린 어리석은 소비자 놈들한테서 돈을 왕창 뜯어내는 거라구!"

그렇게 말하는 루나는 등이 깊게 파이고 노출도가 제법 심한 메이드복을 입고 있었다. 자신의 미모를 최대한 이해하고 이용하는 악랄하기 그지없는 전략이었지만 집객 효과는 그야말로 절대적이었다.

"이 바보 왕은 대체……"

한숨을 내쉰 린타로는 반대쪽으로 슬그머니 시선을 돌렸다.

"큭…… 저, 전부 합쳐서…… 3백 엔입니다……. 으으…… 보, 보지 마세요!"

그곳에서는 케이 경이 역시 루나와 똑같은 옷을 입은 채 눈물을 글썽거리며 몸을 떨면서 빵을 팔고 있었다.

그런 케이 경의 앞에는 수없이 많은 남학생들이 저마다 휴대폰을 들고 줄지어 서 있었다.

'참 딱하기도 하지…….'

그런 애처로운 케이 경의 모습을 본 린타로는 동정을 금할 수 없었다.

하물며 이 임시 노점 판매가 이토록 큰 성황을 누리고 있는 가장 큰 이유는—.

"나이스! SSR『수영복 케이』가 떴다아아아아아아아!"

"이쪽은 SR『알몸 셔츠 차림으로 자다 깬 천진난만한 케이』야!"

"젠장, 진짜?! 너희들, 뽑기 운 너무 좋은 거 아냐?!"

"아아, 부러워라……! 나도 레어 카드가 갖고 싶어어어어! 에잇, 어쩔 수 없지! 빵을 다섯 개만 더 사봐야겠군!"

"""한 번 더 줄서자!"""

"홋…… 다양한 모습의 케이 경 브로마이드를 카드화한 『서(Sir) 케이 TCG』(학생회 제작)의 한정 부스터 팩을 빵에 끼워서 팔기로 한 게 역시 정답이었어!"

"넌 원탁의 기사를 대체 뭐라고 생각하는 거야?"

참고로 당사자는 무표정으로 눈물만 주룩주룩 흘리고 있었다.

이미 모든 것을 체념하고 사고를 정지한 모양이었다.

"아하하하하하하! 대박이야! 웃음이 멈추질 않아!"

"계승전이 길어지는 걸 대비해 병참을 확보해두고 싶으니 나한테 시내의 모든 빵집을 조사하라고 했을 때부터 뭔가 이상하다 싶긴 했어. ……어째서 그때 난 어디 비밀기지 같은 데 숨겨둘 비축식량이구나~ 라고 솔직하게 믿었던 거지? 제길! 제길! 제길!"

"얘, 린타로! 판매원은 미소가 생명이거든?! 표정이 그렇게 어두우면 매출이 떨어진다구!"

"그게 누구 탓인데, 이 멍청아! 아니, 그보다 이 녀석……엑스칼리버를 팔아서 지갑이 넉넉할 텐데 왜 이렇게까지 돈벌이에 집착하는 거지……?"

린타로가 진영 선정을 완전히 실패했다며 깊이 후회한 순간이었다.

"홋. 열심히 일하고 있구나, 마가미."

담임인 쿠조가 마침 빵을 사려고 린타로 앞에 섰다.

"너희는 의외로 죽이 잘 맞나 보다?"

"……잠깐만요, 쿠조 선생님. 그런 거 아니거든요?"

린타로가 노골적으로 싫어하며 한숨을 푹푹 내쉬었지만 쿠조는 이제야 한시름 덜은 듯 입가를 끌어올리고 미소 지었다.

"아무래도 내가 나설 필요는 없었나 보군. 처음에는 또 골치 아픈 문제아가 온 거냐고 한탄했었는데…… 응. 넌 루나와 같이 있으면 문제없을 것 같아."

"……예?"

린타로는 무슨 소린지 몰라 의문을 표했다.

"문제요? 제가? 그게 무슨 말씀이시죠?"

"……사실 담임인 나한테는 네 이력이 기입된 서류가 내려왔거든. 일종의 블랙리스트 같은 거야. 넌 이 교육 현장에

서는 꽤 유명한 학생이니까."

"⋯⋯?!"

"그런데 너도 지금까지 꽤 고생이 많았던 것 같더군. 아, 오해하지는 마. 딱히 설교나 지도를 하려는 건 아니니까. 그저⋯⋯."

"그저⋯⋯ 뭐죠?"

린타로의 물음에 쿠조는 루나를 힐끔 쳐다보고 말했다.

"역시 넌 루나와 함께 있어야 해. 분명 그게 널 위한 일일 거야."

"예에⋯⋯?"

"루나와 함께 지내면서 실컷 휘둘려 봐. 그럼 언젠가 네 문제도 조금은 진전이 생길지도 모르니까."

"대체 무슨 말씀이신지 영⋯⋯ 전 벌써 지긋지긋한데요."

"하하, 너무 그렇게 질색하진 마. 분명 조만간 알게 될 테니까."

그리고 쿠조는 크로켓빵과 크림빵을 주문했다.

빵 값으로 5백 엔을 받은 린타로가 상품과 거스름돈을 건네주었다.

"⋯⋯감사합니다. 또 오세요."

"수고해."

린타로가 유유자적하게 떠나가는 쿠조의 등을 뭔가 생각에 잠긴 눈으로 지켜본 순간—

"루나아아아아아아아아아아아아아아아아아아아아아!"

미모리 츠구미를 앞세운 선도부원들이 인파를 바쁘게 헤치며 등장했다.

"루나 양! 다, 다, 당신은 대체 우리 학교의 질서를 얼마나 헤쳐야 직성이 풀리는 거죠?! 교내에서 이런 파렴치한 카드를 대량으로 팔다니!"

분노에 몸을 떠는 츠구미가 케이 경 카드를 루나의 눈앞에 척 들이밀었다.

"뭐? 난 딱히 카드 같은 걸 판 기억은 없는데?"

그러자 루나는 머리 뒤로 깍지를 끼더니 시선을 옆으로 돌리면서 뻔뻔하게 지껄였다.

"내가 하고 있는 건 어디까지나 학생회가 관할하는 공식 구매 활동이거든? 내가 파는 건 어디까지나 학생들의 점심용 빵이거든? 그 빵에 어쩌다보니 트레이딩 카드가 덤으로 딸려간 것뿐이거든? 그런 거거든?"

"이건 아무리 봐도 카드가 메인이고 빵이 덤이잖아요! 진심으로 그런 궤변이 통할 줄 아는 건가요?!"

"아, 참고로 모든 종류의 카드를 수집하면 무지무지 귀한 카드인 『방금 목욕을 마친 케이』도 빠짐없이 제공할 거야!"

"그건 컴플리트 가챠#1잖아요?! 엄연한 범죄 아닌가요?!"

루나와 츠구미는 여느 때와 다름없는 소동을 벌였지만 린

#1 컴플리트 가챠 일본 소셜 게임의 랜덤 아이템 뽑기 방식 중 하나. 현재는 사행성 문제로 금지되었다.

타로와 케이 경은 아련한 눈으로 먼 곳을 바라보았다.

"그윽~! 당신이라는 사람은 정말~! 어제 오늘 사이에 또 이런 짓을! 대체 왜 이렇게 행동력이 넘치는 거죠?! 더는 못 참아요! 그만 오랏줄을 받으세요! 자, 여러분! 이 파렴치한 판매대를 철거해버리죠!"

"""예!"""

츠구미를 비롯한 선도부원이 일제히 달려들었다.

"웃기지 마, 선도부! 이건 우리의 케이 씨…… 아니, 빵이거든?! 지금 우리한테 점심도 거르고 오후 수업을 받으라는 거야?!"

"에잇! 막아! 막아아아아아아아아아아아아아아!"

"""우오오오오오오오오오오오오오오!"""

다시 학생회와 선도부원 그리고 학생들이 정면에서 격돌했고 그 자리에는 질풍노도 아비규환의 지옥도가 펼쳐졌다.

"또 이거냐. 진짜 이 학교는 어떻게 돼먹은 거야?"

린타로는 그야말로 어처구니가 없었다.

"칫…… 여긴 이제 글렀네! 그런 고로 케이 경! 뒷일은 맡길게! 이 남은 빵, 남기지 말고 전부 팔고 와! 알겠지?"

"예? 예에에에에에에에에에?! 이, 이 상황에서요?!"

말도 안 되는 명령을 떠넘긴 루나가 린타로의 목깃을 낚아챘다.

"자, 린타로! 멍하니 있지 말고 얼른 튀자!"

"야, 잠깐! 기…… 대체, 어디로 가려고오오아아아아아앗?!"

루나는 린타로를 질질 끌고 가면서 복도 창틀에 발을 올리더니 그대로 도약, 학교 건물 밖으로 뛰어내렸다.

참고로 여긴 3층이었다.

그대로 학교를 빠져나와 일단 편의점 화장실에서 루나가 교복으로 갈아입은 후—.

"야, 날 죽일 셈이야?! 이거 진짜 터무니없는 녀석이었네?!"

"아하하! 신경 쓰지 마!"

린타로는 그녀와 함께 아발로니아 제3에리어의 대로변을 걷고 있었다.

인공 섬 위에 세워진 이 국제도시는 총 열세 개의 구역으로 이루어져 있었다.

그중 이 제3에리어는 이른바 학생가다. 카멜롯 국제학원을 중심으로 학생 기숙사와 하숙집과 학생을 위한 유흥시설과 음식점과 공원 등이 모인 구역이다.

국제도시의 중심가인 제1에리어와 오피스가인 제2에리어 등과 달리 고층 빌딩 같은 건 전혀 없고 어딘지 모르게 영국의 시골 동네 같은 인상을 풍겼다.

"하물며 학교를 빠져나와서 수업까지 땡땡이치다니…… 이래서야 나까지 그 선도부원의 표적이 되겠군. 앞으로 골치 아파지게 생겼구만."

"이제 와서 무슨 소리야. 그건 어젯밤 시점에서 이미 돌이킬 수 없게 됐잖아? 남자가 지난 일 가지고 궁시렁거리지 마! 그래도 네가 내 가신이니?!"

"예이예이."

이젠 반박할 기력조차 없었다.

"자…… 그럼 이제부터 뭘 할까? 린타로. 이대로 얌전히 학교로 돌아가서 수업을 받을 만한 분위기도 아닌데, 으음……."

"그래. 그건 동감이다. ……전, 부, 너, 때, 문, 이, 지, 만."

린타로가 대놓고 빈정거려도 루나는 미소를 무너트리지 않았다.

"칫…… 뭐, 됐어. 일단 화제를 바꿔보자고. 《아서 왕 계승전》…… 이 싸움은 기본적으로 날이 저문 후부터야. 즉, 방심은 금물이지만 낮은 안전하다고 봐도 돼."

린타로는 뒷세계를 걸어온 자 특유의 날카로운 눈빛으로 루나를 흘겨보았다.

"그리고 이 격전에서 살아남아 아서 왕이 되는 게 목표인 우리에게는 1분 1초도 시간을 낭비할 틈이 없어. ……내가 무슨 말을 하고 싶은지 알겠지?"

"응, 알아."

린타로의 진지한 물음에 루나는 왕의 품격이 넘치는 위풍당당한 자세로 말했다.

"데이트하자, 린타로."

"그래, 그 말대로야. 일단 다른 《킹》의 정보를 수집하자. 우선적으로 조사해두고 싶은 녀석이 한 명⋯⋯."

그제야 대화가 전혀 맞물리지 않았다는 것을 깨달은 린타로는 잠시 침묵했다.

"이보쇼~ 바보 왕님~? 너, 내 말을 제대로 듣긴 한 거야~? 어, 째, 서 그런 결론에 도달하는 걸까~? 머리가 나쁜 가신도 알아들을 수 있게 설명해 줄래~? 으응~?"

"아야야야야야얏?! 아파아파아파아프다구~!"

그리고 루나의 뒤에 서서 두 주먹으로 관자놀이를 세차게 비볐다.

"아프잖아! 대체 무슨 생각이야, 이 바보!"

"그건 내가 할 말 이거드으으으으으은?!"

린타로는 울먹이는 눈으로 노려보는 루나의 멱살을 잡고 고함을 지를 수밖에 없었다.

"대체 뭘 어떻게 해야 그런 결론에 도달하는 건데?! 우리한테 놀고 있을 여유 같은 건⋯⋯!"

"흥! 뭘 몰라도 한참 모르는구나! 린타로! 왜 여기서 굳이 데이트를 해야 한다는 결론이 나온 건지!"

그러자 루나는 자신만만한 얼굴로 가슴을 펴더니 린타로에게 삿대질을 하고 당당하게 선언했다.

"잘 들어. 우린 일단 표면상으로는 최근에 처음 만난 걸로 되어 있잖아?"

"표면상이고 자시고 실제로 최근에 처음 만난 거거든?"

"그리고! 앞으로 다른 《킹》이나 《잭》들과 4대 지보를 둘러싸고 생사를 건 싸움에 몸을 던지게 될 거라는 건 상상하기 어렵지 않아!"

"호오, 그런 상상을 할 수 있는 지능은 있었나. 좀 안심했다."

"거기서! 이 격전을 헤쳐 나가려면 나와 린타로…… 왕과 가신의 한층 더 굳건한 신뢰 관계와 결속력이 반드시 필요하다고 해도 과언이 아니야!"

"……그렇겠지."

"그러니까 데이트야!"

"……그렇, 겠지?"

이상하다. 어째선지 갑자기 논리가 비약된 기분이 들었다.

"뭐! 진정한 왕인 난 탁월한 카리스마로 너에 관해 샅샅이 파악하고 있지만! 넌 나에 관해 좀 더 잘 알아둘 필요가 있겠지? 응?"

"……솔직히 더 알고 싶지도 않다만."

"아무튼 그런 고로! 자, 데이트하러 가자! 린타로!"

"으엇?! 야, 팔 잡아당기지 마! 아, 진짜! 대체 왜 이렇게 되는 건데?!

이렇게 해서 학교를 완전히 땡땡이 친 두 사람은 평일의 데이트를 즐기게 되었다.

로맨틱함이라곤 전혀 찾아볼 수 없는 분위기로…….

두 사람이 시설 안으로 들어선 순간, 소리와 빛의 홍수가 쏟아졌다. 안쪽에 빼곡히 늘어선 것은 화면이 달린 다양한 사이즈의 게임기와 인형 뽑기 기계와 스티커 사진기 등등.

이곳은 『나인 스타』. 제3에리어에서는 제법 유명한 대형 게임센터였다.

"흐흥, 어차피 여자랑 사귄 경험도 없는 너한테 가르쳐줄게. 여자랑 데이트할 때 가장 먼저 가야 할 곳은 게임센터야! 데이트가 시작되자마자 여자한테 게임센터를 권하지 않는 남자는 감점 대상이지! 이건 토막 상식이야!"

"네 데이트 지식은 대체 어떻게 돼먹은 거냐."

린타로는 가슴을 펴고 당당하게 주장하는 루나에게 일단 성실하게 태클을 걸어주었다.

"보통 여자랑 데이트를 한다고 치면 먼저 카페나 영화관에 가거나 쇼핑 아냐? 아니, 뭐. 잠깐 시간이나 때울 겸 노는 거라면 게임센터도 나쁘진 않으려나?"

"자, 린타로! 이 일만 엔 지폐를 전부 백 엔짜리 동전으로 바꿔와! 어명이야!"

"너, 진성 게이머였냐?! 아니, 여기서 대체 얼마나 오래 있으려고 그래?!"

린타로는 입으로 투덜대면서도 어째선지 고분고분하게 지폐를 받아들고 환전기로 향했다.

"오, 루나잖아! 오랜만~!"

"헤헤, 마침 잘 만났군! 그라이이로 승부하자! 오늘은 반드시 이겨주마!"

하지만 마침 뒤에서 그런 목소리가 들리길래 고개를 돌려 보았다.

그러자 딱 봐도 껄렁하게 보이는 남녀 양아치들이 루나를 보자마자 잇따라 친근하게 말을 거는 광경이 눈에 들어왔다.

"아! 미안~ 얘들아! 나 오늘은 같이 온 사람이 있거든! 훗, 데이트야. 데이트! 이야~ 인기 많은 여자는 괴롭다니까!"

"꺄하하하! 차였네, 료? 꼴사나워~."

"으그그그…… 그럼 어쩔 수 없지. 다음에 만날 때까지 승부는 양보해둘게!"

"아니, 그보다 루나. 너랑 사귀어주는 괴짜가 다 있었나 보네? 흐응~?"

"훗, 이 초절 미소녀한테 무슨 소리야? 여지껏 내 눈에 차는 남자가 없었던 것뿐이거든!"

루나도 이게 일상인지 익숙한 태도로 응수했다.

'참 나, 저 녀석은 어디서나 인기인이구만…….'

린타로는 환전기에서 컵으로 동전이 와르르 떨어지는 소리를 들으며 문득 그런 생각을 떠올렸다.

돌이켜 보면 학교에서도 루나의 주위에는 늘 인파가 형성되어 있었다. 그녀의 지지자든, 적대자든 주위에 사람이 끊일 날이 없었다.

'그건 그렇고 자세히 보면…… 저 녀석은 정말 눈길을 끄는 구석이 있는 여자란 말이지.'

지금의 루나는 교복 차림이었다. 센스 있게 잘 차려입긴 했어도 딱히 뭔가 꾸미거나 한 건 아니었다.

그런데 액세서리나 최신 유행 옷으로 치장한 여자들 앞에서도 존재감이 전혀 퇴색하지 않았다. 오히려 그들 덕분에 이런 빛과 소리의 홍수 속에서도 한층 더 빛나 보이는 것 같았다.

'흥. 그런 점은 개성이 넘치는 인간들 사이에서도 존재감이 전혀 흔들리지 않았던 **그 녀석**을 쏙 빼닮았군.'

멍하니 그런 생각을 하던 린타로는 대량의 동전이 든 컵을 안고 루나에게 돌아갔다.

"수고했어. 내 충신 린타로! 은사와 봉공이야말로 왕과 가신의 유대를 쌓는 초석! 그런 고로 너한테 포상을 줄게! 너도 이걸로 실컷 놀다 와!"

린타로는 루나가 건넨 **십 엔짜리** 동전 하나를 게슴츠레한 눈으로 내려다보았다.

'요즘에 십 엔으로 할 수 있는 게임이 있긴 하나……?'

그저 한숨밖에 안 나왔다.

그러자 루나는 즐거운 얼굴로 린타로와 팔짱을 꼈다.

"저기, 린타로! 모처럼 왔으니까 같이 하자! 그러는 편이 훨씬 더 즐거울 거야! 괜찮지?"

"……딱히 상관은 없다만."

린타로는 어깨를 으쓱이고 체념한 목소리로 대답했다.

"하지만 아마 뭘 하든 내가 이길걸? 너한텐 하나도 안 즐거울 것 같은데."

"바보구나! 이겨야만 즐겁다니, 네가 무슨 애니?"

"음……."

"이런 건 같이 하기만 해도 즐거운 법이라구! 그야 게임이 잖아? 승패가 전부는 아니야!"

"그런가~? 난 승패가 확실하지 않은 걸 해봤자 의미가 없을 것 같다만……."

"아하하하하하하하하하하하하! 약하잖아, 린타로!"

"으그그그…… 아, 아무리 나라도 이건 좀……."

결국 린타로와 루나는 대전 격투 게임기를 사이에 두고 앉았고, 현재 화면에서는 린타로가 조작하는 헬멧을 쓴 남자가 무참하게 패배한 모습을 비추고 있었다.

"응? 뭐? 너, 방금 「뭘 하든 내가 이긴다」고 하지 않았어? 푸웃~ 큭큭! 꼴사나워라!"

"웃기지 마! 나한테 독보적인 최약캐를 고르게 해놓고 자긴 대전 상성 1대 9인 최강캐를 고른 주제에!"

"멍청하긴! 이기면 장땡이거든? 게임은 승패가 전부라구!"

"제길, 아까랑 하는 말이 정반대잖아! 에잇, 이렇게 된 이상 나도 최강캐를 골라주지!"

나깃나깃나깃!

"아아아아앗~! 멈춰, 이 비겁자~!"

케이오 원 토키!

"아아아아아아아아앗?! 너, 내 회복약을 먹었겠다?!"

다음에는 건 슈팅 게임기의 화면 앞에서 나란히 선 채 몰려드는 좀비떼를 향해 권총형 컨트롤러를 겨누고 마구 총알을 난사했다.

"됐으니까! 넌 주위에 있는 좀비를 빨리 정리해! 보스는 내가!"

"하나도 안 맞잖아! 이 허접! 비켜, 네가 주위의 좀비나 잡아!"

"아아아아아앗?! 왜 내 백신 아이템을 먹어버리는 건데?! 내 캐릭터의 좀비화 게이지 좀 보라구!"

"야, 멈추지 말고 계속 쏴! 떴어! 사이보그 교수가 떴다고!"

"자! 좀 더 이쪽으로 와! 화면에 안 들어오잖아!"

"후우~ 성가시게 하긴."

이어서 두 사람은 스티커 사진기의 카메라 앞에 나란히

섰다.

"아, 진짜! 더 안 붙으면 잘린다니까! 자!"

"우옷?! 야, 너⋯⋯!"

갑자기 루나가 기습처럼 린타로의 팔을 끌었다.

그 순간, 그녀의 몸과 머리카락에서 감도는 향기가 코를 간질였다.

팔에서 느껴지는 부드러운 루나의 몸은 체온이 높았고 그 기분 좋은 느낌에 제아무리 린타로라도 동요를 감출 수 없었다.

"응! 아주 잘 찍혔어!"

"⋯⋯아, 그래? 잘됐네."

어울리지도 않게 가슴이 뛰는 것을 자각한 린타로는 가볍게 혀를 찬 후, 터치패널에 찍힌 사진을 보고 크게 기뻐하는 루나의 뒷모습을 바라보았다.

'⋯⋯평소에도 이러면 평범한 여자애처럼 보일 텐데 말이지.'

그리고 멍하니 조금 아깝다는 생각을 했다.

"이히히히⋯⋯."

한편, 루나는 화면에 비친 린타로의 얼굴에 터치펜으로 낙서를 하는 중이었다.

"아하하하하! 웃겨 진짜! 린타로도 꽤 남자다워졌는걸?"

"야, 야 인마! 그럼 넌 이렇게 해주지! 이렇게! 이렇게!"

린타로도 터치펜을 뺏어들고 그녀의 얼굴에 낙서를 하기

시작했다.

"잠깐! 여자 얼굴에 무슨 짓이야! 저질! 그럼 나도……!"

"그렇겐 못 해!"

그렇게 두 사람은 비좁은 스티커 사진기 앞에서 터치펜을 뺏고 뺏기며 서로의 얼굴에 낙서를 마구 휘갈기는 추한 싸움을 펼쳤다.

"이쪽이라니까! 이쪽 패를 내! 내 감이 그렇게 말하고 있어!"

"에잇, 마작이 뭔지도 모르는 바보가! 이쪽 패를 내야 하는 게 당연하잖아!"

그리고 이번에는 탈의(脫衣) 마작 게임기 앞에 나란히 앉아 격렬한 설전을 벌이고 있었다.

"버림패들을 봐! 아무리 생각해도 이쪽이 통할 가능성이 크잖아!"

"아~니, 이거야! 이걸 내야 해! 그런 흐름이야! 애초에 넌 사실상 역이 나는 걸 포기한 상황이잖아?! 왕으로서 물러날 수는 없어!"

"그쪽이야말로 적이 바라는 대로잖아! 에잇! 이젠 시간이 없어! 넘어가라!"

탕!

"앗?!"

『론! 리치 핑후 탕야오 이페코 도라 4! 우훗, 미안해♥』

모니터에서는 린타로가 낸 패를 가져간 반라의 여캐가 무정하게 자기 패를 뒤집었고…… 린타로의 점수에서 24,000점이 빠져나갔다.

　"컥?! 진짜야?!"

　"아아아아아아앗! 뭐하는 거야, 진짜! 앞으로 한 장이면 아리사를 홀딱 벗길 수 있었는데에에에에에! 린타로는 바보바보!"

　"으그그그그그그……!"

　"에잇, 아직이야! 이대로 끝낼 수는 없어! 무슨 일이 있어도 아리사를 벗기고 말겠어! 재도전이야! 린타로!"

　"너무 필사적이잖아……. 그렇게까지 해서 벗기고 싶은 거냐."

　띠링 띠링 띠링…….

　"시러시러시러시러! 뽑아줘뽑아줘뽑아달란 말야~!"

　"네가 직접 뽑으라니까!"

　"그러니까! 난! 네가 뽑아준 걸 갖고 싶다구!"

　이번에는 인형 뽑기 기계 앞에서 루나가 떼를 썼고 린타로는 한숨을 내쉬었다.

　"됐으니까 뽑아! 이건 어명이야, 어명! 거스르면 불경죄로 사형이야!"

　루나는 기계 안에 있는 못생긴 양 인형을 가리키며 외쳤다.

　"네가 무슨 폭군이냐. 야, 루나. 잘 들어 봐. 인형 뽑기 기계에는 내부 설정이라는 게 있어. 가게 쪽도 이 기계 안의 내용물을 처음부터 뽑게 할 생각이 없……."

"흐응? 무리라는 거네? 뭐든 잘한다고 했으면서? 흥, 어차피 너란 남자는 그 정도였다는 거지? 이~렇게 귀여운 여자애가 이렇게까지 부탁하는데도?"

"큭…… 이게……."

"뭐, 무리라면 어쩔 수 없네. 아아~ 실망이야~. 방금 내 인사고과에서 린타로에 대한 평가가 대폭락했어~."

"으아아아아아아아! 제길! 알았어, 뽑아주면 되잖아! 똑똑히 보라고! 내 실력이면 이 정도쯤……!"

린타로는 루나가 회심의 미소를 지은 것을 눈치채지 못한 채 백 엔짜리 동전을 인형 뽑기 기계에 대량 투입했다.

그리고—

"아하하하하하하하! 즐거웠지? 린타로!"

그렇게 실컷 논 두 사람은 게임센터를 뒤로했다.

"하지만 일만 엔 지출은 좀 타격이 컸으려나?"

루나는 장난스럽게 혀를 내밀며 린타로를 돌아보았다.

"응, 컸지. 참고로 내 지갑에선 3만 엔이 사라졌더라. 어째 설까?"

"그, 글쎄~?"

제아무리 루나라도 이 말에는 양심에 찔렸는지 비지땀을

흘리며 굳은 미소를 지었다.

"그, 그건 그렇고 이 양 인형을 뽑아줘서 고마워! 린타로! 이거 전부터 갖고 싶었거든! 첫 가신의 헌상품…… 후훗. 왕 으로서 소중히 간직할게!"

"그래, 꼭 소중히 여겨. 여하튼 백 엔도 안 될 텐데 최종 낙찰 가격으로 그 2백 배는 들여서 뽑은 거니까 말이지. ……바보 아냐? 젠장."

린타로는 기쁜 얼굴로 양 인형을 가지고 노는 루나를 게 슴츠레한 눈으로 노려보며 실컷 생색을 냈다. 역시 참으로 속이 좁은 남자였다.

"그럼 다음은 어디로 갈까?"

그런 식으로 한 차례 대화를 끝맺은 후 루나가 다시 천진 만난하게 웃고 린타로의 손을 잡아끌기 시작했다.

"야야, 이 데이트(웃음)를 더 하겠다고? 제발 참아주라……."

"뭐, 어때! 오늘은 철저하게 친목을 다져보자구!"

"이상하네~? 내가 보기엔 친목은커녕 골이 더 깊어진 것 같다만~?"

"앗! 맞아. 전부터 가보고 싶은 가게가 있었지! 자, 가자! 린타로!"

"사람 말 좀 들어. 잠…… 야, 손 좀 잡아당기지 말라고 했지!"

……그런 식으로 시종일관 루나는 내키는 대로 린타로를

여기저기 끌고 다녔다.

항상 한여름의 태양 같은 미소를 띤 루나와, 반대로 사회 생활에 지친 신입사원 같은 표정의 린타로 커플은 카페에 들어가서 신상 디저트를 먹어보거나, 백화점에서 윈도쇼핑을 하거나, 애니메이트에서 라이트노벨에 관한 담론을 주고받거나, 정처 없이 길거리를 걸어 다니거나 하면서 데이트를 즐겼다.

이러니저러니 해도 시간은 쏜살 같이 지나갔고, 그리고…….

"해냈어! 마침내 이 망할 자식을 해치웠어! 제12장 끝!"

"그러십니까. 거 참 축하드립니다 그려."

마지막으로는 제3에리어 동쪽 연안에 있는 소드레이크 해변 공원의 벤치에 나란히 앉아서 스마트폰을 꺼내들고 소셜 게임을 했다.

"훗, 너한테 빌린 마법계 최강 서포트 기사 『봉마의 마법사 멀린』 덕분에 이겼어! 내 KLK(King of Lound Knights) 라이프는 이제부터 시작되는 거야!"

"곰곰이 생각해봤는데, 이거 진짜 데이트 맞냐? 데이트? ……뭐, 아무렴 어때."

린타로는 게임 애플리케이션을 끄면서 더는 생각하는 것을 포기했다.

"그건 그렇고 네 서포트 기사 편성창은 좀 이상하지 않아? 어떻게 전부 1티어급 5성 캐릭터를 2차 각성까지 마친 상태로 렙이랑 스킬렙까지 만땅을 찍은 건데? 혹시 니 핵과 금러였어?"

"글쎄?"

"그러면서 프렌드는 한 명도 없다니…… 혹시 친구 없니?"

"시꺼, 신경 꺼. 난 원래 솔플이 취향이라고."

퉁명스럽게 내뱉은 린타로는 스마트폰 화면에서 눈을 떼고 주위를 돌아보았다.

어느 샌가 벌써 해가 지고 있었다.

저녁 노을에 물든 공원이 무척 아름다웠다.

선홍색으로 타오르는 하늘. 철책 너머로 보이는 바다.

붉은색 태양을 집어삼키는 수평선은 마치 황금색 보리밭처럼 찬란하게 빛나고 있었다. 잔잔한 파도의 흔들림이 그 빛을 어지럽게 반사시키는 환상적인 광경이 망막에 아로새겨졌다.

"……흠, 이러니저러니 해도 오늘은 실컷 놀았군."

"그러게."

루나는 무척 만족스러워 보였다.

"저기, 린타로. ……오늘, 즐거웠어?"

그리고 약간 긴장한 눈빛으로 질문했다.

"……그래, 즐거웠어."

이러니저러니 해도 그것만은 엄연한 사실이었기에 솔직하

게 대답했다.

"그래? 그럼 다행이다! 흐흥~! 가신이 잘 쉬게 배려해주는 것도 왕의 역할! 감사하도록 해! 주로 나한테!"

루나는 그제야 안심한 듯 활짝 웃었다.

"예이예이."

린타로는 건성으로 대답하고 쓴웃음을 지었다.

그리고 그 말을 끝으로 두 사람의 대화가 중단되었다.

지금까지 쉴 새 없이 떠들었기 때문인지 갑자기 대화가 끊어지자 약간 위화감이 생길 정도로 주위가 조용하게 느껴졌다.

'그럼 이제부터 뭘 하지? 일단 데이트라고 하면 같이 저녁이나 먹고 집까지 바래다주면 되나?'

약간 피곤해진 린타로가 멍하니 그런 생각을 하던 그때였다.

"저기, 넌…… 왜 이 섬에 온 거야?"

루나가 갑자기 그런 질문을 던졌다.

옆얼굴을 훔쳐보자 루나는 아득히 먼 수평선을 바라보고 있었다.

눈부시게 빛나는 하늘과 바다의 경계 사이에서 그녀는 대체 무엇을 보고 있는 것일까.

"넌…… 왜 《아서 왕 계승전》에 참전할 생각이 든 거야?"

"아니, 전에도 말했잖아? 그냥 재밌을 것 같아서……."

린타로가 건성으로 대답했지만 루나는 무시하고 재차 질

문했다.

"예를 들면…… 실은 누군가를 만나러 왔다든가, 누군가와 한 약속 때문은 아니고?"

"……?"

린타로는 그 질문에서 위화감을 느꼈다. 왠지 예시가 지나치게 구체적이었다.

다시 옆을 돌아보았으나 뭔가를 그리워하는 눈으로 바다를 바라보는 그녀의 표정은 한없이 따스했다.

"……아니."

린타로는 솔직하게 대답했다.

"그런 복잡한 사정은 없어. 난 정말로 그냥 심심풀이로 온 거야. 평범한 일상이 답답하고 시시하게 느껴져서…… 뭔가 재밌는 일을 경험해보고 싶었거든."

"그래……. 그랬었지."

그러자 루나는 온화하게 미소 지었다.

"후훗. 넌 진짜 특이한 애야."

하지만 린타로는 그녀가 재밌어서 웃은 게 아니라는 것을 바로 눈치챘다.

한순간 그녀의 표정에 쓸쓸한 감정이 스쳐지나간 것을 목격했기 때문이다.

'아무래도 이 대답을 원한 게 아니었나 보군.'

루나는 자신에게 대체 어떤 대답을 기대했던 것일까.

이유는 전혀 알 수 없었다. 하지만 그런 그녀의 표정을 본 순간, 왠지 모를 죄책감을 느낀 린타로는 이 상황을 얼버무리려는 것처럼 반대로 질문을 던졌다.

"그, 그러는 넌 어떤데? 넌 무슨 목적으로 《아서 왕 계승전》에 참전한 거지?"

"……응? 말한 적 없던가?"

"못 들었어."

그러자 루나는 벤치에서 일어나 린타로를 똑바로 내려다보았다.

"그야 뻔하잖아? 아서 왕을 계승하고, 세계 제일의 왕이 되고, 이 세상의 모든 것을 손에 넣고, 그리고……."

그리고 진짜 왕처럼 위풍당당하게 선언했다.

"마음 내키는 대로 거드름을 피우기 위해서야!"

린타로는 고개를 푹 떨굴 수밖에 없었다.

"난 이 세계에서 가장 높은 사람이 돼서 남들을 마구 부려먹고 싶어! 일하지 않고 편하게 살고 싶어! 그러니 양보 못해! 난 반드시 아서 왕이 되고 말겠어!"

"아, 진짜…… 뭐 이런 녀석이 다 있지?"

린타로는 머리를 쥐어뜯으며 더더욱 고개를 깊이 떨굴 수밖에 없었다.

차라리 루나를 일찍 탈락시키는 편이 낫지 않을까 하는 생각이 절로 들 정도였다.

"그리고 자타공인 세계제일의 왕이 된 나는 어떤 사람을 가신으로 삼을 거야."

그러자 갑자기 루나의 분위기가 돌변했다.

그것을 눈치챈 린타로는 그녀의 얼굴을 의아한 눈으로 올려다보았다.

"……? 가신?"

"응. 나한테는 무슨 일이 있어도 꼭 가신으로 삼고 싶은 사람이 있거든."

"그게 무슨 소리야?"

"……."

그러자 루나는 그대로 바다 쪽을 바라보고 잠시 입을 다문 후 말했다.

"린타로, 넌 알고 있어? 이《아서 왕 계승전》의 진정한 목적을."

"어, 당연히 알지.《인리(人理)의 붕괴^{카타스트로피}》잖아?"

갑작스러운 이야기지만 이 세계에는 만물의 영장인 인간이 사는《현실계》와 신들과 요정 및 요마들이 사는《환상계》의 경계를 나누는《의식의 장막》이라는 것이 존재한다.

이《의식의 장막》은 인류의 공통 심층 의식에 뿌리를 내린 세계결계(世界結界)로서, 문명의 발전 및 자연 과학의 발달과 동시에 형성되었고 시간이 지남에 따라 점점 더 강고

해졌다.

원래 이 세계에 《현실계》와 《환상계》의 경계 같은 건 존재하지 않았지만, 이것이 형성됨으로써 환상계의 주민들은 《의식의 장막》 너머로 쫓겨나 《현실계》에서 모습을 감추게 된 것이다.

단적으로 표현하자면 누구나가 『유령 따위 존재하지 않는다. 유령 따위 허구의 존재다』라고 인식하게 된 탓에 그게 정말로 사실이 되고 만 것이다.

그래서 현대에 이르러서는 대부분의 환상 존재가 《현실계》에 간섭할 수 없게 되었고, 《현실계》의 주민들 또한 그들을 대부분 인식할 수 없게 되었다.

그리고 무시무시한 힘을 지닌 환상 존재의 위협과 지배에서 해방된 세계는 다행히도 인류가 차지하게 되었지만—.

"가까운 미래에 이 《의식의 장막》이 붕괴한다지."

린타로는 약간 표정을 찌푸리고 말했다.

"원인은 불명. 호수의 귀부인들이 받드는 《운명의 세 여신》이 그렇게 예언했어. 그럼 그건 이미 확정된 사항이야. 강대한 힘을 지닌 옛 신들과 요마들이, 영웅이 존재하지 않는 무력한 이 《현실계》에 부활할 거야. 모든 게 신들이 인류를 지배했던 신화시대로 되돌아가는 거지."

"응. 그게 바로 《카타스트로피》. 인간 세상의…… 종언."

루나가 부드럽게 머리카락을 쓸어 올렸다.

그러자 밤기운이 섞인 싸늘한 바람이 불어와 그녀의 머리카락을 흩날렸다.

"이 《아서 왕 계승전》의 승자…… 아서 왕을 계승한 자는 이 세계의 모든 것을 지배할 힘을 얻는 동시에 《카타스트로피》에 맞서야 할 의무를 짊어지게 돼. 그것이야말로 언젠가 세계에 위기가 찾아왔을 때, 세계를 구하기 위해 부활하기로 정해진 아서 왕…… 《Rex Quondam Rexque Futurus》의 숙명이니까."

오히려 《아서 왕 계승전》이란 《카타스트로피》를 막을 구세주를 뽑는 싸움인 것이다.

그것이 바로 호수의 귀부인들의 진정한 목적이었다.

세상 전부를 지배할 수 있는 힘이라는 건 그저 경품— 미끼에 불과했다.

"난 있지. 아서 왕의 피를 후대에 남기기 위해 존재하는 아르투르 가의 적자로 태어난 탓에 어릴 때부터 이 《아서 왕 계승전》에 참전하기 위해서 다양한 영재 교육을 받아왔지만…… 언제였던가. 이 이야기를 처음 들었을 때는…… 무서워서 견딜 수가 없었어."

"……"

"언젠가 내가 《아서 왕 계승전》에 참가해야만 한다는 사실도…… 《카타스트로피》를 막기 위해 싸워야만 한다는 사실도…… 진심으로 싫었어. 내가 왜 그런 무서운 일을 해야 하냐면서."

"……."

"하지만 주위의 어른들은 그게 아르투르가의 숙명이라며, 기사의 본분이라면서 내 말을 전혀 귀담아들어주지 않았고…… 난 너무 무서워서 늘 혼자 숨어 울기만 했었지."

"……."

"하지만 그러던 어느 날 나한테 이렇게 말해준 애가 있었어. ……「걱정하지 마. 만약 네가 세계제일의 왕이 된다면 내가 네 가신이 되어줄게」라고. 「가신이 된 내가 너 대신 그 카타뭐시기를 없애줄게」라고."

그리고 먼 곳을 바라보던 루나는 당시를 그리워하듯 눈을 가늘게 떴다.

"내 생가는 잉글랜드의 윈체스터에 있는데, 그 애는 부모의 일 관계로 거기서 우연히 만났던 것뿐이었어. 그 애와 함께 지냈던 건 한 여름…… 고작 한 달뿐이었지만, 그래도 난 그 애 덕분에 구원받을 수 있었어."

"……."

"걘 굉장한 애였어. 뭐든지 잘하는 애였지. 나 같은 거보다 훨씬 더 아서 왕에 어울리는 사람이라는 생각이 들 정도로. 같이 있기만 해도 왠지 모르게 안심이 됐고…… 그 어떤 고난도 함께 뛰어넘을 수 있을 것 같았고…… 무엇보다 정말 즐거웠어. 그 애와 함께 놀면서 지냈던 한 달은 지금도 내 소중한 보물이야."

"……."

"그 애와 헤어질 때, 가지 말라고. 더 같이 놀자고 울면서 떼를 쓰는 나에게 그 애는 이렇게 약속해줬어. 「언젠가 내가 세계제일의 왕이 된다면 내 가신이 돼 주겠다」고…… 그 약속만이 무거운 책임에 짓눌려 있던 내 버팀목이 되어줬었지."

루나는 린타로를 돌아보고 웃음을 터트렸다.

"뭐, 그 후엔 나도 여러모로 성장했어. 이 세계를 《카타스트로피》의 위협에서 구하고 싶다는 생각이 들만큼은…… 나한테도 소중한 게 늘어났고, 그걸 지키기 위한 싸움이라고도 생각해. 하지만…… 역시 난 지금도……."

갑자기 루나가 말을 멈추더니 잠시 후 뒷말을 이었다.

"……이상하지? 어렸을 때 한 약속 때문에 왕이 되고 싶다는 건."

"……글쎄? 괜찮지 않을까?"

린타로는 어깨를 으쓱이며 대답했다.

"어떤 이유에서든 나보단 훨씬 나을 테니까. 마음대로 해봐. 뒷일 따원 신경 안 쓰는 평소의 너처럼."

"응. 마음대로 할게. 하긴 이제 와서 할 말이 아니겠지."

"흥…… 뭐, 찾으면 좋겠네. 네 가신이 되어주겠다고 한 그 기특한 녀석. ……그 녀석은 정말 바보야. 어디 낯짝이나 한 번 봤으면 좋겠군."

그러자 루나가 히죽히죽 웃은 뒤 린타로의 얼굴을 바라보았다.

"왜?"

"글쎄? 왤까?"

"칫. 이상한 녀석……이라고 할 줄 알았냐! 조금 훈훈한 이야기로 대충 얼버무릴 생각인 모양인데 아까 마음껏 거드름을 부리기 위해서라든가, 남들을 부려먹고 싶다든가, 일하고 싶지 않다고 말했던 거랑 동기가 하나도 연관이 없거든?!"

"어? 그치만 세계제일의 왕이라면 그런 식으로 행동하는 편이 더 관록이랑 위엄이 있어 보이지 않을까?"

"대체 어떻게 돼먹은 거냐, 네 왕도(王道)는……."

결국 여느 때처럼 두통이 나는 머리를 손으로 누른 순간, 건너편 잡목림에서 땅울림과 동시에 새들이 하늘로 날아오르는 광경이 눈에 들어왔다.

"……어? 뭐지?"

"조심해, 루나. 저 잡목림 쪽에서 희미한 《오라》가 느껴졌어."

눈을 깜빡거리는 루나에게 린타로가 경고했다.

불온한 예감을 받은 그의 눈에 즉시 날카로워졌다.

"케이 경을 소환해. 누가 어떤 식으로 공격해올지 몰라. ……확인해보고 올게."

그렇게 말한 린타로는 망설임 없이 잡목림 쪽으로 걸어갔다.

"더 안쪽인가?"

해변 공원 부지의 대부분을 점유한 잡목림에 진입한 린타로는 주위에 남은 오라의 희미한 기척을 따라 낙엽을 밟으며 안쪽으로 나아갔다.

걸음을 옮기면 옮길수록 울창하게 우거진 나무들과 풀내음이 짙어졌다.

해질 무렵이라 그런지 주위도 점점 어두워졌다.

"있잖아. 이런 숲속을 탐험하는 건 왠지 가슴이 두근거리지 않니? 왠지 어릴 때로 돌아간 기분이랄까!"

"참 나, 따라오지 말라니까……."

린타로의 옆에서는 루나가 당연한 것처럼 걷고 있었다.

"루, 루나야…… 데, 데이트……데이트라니…… 그것도 마가미 린타로라는 어디서 굴러먹다 온지 모를 말 뼈다귀 같은 사상 최악의 저질 쓰레기 남자와…… 중얼중얼……."

그리고 그 둘의 뒤에서 힘없는 걸음걸이로 따라오고 있는 건 마치 세상이 소멸하는 순간을 직면한 것 같은 표정의 케이 경(일단은 풀 장비 상태)이었다.

"어차피 저 남자라면…… 루나의 젊고 싱싱한 육체를 마음껏 탐하고, 재산도 전부 뜯어낸 후에 이용가치가 없어진 루나를 버리고 다른 여자로 갈아탈 게 뻔해요. ……인정 못해. ……이 언니는 그런 건 절대로 인정 못 합니다. ……마가미 린타로만은 절대로 안 된다구요……."

'……긴장감 없는 녀석들이네. 아니, 그보다 난 왜 이리 평가가 나쁜 거지?'

그런 쓸데없는 중얼거림을 흘러들으며 일반 산책 코스에서 크게 벗어난 숲 안쪽으로 계속 걸어들어간 일행은 이윽고 어떤 인물과 마주쳤다.

주위에 비해 유독 큰 나무에 힘없이 기대어 앉은 그 인물의 정체는—.

"가웨인 경?!"

펠리시아의 《잭》인 가웨인 경이었다.

"앗! 야, 기다려!"

루나는 린타로가 말리는 것을 무시하고 가웨인 경을 향해 단숨에 달려갔다.

린타로와 케이 경도 황급히 그 뒤를 따랐다.

"가, 가웨인 경?! 그, 그 상처는 어떻게 된 거야?!"

자세히 보니 가웨인 경은 온 몸에 심한 부상을 입은 너덜너덜한 모습이었다.

마치 종이처럼 베이고 이곳저곳이 움푹 파인 갑옷은 이미 방어구로서의 기능을 기대할 수 없는 상태였다. 그 안쪽의 몸에도 수많은 창상과 열상과 타박상이 새겨져 있는 데다 피로 흠뻑 젖어 있었다.

그가 마법으로 불러낸 기사의 영혼을 마나로 수육(受肉)

시킨 존재인 《잭》이 아니었다면 벌써 숨이 끊어졌어도 이상하지 않을 중상이었다.

"잠깐…… 펠리시아는? 가웨인 경…… 펠리시아는 어딨어?!"

가웨인 경은 《킹》인 펠리시아를 지키는 《잭》이다.

당연히 그의 곁에는 펠리시아가 있어야 했건만 그녀의 모습은 어디에도 보이지 않았다.

"으윽…… 설마…… 이, 이런 곳에서 당신들과 만나게 될 줄은……."

가웨인 경은 당황한 루나에게 뭔가를 내밀었다.

그것은 펠리시아의 엑스칼리버와 《라운드 프래그먼트》였다.

"어……? 이건……?"

무심코 그것을 받아든 루나가 멍한 얼굴로 가웨인 경을 돌아보았다.

"야, 가웨인. ……대체 무슨 일이 있었지? 말해."

그러자 린타로도 평소보다 진지한 표정으로 물었다.

"……루나 아르투르…… 내 주군, 펠리시아의 오랜 벗인 당신에게…… 부탁드릴 게 있습니다. ……부디……."

가웨인 경이 떨리는 목소리로 뭔가를 설명하려 한 순간—.

"호오? 일단 갖고 달아난 엑스칼리버와 《라운드 프래그먼트》를 회수하려고 찾아다녔더니…… 예상치 못한 사냥감까지 걸려든 모양이군."

갑자기 남자의 목소리가 들리더니 건너편에서 누군가가

나뭇잎을 밟으며 천천히 다가왔다.

한 걸음 한 걸음 내디딜 때마다 그 누군가가 내뿜는 거대한 존재감이 일행을 머리 위부터 짓뭉개듯 압박했고 피부가 저릿저릿 떨렸다.

무심코 숨을 삼킨 그들 앞에 이윽고 모습을 드러낸 것은 한 청년이었다.

키가 크고 늘씬한 체격. 이지적이고 갸름한 외모. 안경 안쪽에서 날카롭게 빛나는 두 눈동자는 한없이 차가워서 인간미가 느껴지지 않았다.

그리고 손에 든 것은 암흑의 《오라》를 숨길 생각도 없이 주위로 발산하는 불길한 조형의 대검. 《아서 왕 계승전》에 참전한 킹의 증거였다.

그 인물의 정체는…….

"쿠, 쿠조 선생님?!"

경악한 루나가 눈을 부릅뜨고 굳어버렸다.

엑스칼리버를 든 그 인물은 쿠조— 루나의 담임 교사였다.

인물상이 바로 일치하지 않는 것은 한없이 냉혹한 눈과 분위기가 평소의 온후하고 사람 좋은 교사의 모습과 완전히 딴판이었기 때문이다.

"학교를 땡땡이 치고 어딜 갔나 싶었더니…… 설마 이런 곳에 있었을 줄이야."

"쿠, 쿠조 님?! 다, 당신도 《킹》이었던 겁니까?!"

이 청천벽력 같은 상황에 케이 경도 동요를 감추지 못했다.

"역시 그랬군."

하지만 린타로는 코웃음을 치고 쿠조를 흘겨보았다.

"호오? 마가미. 넌 내 정체를 눈치채고 있었던 건가?"

"대충은. 낮에 매점에서 잔돈을 건네줄 때 본 댁의 손은…… 일반인의 손이 아니었거든. 그건 상당한 수련을 쌓은 검사의 손이었어."

"하하하…… 눈치가 빠른걸, 마가미."

"댁이 경솔했을 뿐이야. 너무 수상해서 한 번 뒤를 캐볼 생각이었어. ……루나 녀석이 데이트하자는 말만 안 꺼냈으면 말이지. 뭐, 덕분에 고생할 필요를 덜었군."

그러자 쿠조는 싸늘하게 조소하며 말했다.

"가르쳐주지. 내 진짜 이름은 쿠조 글로리아 소마. ……아서 왕의 고귀한 피를 잇는 글로리아가(家)를 흡수한 쿠조 재벌의 후계자. 이《아서 왕 계승전》에 참전한《킹》중 하나다."

그렇게 선언한 순간, 쿠조의 존재감이 마치 거인처럼 부풀어올랐다.

주위의 기온이 단숨에 어는 점까지 떨어진 듯한 느낌이 들었다.

'큭?! 뭐, 뭐지? 이 녀석은!'

이 순간 린타로는 영혼으로 느꼈다.

쿠조가 터무니없는 괴물이라는 사실을…….

'이렇게 직접 보고서도 전혀 믿을 수가 없어. ……이 쿠조라는 남자…… 그냥 위험한 정도가 아니잖아! 나도 어지간한 치트 캐릭터지만, 이 녀석은 그 이상이야! 이 녀석…… 대체 안에 뭐가 들어 있는 거지?!'

린타로는 식은땀을 흘리며 전투 태세를 취했다.

"쿠조 선생님…… 당신, 펠리시아를 어떻게 한 거죠?!"

그러자 루나가 경직된 목소리로 캐물었다.

"응? 아, 들었어. 넌 펠리시아와 어릴 때부터 친구였다던가? 안심해도 좋아. 그녀는 살아있어. ……뭐, 이제부터 죽일 거지만."

"……?!"

"하지만 넌 그런 건 신경 쓰지 않아도 돼. 어차피 여기서 죽을 테니까."

그렇게 말을 내뱉은 쿠조는 주머니에서 사슬이 달린 뭔가를 꺼냈다.

그것은 《XII》이라는 숫자가 새겨진 《라운드 프래그먼트》였다.

"《원탁의 제12석에서·내 부름에 응하라》."

"12석이라고?! 설마!"

린타로가 눈을 부릅뜨는 앞에서 쿠조의 머리 위에 스파크가 발생하더니 끝이 뾰족한 타원 세 개가 얽힌 마법진이 단숨에 형성돼고 허공에 『문』이 열렸다.

그리고 그 『문』에서 눈부신 빛과 함께 한 명의 《잭》이 강림했다.

바람에 나부끼는 아름다운 장발. 칼날처럼 날카롭고 아름다운 두 눈. 그리스 조각상처럼 완벽하게 다듬어진 몸 위에 걸친 것은 창은의 갑옷. 손에 든 것은 용살검 아론다이트.

그 《잭》은 마치 이 세상의 존재가 아닌 것 같은 미장부였다.

"훗…… 역시 네가 온 거냐!"

그 기사를 목격한 순간, 린타로의 표정이 보기 드물게 긴장되었다.

"당신은…… 그런…… 설마!"

케이 경은 그저 넋을 잃을 수밖에 없었다.

그리고 이마에서 비지땀을 흘린 린타로는 그 《잭》을 노려보고 말했다.

"호수의 랜슬롯.^{서 랜슬롯 듀 라크} 굳이 언급하지 않아도 누구나 다 아는 원탁 최강의 기사…… 진짜 괴물 자식."

아서 왕 이야기에서 가장 유명한 기사인 랜슬롯 경.

그의 무용담은 현대에서도 일일이 열거할 수 없을 정도였다.

태산처럼 거대한 거인 둘과 동시에 싸워서 압승을 거둔 일화도 있었고, 케이 경으로 변장해서 수십 명의 추격자를 상대로 압승을 거둔 후 그대로 정체를 숨긴 채 우연히 마주친 원탁의 실력자들을 상대로 역시 당연한 것처럼 압승을 거두었다고 한다.

드래곤 퇴치 또한 그의 특기.

어떤 전장에서 5백 명의 정예 기사들을 사흘 밤낮에 걸쳐 모조리 해치웠다는 일화도 존재한다.

마상창 시합에서는 트리스탄 경과 라모락 경이 참가하지 않는 한 우승이 당연.

【태양의 가호】로 세 배의 힘을 얻은 가웨인 경조차 가볍게 제압했다고 일컬어지는 최강 기사의 등장에 전원이 굳어버린 순간—.

"흥. 또 만났군. 이 비겁한 배신자."

랜슬롯 경이 한없이 차가운 눈으로 가웨인 경을 노려보았다.

"으윽…… 래, 랜슬롯 경…….."

"귀공 같은 비열한 남자를 원탁의 기사로 중용했던 것이야말로 아서 왕의 가장 큰 과오…… 아니, 애초에 왕을 지키지 못한 무능한 기사들이 모인 나약한 원탁이야말로 재앙의 근원이었다."

그런 저주의 말을 내뱉은 랜슬롯 경이 검을 들었다.

"그 과오를 내 검으로 바로잡겠다. 그래, 나 말고 원탁의 기사는 왕에게 필요 없다. 이 싸움에 참가한 무능한 원탁의 기사를 모조리 죽여주지! **난 그것을 위해 이곳에 존재하는 것이므로!**"

그 순간, 랜슬롯 경에게서 발산된 폭풍 같은 거대한 투기가 린타로와 루나와 가웨인 경과 케이 경을 인정사정없이 휩쓸었다.

"쿠조 님! 나의 진정한 주군이여! 어명을 내려주소서. 기사를 죽이라고! 내 적을 멸하라고! 내 검은 왕인 당신을 수호하고, 당신의 패도를 피와 시체로 쌓기 위해 존재하오! 자, 어서! 나에게 기사를…… 가짜 왕들을 몰살시키라는 허가를 내려주오!"

랜슬롯 경의 바닥조차 보이지 않는 어둡고 깊은 분노와 증오로 타오르는 눈은 보는 이의 영혼을 송두리째 얼려버릴 정도로 강렬했다.

"래, 랜슬롯 경이 저런 폭언을?! 대체 어떻게 된 거죠? 그 누구보다 자애롭고 기사도를 사랑했던 당신이 대체 왜?!"

케이 경은 믿을 수 없다는 얼굴로 절규했다.

"큭…… 역시 네가 그렇게까지 변해버린 건 나 때문인가……."

가웨인 경은 후회에 찬 눈으로 고개를 떨구었다.

"좋아. 랜슬롯 경. 마음껏 해봐. 한 명도 놓치지 말고."

그리고 쿠조가 망설임도 자비도 없이 그런 짧은 명령을 내린 순간—

"우오오오오오오오오오오오오오오오오오!"

랜슬롯 경이 분노로 가득한 짐승 같은 포효성을 지르며 돌진했다.

그리고 너무나도 일방적인 전투가 시작되었다.

랜슬롯 경의 움직임은 상상을 아득히 뛰어넘은 정도가 아니었다.

그 모습을 군이 비유하자면— 대지를 질주하는 번개.

"크아아아아아아아아아아아아아아아악!"

섬멸 뇌수(雷獸)로 변한 랜슬롯 경은 단숨에 가웨인 경을 베어버린 후—

"앗! 크으으으으으으으으윽?!"

그대로 검을 위로 휘둘러서 발검 자세를 잡은 케이 경도 베어 넘겼다.

그리고 피를 흩뿌리며 날아가는 두 《잭》보다 먼저 루나의 앞에 도달하더니 검을 벼락처럼 떨구었다.

그 너무나도 빠른 속도에 루나는 전혀 반응하지 못했다.

공간이 깨지는 듯한 충격음.

공간을 일그러트리는 듯한 검압.

"린타로?!"

"제, 기랄……!"

루나를 정수리부터 두 동강 내려는 참격을 막은 건 쌍검을 위로 교차시킨 린타로였다.

어느새 그는 이미 마인화된 상태였다.

하얀 머리카락을 흩날리며 온 몸에서 압도적인 암흑의 힘을 내뿜고 있었다.

"죽어라아아아아아아아아아아아아아아!"

하지만, 그럼에도 실력은 랜슬롯 경이 더 위였다.

검을 거둔 랜슬롯 경이 벼락처럼 세차게 위로 검을 휘두르자 그 위력을 감당하지 못한 린타로의 몸이 완전히 공중에 떠올랐다.

그리고 그대로 린타로를 향해 노도처럼 맹공을 펼쳤다.

세로 베기, 대각선 베기, 가로 베기.

찰나의 순간에 펼쳐진 삼연격.

일격을 막을 때마다 믿을 수 없는 충격이 린타로의 몸을 관통하고 뼈와 내장을 뒤틀었다.

"으아아아아아아아아아아아아아아아아앗?!"

마침내 한계가 온 린타로의 몸이 무력하게 수평으로 날아갔다.

충돌한 나무가 몇 그루나 부러져도 날아가는 기세가 멎질 않았다.

"린타로?!"

"하하하하하하하하! 과연 대단하군, 랜슬롯 경! 역시 진정한 아서 왕이 될 나에게 어울리는 최강의 《잭》다워!"

루나의 비명과 쿠조의 광소가 어두운 숲속에서 앙상블을 이루었다.

"자, 랜슬롯 경. ⋯⋯어명이다. 거기 있는 그 가짜 《킹》도 죽여 버려. 이 세계의 왕은 나 하나뿐⋯⋯ 다른 왕은 필요없어. 자, 어서."

"⋯⋯예."

그리고 대치하기만 했는데도 영혼이 비명을 지르는 랜슬

롯 경의 살기가, 남겨진 루나를 가차 없이 유린했다. 마치 사신의 모습으로 형상화된 듯한 살기가 루나를 엄습했다.

일반인이었다면 절망에 빠져 의식을 잃거나, 겁에 질려 울면서 목숨을 구걸하거나, 혹은 정신이 망가졌을 상황이었을 테지만—.

"……응?"

쿠조가 눈살을 찌푸렸다.

놀랍게도 루나가 위풍당당하게 팔짱을 낀 채 웃고 있었기 때문이다.

"어떻게 된 거지, 루나? 절망 끝에 정신이라도 나간 건가?"

"흥! 나의 린타로가 그렇게 일방적으로 당하기만 할 리 없잖아요?"

루나가 자신만만하게 내뱉은 그때였다.

"음……?"

쿠조는 눈치챘다.

그와 랜슬롯 경의 시야에 들어온 공간이 전부 일그러지기 시작한 것을…….

나무들도, 루나 일행의 모습도 전혀 초점이 맞지 않았다.

"뭐지…… 이건?

그런 이상사태 앞에서 쿠조가 다시 눈살을 찌푸린 순간—.

"……참 나, 겨우 제때 맞췄구만."

나무 뒤에서 멀쩡한 모습의 린타로가 등장했다.

"그렇군. ……이건 네 짓인가."

쿠조는 한 방 먹었다는 듯 입가를 뒤틀었다.

"아까 랜슬롯 경의 공격을 맞고 날아갔던 너는 【그림자】였던 거군. 그 틈에 넌 우리 주위에 【이계화】를 펼쳐 우리 둘만 현실계에서 분리시킨 건가."

"정답이야. 우리는 너희가 이계 안에서 헤매고 있는 사이에 느긋하게 안전한 곳까지 퇴각해줄게."

린타로는 루나의 옆에 나란히 서서 씨익 웃었다.

"거 참, 재밌는 동네라니까? 전생에서도 그랬지만, 이쪽 세계에는 역시 괴물들이 득시글거려. ……고맙다, 쿠조. 덕분에 나도 지루하지 않겠어."

"호오?"

"그래, 확실히 너희는 강해. 정면에서 맞붙는다면 전혀 승산이 없겠지. 하지만…… 마지막에 이기는 건 나야. 그때까지 목이나 깨끗이 씻고 기다리라고."

"흐응? 아무래도 허풍은 아닌 것 같군. 하하하! 넌 진심으로 날 이길 생각이야. ……이만한 역량차를 느꼈음에도 말이지. 큭큭큭…… 갑자기 너에게 흥미가 무럭무럭 샘솟는 걸? 마가미 린타로……."

린타로는 뻔뻔하게 웃었고 쿠조는 환희에 잠겨 표정을 일그러트렸다.

그러는 사이에도 린타로 시점에서는 쿠조의 모습이 점점

흐릿해졌고, 쿠조의 시점에서는 린타로 일행의 모습이 공간의 일그러짐 속으로 사라지고 있었다.

"내 패도의 가장 큰 장애물은 다른 그 어떤 《킹》도 아닌…… 너일지도 모르겠군."

"칭찬해줘서 고맙군. 지옥에나 떨어져."

"자, 그럼…… 슬슬 시간이 된 것 같군. 루나 아르투르. 너에게는 일단 말해두마."

그리고 마지막으로 쿠조는 루나를 흘겨보며 말했다.

"펠리시아 페럴드의 목숨은 오늘 밤 자정을 기해 사라질 거다."

"……?!"

"……만약 네가 그녀의 목숨을 구하고 싶다면…… 어디 와 봐. 이 국제도시 제2에리어…… 센트럴 시티 파크 호텔의 최상층으로."

그곳은 이 도시에서 가장 높은 고층 빌딩이었다.

"내가 대절한 그 층에서…… 그녀와 함께 기다려주지. 난 도망치지도 않고 숨지도 않아. ……큭큭큭, 거기서 너희를 몰살시켜줄게."

키잉!

그리고 맑은 금속성이 울리는 동시에 공간이 단숨에 교정되었다.

한순간 주위가 눈부시게 빛나더니 쿠조와 랜슬롯 경의 모습이 사라졌다.

그들은 현재 린타로가 즉흥으로 펼친 『이계』 안에 일시적으로 갇힌 상태였다.

"펠리시아⋯⋯."

루나는 침통한 표정으로 펠리시아의 엑스칼리버와 《라운드 프래그먼트》를 강하게 쥐었다.

빈사 상태로 쓰러진 케이 경과 가웨인 경은 아무 말도 하지 못했다. 아니, 할 수 없었다.

"⋯⋯철수하자, 루나. 저런 간이 『이계』로는 오래 붙잡아 둘 수 없어. 놈들은 금방 되돌아올 거야. ⋯⋯일단 태세를 재정비해보자고."

그런 상황 속에서 린타로는 담담한 목소리로 루나에게 다음 행동을 제시했다.

제5장 그와 그녀의 결별

해변 공원을 벗어난 일행은 제3에리어 교외에 있는 폐가의 한 방에 모여 있었다.

그들이 불법 침입 중인 이 방은 원래 응접실이었던 듯했다.

하지만 지금은 구석에 쌓인 속 빈 나무 상자들 외에는 아무것도 없었다.

입주자들은 한참 전에 퇴거한 건지 실내는 먼지투성이였다.

창밖에서 해가 저문 탓에 실내에도 서서히 어둠이 드리워지자 린타로는 【반딧불】 마법으로 빛의 구슬을 생성해서 주위를 밝혔다.

"이 모든 것은…… 루나 님. 당신을 쿠조의 마수로부터 지키기 위해서였습니다."

루나의 명령으로 린타로가 마지못해 마법으로 상처를 치료해주자 가웨인 경이 천천히 입을 열기 시작했다.

"쿠조 글로리아 소마…… 원탁 최강의 랜슬롯 경을 《잭》으로 거느렸을 뿐만 아니라 본인 또한 전설 시대의 영웅에 필적하는 무위를 지닌 그는, 틀림없는 이번 《아서 왕 계승전》의 가장 유력한 킹 후보인 동시에 다른 《킹》들을 몰살시켜서 승리를 거머쥐고자 하는 과격파입니다."

"호오? 거 참, 지독한 악당도 다 있네. ……내가 귀엽게 느껴질 정도야."

이런 상황인데도 린타로는 아랑곳없이 농담을 던졌다.

"그러므로 당연히 그와의 싸움은 결사전이 되겠지요. 결판이 날 때까지 아마 몇 명의 《킹》이 희생되리라 판단한 나의 주군 펠리시아는 겉으로는 쿠조와 손을 잡고 뒤에서는 그를 쓰러트리기 위한 방법을 필사적으로 모색했습니다. 그의 약점을 찾고, 진정으로 동맹을 맺을 수 있는 《킹》을 찾고, 그리고 이런 위험하기 짝이 없는 싸움에서 당신을 멀리 떨어트리기 위해 필사적으로 조기에 탈락시키고자 했죠."

그 말을 들은 루나는 살짝 입가를 끌어올리고 웃었다.

"응. 나랑 펠리시아는 초등학생 땐 사이가 좋아서 자주 같이 놀았지만…… 우리랑 걔네는 각자 이 싸움에서 아서 왕을 배출하려는 가문들이라 사이가 나빴어. 그래서 언제부턴가 우리도 관계가 소원해졌지…… 그런가. 펠리시아는 날 아직 친구로 여겨줬던 거였구나."

그리고 가웨인 경의 이야기는 계속되었다.

사실은 오히려 쿠조가 그런 펠리시아의 각오를 이용했었다는 것. 얼마 전에 루나와 펠리시아의 싸움에 개입했었다는 것. 어제 결국 쿠조가 이용가치가 떨어진 펠리시아와 가웨인 경을 제압했다는 뒷사정을 전부 밝혔다.

"루나 아르투르. 부끄러움을 무릅쓰고 당신에게 부탁이 있습니다."

그리고 가웨인 경은 루나의 발밑에 검을 두고 무릎을 꿇은 채 고개를 숙였다.

"저 혼자 힘으로는 쿠조를…… 그리고 랜슬롯 경을 이길 수 없습니다. 하지만, 그래도 전 펠리시아를 구하고 싶습니다. 그러니 부디 저에게 당신의 힘을 빌려주십시오. ……이렇게 부탁드립니다."

"당연히 거절이다. 웃기지 마. 왜 우리가 적을 도와야 하는 건데?"

하지만 불만스러운 얼굴로 나무 상자 위에 누워 있던 린타로가 단칼에 거절했다.

"하! ……애초에 말이지. 가웨인…… 사실 넌 펠리시아가 어찌 되든 상관없잖아? 그저 랜슬롯 경을 쓰러트리고 싶은 것뿐이지? **그때처럼.**"

"……?!"

그리고 경멸어린 목소리로 지적하자 가웨인 경이 입을 굳게 다물었다.

"린타로! 주군에게 충성을 다하는 기사에게 어째서 그런 무례한 발언을……!"

"좀 닥쳐 봐, 케이 경. ……이 녀석은 마음속에 어둠을 품고 있다고."

케이 경이 성을 냈지만 린타로는 손을 들어 제지했다.

"옛 전설 시대 때…… 이 자식은 가장 뛰어난 기사라 일컬어진 랜슬롯 경의 절친이었어. ……안 그래?"

"아, 예. 가웨인 경과 랜슬롯 경의 사이는 제 눈으로 봐도……."

"하지만 이 자식은 내심 랜슬롯에게 샘이 나서 견딜 수 없었어. 아무튼 【태양의 가호】까지 썼는데도 랜슬롯의 발끝에도 미치지 못했으니 말야."

린타로는 고개를 숙인 채 입을 다문 가웨인 경을 노려보았다.

"그리고 가웨인. 넌 친동생인 아그라베인을 꼬드겨서 아서의 아내인 기네비어와 랜슬롯의 불륜을 **날조했어**. ……안 그래?"

과거를 폭로하는 린타로의 담담한 목소리에는 가웨인 경에 대한 참을 수 없는 분노가 담겨 있었다.

"예?! 그, 그럴 수가! 이 말이 사실입니까?! 가웨인 경!"

케이 경이 믿을 수 없다는 얼굴로 바라보았지만 가웨인 경은 그 말이 진실이라는 듯 입을 열지 않았다.

"그 불륜 소동을 계기로 아서와 랜슬롯의 전쟁이 시작됐고, 원탁은 아서파와 랜슬롯파로 갈라지고 말았지. 그리고 가웨인은 마지막까지 아서에 대한 충성심을 명분 삼아 랜슬롯과의 전쟁을 멈추지 않았어. 아서가 전쟁을 그만두라고 해도 귓등으로도 안 들었지. 가레스와 가헤리스의 복수조차 랜슬롯과 싸우기 위한 면죄부로 이용해서 계속 싸웠어. 이 자식은 말이지, 무슨 수를 써서든 랜슬롯을 이기고 싶었던 거야."

린타로는 눈앞에 있는 가웨인 경을 보며 딱 잘라 말했다.

"그 후는 다들 아는 대로야. 이런 아무한테도 이득 없는 전쟁을 하는 틈에 모드레드, 그 바보가 본국에서 반란을 일으켰고…… 캄란 언덕의 비극이 벌어졌지. 영화의 극치를 누렸던 원탁의 시대가 막을 내린 거야."

"……."

"그런데 어찌 된 영문인지 현대에 와서는 랜슬롯이 원탁을 망친 대죄인이고, 넌 마지막까지 아서에게 충성을 바친 기사의 귀감이라는 게 정설이 됐지만…… 실제로는 반대라고, 반대. 너야말로 그 녀석의 원탁을 파괴한 대죄인이었어. 그 누구보다 아서에게 충의를 바치고 기사도를 숭상했던 랜슬롯이었지만…… 막상 끝에 가선 절친에게 배신당하고, 불륜을 저질렀다는 불명예를 뒤집어쓰고, 원탁을 망친 장본인 취급을 받고, 아서를 마지막까지 지키지 못한 채 그 녀석이 눈을 감는 순간조차 볼 수 없었으니…… 그야 랜 씨도 저렇게 눈이 회까닥 돌아갈 만 해."

"……거기까지 알고 있었던 건가. 마가미 린타로."

가웨인 경은 린타로의 규탄을 무엇 하나 부정하지 않고 자조하는 웃음을 흘렸다.

"네 정체가 누군지도, 네가 어떻게 내 어두운 측면을 아는 건지도 모르겠다만…… 그래. 네 말은 거의 사실이다."

"가웨인 경?! 서, 설마 그런……! 당신이?!"

체념한 듯 신음을 흘리는 가웨인 경의 모습에 케이 경이 놀라서 눈을 크게 떴다.

"흥, 것 보라고."

그러자 린타로는 만족스러운 얼굴로 루나를 돌아보며 서늘하게 웃었다.

"이 자식은 그때처럼 펠리시아에 대한 충성심을 방패로 삼고 루나를 이용해서 랜슬롯에게 이기고 싶은 것뿐이야. 펠리시아를 위해서가 아니라 자기만족을 위해서 말이지."

"……그것만큼은 결단코 아니다."

하지만 지금까지 묵묵히 규탄을 당하고 있었던 가웨인 경이 갑자기 부정했다.

"뭐라고?"

"나는 확실히 숙부님…… 아서 왕 같은 훌륭한 기사가 되고 싶었다. 왕과 가장 가까운 곳에 있는 랜슬롯 경을 질투했다. 뛰어넘고 싶었다. 하지만 난 최악의 쓰레기였지. 어째서 과거의 난 그런 그릇된 방법으로 목표를 이루려 한 건지…… 죽고 난 지금도 후회가 끊이지 않아. 그래서…… 그러하기에 더더욱!"

가웨인 경은 린타로를 올려다보고 진지한 표정으로 외쳤다.

"**이번에야말로** 난 그저 왕에 충성을 다할 뿐인 진정한 기사로 존재하고 싶은 거다! 생전에 이루지 못했던 진정한 기사가 되고 싶어! 그래서 난 한 명의 기사로서 현생의 주군인 펠리시아를 구하고 싶다! 거짓뿐인 인생이었지만…… 이 마음만큼은 결코 거짓이 아니야!"

린타로는 한순간 가웨인 경의 필사적인 호소에 위축되었다.

"하! ……어차피 그것도 거짓말이겠지."

하지만 곧 웃어넘기면서 어깨를 으쓱인 후 루나를 다시 돌아보았다.

"루나. 이런 녀석은 내버려 둬. 우리는 우리끼리 쿠조를 사냥할 작전을 구상해보자고."

그리고 가면 같은 표정으로 즐겁게 웃으며 입을 열었다.

"먼저 펠리시아는 당연히 포기해야 해. 놈들과 정면에서 맞붙는 건 그리 좋은 선택이 아니니까 말이지. 그리고 역시 자이언트 킬링을 노리려면 다른 《킹》을 쿠조와 싸우도록 유도하는 게 최선이야. 그리고 우리가 끼어들 최적의 타이밍을 찾는 게 중요하겠군. 거기다 앞으로는 다른 《킹》과 적극적으로 접촉할 필요가 있어."

"……."

"크으~! 저 최강 콤비의 공략 방법을 구상하고 있으려니 갑자기 흥분되기 시작하는걸! 역시 난 이 싸움에 참전하길 잘했……."

린타로는 혼자 들떠서 기뻐했다.

"⋯⋯잠깐. 루나."

하지만 곧 루나가 고개를 떨군 가웨인 경을 계속 응시하는 것을 눈치챘다.

"설마⋯⋯ 너, 이 녀석의 말을 진심으로 받아들이고 지금부터 펠리시아를 구하러 가겠다는⋯⋯ 그런 웃기지도 않은 소리를 지껄이려는 건 아니겠지?"

그러자 루나는 잠시 눈을 감고 자신의 솔직한 마음을 파악하려는 듯 생각에 잠겼다.

"⋯⋯응, 맞아. 난 펠리시아를 구하러 갈 생각이야."

이윽고 방긋 웃은 후 당당하게 대답했다.

"아, 미리 말해두겠는데 딱히 가웨인 경의 말에 마음이 흔들린 건 아니야. 난 내 의지로 펠리시아를 구하러 가고 싶을 뿐이거든."

린타로는 아연실색할 수밖에 없었다.

"그건 그냥 자살 행위야. 우리가 지금의 쿠조와 정면으로 맞붙는다면 만에 하나라도 승산이 없어. 심지어 이번 전장은 적진, 불리하기 짝이 없는 조건이지. 그 자식들과 대등하게 싸우려면 그에 걸맞은 장소와 준비가 필요해. 그리고 애당초 펠리시아는 적이잖아? 적을 구해서 어쩌자는 건데?"

"그래도."

하지만 루나는 늠름하고 상쾌할 뿐만 아니라 기품마저 느

꺼지는 미소를 짓고 단언했다.

"난 펠리시아를 구하고 싶어. 눈앞에 있는 소중한 친구 하나 구하지 못하는 인간이 과연 왕이 될 자격이 있겠어?"

"······?!"

"그리고 역시 난 펠리시아를 좋아하는걸."

―역시 난 모두를 좋아하는걸.

하지만 그 말은 린타로의 역린(逆鱗)을 건드리고 말았다.

"웃기지 마!"

린타로를 어깨를 들썩이며 루나의 멱살을 움켜잡고 외쳤다.

"그렇게 아무한테나 쉽게 호감을 갖고, 믿고 계속 손을 내민 결과가······ 그 캄란 언덕이었잖아! 너는 또 그 과오를 되풀이하겠다는 거야?!"

"린타로······?"

영문을 알 수 없는 말이 나오자 루나가 눈을 깜빡였다.

하지만 린타로는 개의치 않고 자신의 감정에 휘둘린 채 계속 말을 퍼부었다.

"그 녀석은······ 아서는! 그런 식으로 자기를 경애해서 모인 사람을 너나 할 것 없이 사랑했어! 그게 언젠가 네 몸을 망칠 거라고 내가 몇 번이나 충고해줬는데도 그 녀석을 모두를 지키기 위해 계속 싸웠고! 그 결과가 바로 그 캄란 언덕이었다고!"

칸란 언덕.

아서 왕 최후의 전장. 이야기의 종언. 꿈의 끝.

나라를 위해, 동료를 위해 계속 싸워왔던 위대한 왕의 마지막 전투는 공교롭게도 적이 아니라 그가 사랑했던 동료들간의 내전이었다.

"로트 왕, 펠리노어 왕, 베이린, 기네비어, 가웨인, 가웨인의 형제들, 랜슬롯, 랜슬롯파의 녀석들, 라모락, 모르가즈, 모르간, 모드레드……! 일찍이 난 이 녀석들이 원탁을 멸망시킬 원인이 될 거라 예언했었어! 그중 하나라도 빨리 내쳤더라면 그런 결말은 맞이하지 않아도 됐었을 거야! 하지만 아서는 바보처럼 모두가 원탁에 모여서 웃을 수 있기를 원했어! 그 녀석은 마지막 순간까지 어른이 되지 못한 어린애였어! 까놓고 말해 그 녀석은 왕이 될 그릇이 아니었다고!"

그리고 린타로는 뭔가를 후회하듯 천장을 올려다보았다.

"하지만 가장 울화통 터지게 한 건 나란 놈이야! 난 결국 그런 애송이 곁에 마지막까지 있어주지 못했어! 호수의 귀부인에게 속아 넘어간 나는 바위로 된 봉인 속에서 아서와, 아서가 사랑했던 원탁과 나라가 무참하게 무너져가는 광경을 가만히 지켜볼 수밖에 없었지! 상상이 가?! 칸란 언덕에서 자신이 사랑했던 모든 게 처참하게 멸망하는 모습을 본 아서의 비탄과 통곡을! 나는…… 차가운 바람 속에서 그 광경을 묵묵히 지켜볼 수밖에 없었어! 그 녀석이 미숙한 건 이유가 되지 못해! 하지만 나만 똑바로 그 녀석 곁에 붙어서 고삐를 틀어쥐고 있었다면! 그런 결말은…… 맞이하지 않을 수 있었을 텐데……!"

온 힘을 다해 감정을 쏟아 부은 후─.

"……어른이 돼, 루나. 왕이 된다는 건 그런 거야."

어느 정도 진정이 된 건지 린타로는 거친 숨을 내뱉고 멱살을 잡은 손을 놓았다.

"어제 학교에서 한 전투와는 상황이 전혀 달라. 펠리시아는 포기해. 내 말 듣고 내 지시에 따라. 그러면 내가 언젠가 반드시 널 왕의 자리에 앉혀줄게. 지금은 참고 견딜 때야."

그러자 루나는 린타로를 똑바로 바라보았다.

"세상 참 신기한 일도 다 있네."

그리고 뭔가를 눈치챈 듯 나직하게 읊조렸다.

"어렴풋이 그런 게 아닐까 싶긴 했는데…… 역시 그랬어. ……마가미 린타로…… 넌 **멀린**이었구나."

멀린. 아서 왕 연대기에서 아서 왕, 랜슬롯 경에 버금가는 그 이름을 모르는 자는 아무도 없으리라.

악마라 불린 포모르와 인간의 혼혈아.

세계 최고(最古)이자 최강의 마법사인 동시에 무쌍(無雙)의 무인. 베이린 르 소바주의 여행 동료이자 케이 경, 베디비어 경, 루칸 경과 함께 아서 왕이 처음 거병할 당시부터 줄곧 그를 보좌해온 아서 왕 최대의 참모.

하지만 멀린의 최후는 비참했다. 그의 힘을 두려워한 호수의 귀부인에게 속아서 바위 안에 봉인된 채 맥없이 이야기 도중에 퇴장하고 말았으니까.

"그래, 그게 내 전생이야. 어째선지는 몰라. 하지만 당시의 난 틀림없이 멀린이라 불린 존재였다는…… 그런 기억이 있어. 마치 남의 일 같은 느낌이지만."

"린타로……."

"하지만, 뭐. 그런 전생을 가진 탓인지 현생도 여러 가지 의미로 최악이었지. 어린 양떼 안에 괴물이 한 마리 섞여 있는 거나 다름없는 상황이었으니까 말야. 이놈이고 저놈이고 하나 같이 날 멀리하고 두려워해서 내가 있을 곳은 어디에도 없었어. 전생에서도 현생에서도 제대로 되는 일이라곤 하나도 없었지."

"……."

"하지만 너와 함께 행동하게 된 뒤로…… 잠시나마 이런 생각도 들더라. 혹시 너와 함께라면…… 이 더럽게 시시한 세상도 의외로 살만하게 느껴질 모르겠다고. 그러니 루나, 펠리시아는 포기해. 내 말대로 해. 내가 반드시 널 왕으로 만들어줄게. 그러니……."

린타로는 루나에게 손을 내밀었다.

하지만 루나는 그 손을 잡지 않고 고개를 저었다.

"미안, 린타로."

"그, 래…… 그렇군."

그 즉시 린타로의 얼굴에서 실망하는 감정이 묻어나왔다.

"결국 너도 그 얼간이 아서랑 똑같은 거지? 진짜 바보 같아. 왜 전생의 난 그런 머리 나쁜 바보 왕을 희희낙락 섬겼던 건지…… 이걸로 또 알 수 없게 됐군. 제길. 아아~ 왠지 맥이 탁 풀리는구만."

"……저기, 부탁이 있어. 린타로."

그러자 이번에는 루나가 살며시 손을 내밀며 진지한 목소리로 말했다.

"어명이야. 네 목숨을 나에게 줘."

"……!"

"난…… 너만 있으면 무슨 일이든 가능할 것 같은 기분이 들어. 어디든 갈 수 있을 것 같아. 어떤 싸움에서든 이길 수 있을 것 같아. 너만 있으면. 그러니 나와 같이……."

그것은 한없이 오만하고 이기적인 말로도 들렸다.

하지만 이때 루나의 눈에는 린타로라면 분명 응해줄 거라는 무구한 신뢰와 자신감이 깃들어 있었다.

"하! ……난 동반 자살하는 취미는 없어."

어째선지 고개를 끄덕여야 할 것 같은 충동에 사로잡혔던 린타로는 그 말을 뿌리치듯 등을 돌리고 거절했다.

"이길 방법을 고안하라고 한다면 얼마든지 해주겠어. 당장 어떻게든 쿠조에게서 벗어나고 싶다면 전력을 다해 벗어나게 해주지. 다른 《킹》과 동맹을 맺자? 그거라면 교섭은 맡겨둬. 하지만…… 의미 없는 자살에 동참하는 것만은 절대로 사양이야."

"……."

"루나. 넌 내 조언을 무시하고 질게 뻔한 길을 선택했어. 지금 이 순간, 넌 네가 《킹》이라는 걸 포기한 거야. 흥. 너하곤 이제 여기서 작별이다."

린타로의 한없이 냉혹한 대답을 들은 루나는 잠시 말문이 막힌 듯 했지만 이윽고 슬픈 미소를 지었다.

"그런가. 뭐, 그렇겠지. 신경 쓰지 마, 린타로. 이건 내 고집이니까. 넌 전혀 틀리지 않았고…… 아무것도 잘못한 게 없어."

"……."

"미안. 역시 난…… 널 가신으로 삼을 그릇이 아니었나봐. 내가 좀 더 훌륭한 왕이었다면……."

"……."

린타로는 잠시 침묵을 관철한 후―

"잘 있어, 폐하…… 아니, 루나."

린타로는 루나의 매달리는 듯한 시선을 뿌리치고 다시 등을 돌린 채 폐가를 떠났다.

"그에게…… 마가미 린타로에게는 실망했습니다."

린타로와 헤어진 후 케이 경은 쿠조가 지정한 장소로 이동하는 도중에 분노를 터트렸다.

"처음부터 쓰레기 같은 남자라고 생각하긴 했습니다. 동기는 전혀 알 수 없었지만…… 이러니저러니 해도 마지막까지 루나의 편이 되어줄 거라고…… 생각했는데."

"……"

"그의 정체는 그 마법사 멀린이었나요. 하긴, 듣고 보니 납득이 가네요. 그 자신만만한 태도, 오만불손하고 방약무인한 점은 완전히 그대로더군요."

그 순간, 케이 경의 머릿속에는 인격 파탄자인 데다 방약무인했던 마법사의 차가운 미소가 떠올랐다.

"멀린도 어지간히 몹쓸 남자이긴 했습니다만…… 그래도 그라면 어떤 이유가 있든 왕을 버리진 않았을 겁니다. 어차피 전생은 전생…… 멀린과 마가미 린타로는 이제 완전히 다른 존재가 된 거겠죠."

"그를 너무 책망하지 마, 케이 경."

그러자 옆에서 걷던 루나가 진정시키듯 말했다.

"전생이 멀린이라고 해도 린타로는 원래 이 싸움과는 전혀 관계없는 사람이잖아? 그가 나에게 힘을 빌려준 건 자원 봉사 같은 거였어. 애초에 전략적으로 보면 옳은 판단을 한 건 그이고…… 잘못된 건 나야. 머리가 좋은 그가 바보 같은 나한테 정나미가 떨어진 건 어쩔 수 없는 일이지."

"하, 하지만……"

"아마 린타로가 말한 대로 내가 여기서 펠리시아를 못 본 척하고 그의 말을 따랐다면…… 린타로는 언젠가 반드시 쿠조 선생님을 쓰러트릴 계책을 세워줬을 거야. 그 대신 펠리시아는…… 죽게 되겠지만."

이런 상황에서도 린타로에 대한 무한한 신뢰를 잃지 않는, 그래선지 더더욱 쓸쓸하고 슬프게만 보이는 루나의 옆얼굴을 케이 경은 그저 말없이 바라볼 수밖에 없었다.

"그래도 역시 좀 아쉽네. ……가슴에 구멍이 뚫린 것 같아. 린타로…… 너만 곁에 있어준다면 난……."

안타까운 눈으로 먼 하늘을 바라보는 루나.

매몰차게 버림받았는데도 여전히 떨쳐버리지 못하는 린타로에 대한 집착.

"루나…… 당신은 왜 그렇게까지 마가미 린타로를?"

그것을 느낀 케이 경은 결국 호기심을 견디지 못하고 물었다.

"글쎄? 뭐…… 나도 의외로 소녀였던 걸지도?"

"……음? 그게 대체 무슨……."

하지만 돌아온 것은 그리움과 애석함이 담긴 대답이었다.

"정말 미안합니다…… 루나."

그러자 뒤에서 따라오던 가웨인 경이 후회에 잠긴 표정으로 대화에 끼어들었다.

"나의 왕…… 펠리시아가 원했던 건 당신을 이 싸움에 말려들게 하지 않는 것, 쿠조의 마수에서 벗어나게 하는 것이었습니다. 그런데도 난 펠리시아를 구하기 위해 당신을 끌어들이고 말았죠. ……난 여전히 내 목적만을 위해 수단 방법을 가리지 않는 쓰레기 기사인 것 같군요."

"……."

"하하! 이번 생에서야말로 진정한 기사가 되고 싶다니…… 정말 웃기지도 않습니다. 아무래도 저란 인간은 고작 한두 번 죽는 정도로는 바뀌지 않을 것 같군요."

"신경 쓰지 마, 가웨인 경."

하지만 루나는 고개만 돌려서 가웨인 경을 바라보며 가볍게 웃음을 터트렸다.

"아까도 했던 말이지만, 펠리시아를 구하러 가는 건 내 의지야. 만약 가웨인 경이 펠리시아의 의중을 헤아려서 날 두고 갔다면…… 난 당신을 두들겨 패서라도 그 아이를 구하러 갔을 거야."

"……."

"그리고 기사가 우선해야 하는 건 자기가 섬기는 왕뿐이잖아? 설령 그게 왕의 뜻에 반하는 일이라도…… 그래도 왕을 위해 몸 바쳐 충성을 다하는 게 진정한 기사가 아닐까? 난 기사라는 건 의외로 그런 이기적이고 제멋대로인 존재라고 생각해."

그러자 가웨인 경은 잠시 침묵을 관철한 후—.

"루나…… 일시적이지만, 당신에게 제 검을 바치겠습니다."

엄숙한 목소리로 선언했다.

"내 현생의 주군은 펠리시아 페럴드 단 한 사람뿐. 하지만 이번만큼은 그녀를 구하기 위해 나서준 당신에게 기사로서 충성을 맹세하겠습니다. 내 몸과 검은 전부 당신을 위해. 이 목숨을…… 뜻대로 써주십시오."

"가웨인 경……."

"감사를 표합니다, 루나. 전 당신의 말에 구원받았습니다. 어쩌면 당신이야말로 펠리시아 다음으로 아서 왕을 계승하기에 마땅한 왕의 그릇일지도 모르겠군요."

"여기선 거짓말이라도 좋으니까 내가 최고라고 말해야 할 타이밍이거든?!"

폭풍 전의 고요일까. 그런 흐뭇한 대화를 나누며 걷고 있던 루나 일행은 어느새 제2에리어, 오피스 거리의 중심부에 도착했다.

이 도시에서 가장 큰 발전을 이룬 세련된 분위기의 지역.

도로는 바둑판식으로 깔끔하게 정비된 데다 마치 저 먼 하늘까지 닿을 것처럼 늘어선 고층 빌딩들은 전부 근미래를 연상케 하는 최신식 디자인으로 지어져 있었다.

밤이 되어 더더욱 밝게 빛나는 마치 화려한 샹들리에 같은 전기불로 어둠의 장막을 젖히는 절경이 거대한 파노라마처럼 주변 일대에 펼쳐진 야경.

그 아래에서 루나 일행은 이제야 조금 인적이 줄어든 통행인들을 헤치며 나아갔다.

모두 검을 차거나 갑주를 걸친 수상한 모습이었지만 스쳐지나가는 사람들은 아무도 신경 쓰지 않았다. 【눈속임】 마법이 제대로 효과를 발휘하고 있다는 증거였다.

그런 식으로 제3에리어 교외에 있는 폐가에서 출발한 지약 두 시간이 지나서야 루나 일행은 주위의 빌딩들보다 유독 높은 마천루 앞에 멈춰 섰다.

호화로운 조명이 그 존재감을 더욱 강조하는 아발로니아 센트럴시티 파크 호텔.

이 도시에서 가장 고급스러운 초일류 호텔이었다.

"우와아……."

정면 현관에서 홀로 진입한 루나는 무심코 눈을 깜빡이며 감탄했다.

눈부시게 빛나는 호화로운 샹들리에, 내빈용 소파, 테이블, 그림, 장식용 갑옷 같은 비싸 보이는 장식품들이 일행을 맞이했기 때문이다.

쿠조의 함정을 경계한 루나 일행은 비상계단을 통해 호텔 최상층으로 올라가기로 했다.

프론트 데스크의 호텔 직원이 눈치채지 못하도록 간단한 【눈속임】과 【해정(解錠)】 마법을 구사해서 비상구로 숨어든 일행은 그대로 계단을 올라갔다.

비상계단도 폐쇄된 공간인 건 마찬가지지만 만약 함정이 있을 경우 엘리베이터보다는 그나마 나을 거라는 판단에서 였다.

터벅, 터벅, 터벅…… 어두컴컴한 계단을 담담하게 오르는 발소리가 싸늘하게 울려 퍼지고 비상계단의 층계참마다 있는 창 너머로 보이는 야경이 조금씩 낮아지고 멀어졌다.

이런 상황만 아니었다면 아름다운 야경을 보면서 즐겼을 것이다.

터벅, 터벅, 터벅…… 어두컴컴한 계단을 담담하게 오르는 발소리만 계속 울려 퍼졌다.

뜻밖에도 함정은 전혀 없었다.

이윽고―.

루나 일행은 쿠조가 지정한 호텔 최상층으로 이어진 비상 구 앞에 도착했다.

"……가자."

뒤에서 대기 중인 케이 경과 가웨인 경이 고개를 끄덕이 는 것을 느낀 루나는 각오를 다지고 문을 열었다.

―그 순간, 새빨갛게 타오르는 노을의 붉은 빛이 루나의

눈을 강렬하게 불태웠다.

"어?! 여, 여긴 어디야?! 호텔 최상층……?"

어둠에 익숙해진 눈을 가늘게 뜬 루나는 눈앞에 펼쳐진 광경에 망연자실한 표정을 지었다.

비상구 너머에 있는 것은 끝이 보이지 않는 황야.

완만하게 굽이치는 수많은 곡선이 지평선 끝까지 이어진 **언덕**이었다.

이미 완전히 해가 저문 밤이었을 텐데 이곳은 아직 황혼 무렵.

주변일대를 뒤덮은 불에 그을린 땅. 여기저기서 아직 연기가 피어오르는 데다 지평선 너머로 기울어가는 붉은 노을까지 더해서, 그야말로 강렬한 파멸을 연상케 하는 광경이었다.

대지에는 수많은 검과 창과 찢어진 깃발이 마치 묘비처럼 꽂혀 있었고, 막대한 수의 기사와 말과 병사가 시체처럼 힘없이 쓰러져 있었다.

문득 뒤를 돌아보자 방금 통과한 계단과 문은 완전히 사라져 있었다.

루나 일행은 무한히 펼쳐진 파멸의 언덕 한복판에서 그저 우두커니 서 있을 수밖에 없었다.

"……이, 이곳은……?!"

그 광경 앞에서 케이 경은 눈을 부릅뜬 채 넋을 잃었다.

"설마, 그럴 수가…… 여긴 **캄란 언덕**?! 대체 어떻게……?!"

"뭐, 가벼운 장난이야."

어느 작은 언덕 위에서 남자의 목소리가 들려왔다.

"물론 여긴 진짜 캄란 언덕이 아니야. 【이계화】로 재현한 모조품이지. 그 누구에게도 방해받지 않고, 그리고 놓치지 않고 마음껏 싸우려면 역시 【이계】가 최고지만…… 평범한 【이계】는 시시하잖아?"

그 언덕 위에서는 쿠조가 느긋한 태도로 루나 일행을 내려다보고 있었다.

"아무튼 오늘 여기서 죽는 건 《킹》이야. 그럼 그에 어울리는 장소가 필요하겠지? 안 그래, 루나?"

캄란 언덕.

아서 왕과 기사들의 꿈의 흔적.

아서 왕이 반역자 모드레드 경과 싸운 마지막 전장이자, 아서 왕과 원탁의 기사 대부분이 목숨을 잃은 종착지.

그 멸망하는 모습이 너무나도 강렬했기에 원탁의 종언지로서 개념결계가 되고 만 캄란 언덕은 그대로 《의식의 장막》 너머에 있는 《환상계》로 분리되었고, 현재는 모든 원탁의 기사들의 영혼이 도달해 조용히 잠이 드는 장소가 되었다.

그 기사가 죽은 날이 언제든 관계없었다. 영혼에 시간의 개념은 의미가 없을 뿐더러 무엇보다 캄란 언덕은 모든 원탁의 기사들에게는 원탁의 종언을 깨닫고 슬퍼했던 장소이자 멸망의 상징이었기 때문이다.

그리고 캄란 언덕에 모인 그들의 영혼은 지금도 멸망의 풍경 속에서 몸을 쉬면서 기다리고 있었다.

미래의 왕이 돌아오는 것을…….

그들이 잃은 영광이 되살아나는 그 순간을…….

"웃기지 마십시오!"

무척 즐거워 보이는 쿠조의 그 말투에 케이 경이 격분했다.

"쿠조! 당신은 우리의 죽음을, 삶을 모욕하려는 겁니까?! 이 장소는…… 이 광경은 당신이…… 장난삼아 가지고 놀아도 될 장소가 아니란 말입니다!"

"잔챙이 주제에 나대지 마, 케이 경. 진정한 왕인 나에게 감히 일개 기사가 의견을 제시하다니, 불쾌하군."

하지만 쿠조가 일축해버리자 케이 경은 굴욕감에 젖은 채 입을 다물 수밖에 없었다.

"펠리시아!"

그리고 그런 쿠조의 옆에는 펠리시아가 있었다.

그녀는 낮은 언덕 꼭대기에 있는 십자가에 쇠사슬로 묶여 있었다.

그 십자가를 중심으로 그려진 마법진에는 대량의 《오라》가 흐르고 있었다. 아무래도 어떤 마법 의식을 펼치는 도중이었던 모양이다.

"펠리시아! 너, 괜찮니?!"

"큭…… 루나…… 역시…… 오고 말았군요……."

반쯤 의식을 잃은 펠리시아의 눈가에 서서히 눈물이 맺혔다.

"다, 당신을…… 말려들게 하고 싶지 않았는데…… 지키고…… 싶었……는데……."

"큭…… 쿠조 선생님! 당신, 펠리시아에게 대체 무슨 짓을 한 거죠?!"

"뭐, 그녀의 몸에 흐르는 요정의 피와 마법 지식을 강탈하려는 것뿐이야."

루나가 분노로 인해 타오르는 눈으로 노려보았지만 쿠조는 피식 웃고 어깨를 으쓱였다.

"정확히는 그녀의 혼을 파괴하고 힘을 추출하는 거지만…… 뭐, 당연히 펠리시아는 죽겠지. 하지만 진정한 왕인 내 힘이 될 수 있다면 그보다 영광스러운 일이 어디 있겠어?"

그 말을 들은 순간, 루나는 더는 대화는 필요 없다는 듯 검을 빼들었다.

동시에 케이 경과 가웨인 경도 발검했다.

"너무 서두르지 마. 이 의식이 끝나려면 아직 멀었어. …… 뭐, 어차피 여기서 죽을 너희들에게 이런 말을 해봤자 아무런 의미도 없겠지."

그렇게 말한 쿠조는 자신의 《라운드 프래그먼트》를 손에 쥐었다.

"……또 만났군. 가짜 왕과 기사들이여."

허공에 문이 열리고 스파크를 흩뿌리며 등장한 것은 당연히 랜슬롯 경이었다.

　원탁 최강의 기사가 루나 일행의 앞을 가로막고 선 것이다.

　"너희들 같은 왜소한 떨거지들에게 내 왕의 증거인 엑스칼리버를 쓸 것까지도 없지. ……아니, 그 자체가 오히려 굴욕이야."

　"안심하십시오, 나의 주군. ……당신이 그 왕검을 쓸 필요는 없소. 저 천한 것들은 이 호수의 랜슬롯이 반드시 처단할 테니."

　"홋, 변함없이 믿음직스럽군. 과연 랜슬롯 경…… 충의의 기사. 너보다 뛰어난 기사가 존재하지 않는 이상 다른 떨거지들은 필요 없어. 진정한 왕의 옆에는 최강의 기사만 있으면 충분하니까."

　"고마우신 말씀……! 이 몸과 목숨은 모두 쿠조 님을 위해……!"

　온몸으로 기쁨을 표현한 랜슬롯 경은 이어서 루나 일행을 향해 압도적인 증오와 살의와 악의를 퍼부었다.

　"큭……!"

　절망감이 루나를 지배했다. 뇌가 아니라 영혼이 패배를 이해한 것이다.

　그런 절망을 뿌리치기에는 지금 손에 든 검은 참으로 볼품없고 빈약하기 짝이 없었다.

그리고 자신의 옆자리는 또 어떠한가.

케이 경과 가웨인 경으로는 메울 수 없는 상실감이 마음을 좀먹고 있었다.

하다못해 마가미 린타로가 있었다면. 하다못해 엑스칼리버가 있었다면…….

하지만 지금 이 순간, 곁에 없는 것들을 떠올려봤자 의미는 없으리라.

"가자, 케이 경…… 가웨인 경!"

"아, 예!"

"……알겠습니다."

케이 경과 가웨인 경도 임전 태세를 취했다.

"흐음? 그러고 보니…… 마가미 린타로는 어디로 간 거지?"

그러자 쿠조가 그제야 생각났다는 듯 한쪽 눈썹을 치켜세우고 물었다.

"……."

"침묵, 인가. ……뭐, 대충 예상은 가는군."

루나가 입을 다물자 쿠조는 입가를 비틀며 비웃었다.

"뭐, 그는 무척 현명하고 빈틈없는 남자야. ……이 내 곁에 두고 싶을 정도로 말이지. 아마 이런 무모한 싸움에 나선 너에게 정나미가 떨어져서 결별이라도 한 거 아닌가?"

"……시끄러워요."

"하하하하! 가신 하나 제대로 붙들어놓지 못하다니, 넌 찬 한심스러운 왕이군!"

쿠조의 큰 웃음소리가 언덕에 메아리치는 가운데, 루나는 시끄럽다는 듯 이제 닥치라는 듯 기합성을 내지르고 온몸의 마나를 격렬하게 불태웠다.

"이야아아아아아아아아아아아아아아아아아앗!"

그리고 맹렬한 《마나 액셀》로 발생한 《오라》의 인광을 온몸에서 흩뿌리며 쿠조를 향해 단숨에 질주했다.

"어디서 감히!"

당연히 랜슬롯 경도 루나를 향해 매섭게 달려들었다.

그리고 두 사람의 검이 교차로 충돌했지만 루나의 몸은 속수무책으로 밀려날 수밖에 없었다.

"크윽! 무거워!"

뒤로 밀리는 루나의 발바닥이 언덕에 깊은 자국을 남기고 미끄러졌다.

마치 증기기관차 같은 돌진력을 자랑하는 랜슬롯 경을 멈추지 못하고 하염없이 밀려나던 그 순간―.

"멈추세요!"

케이 경이 랜슬롯 경의 오른쪽에서―.

"랜슬롯 거어어어어어엉!"

가웨인 경이 랜슬롯 경의 왼쪽에서 언덕을 박차고 달려와 동시에 검을 휘둘렀다.

"느리다!"

하지만 랜슬롯 경은 그 자리에서 소용돌이처럼 세차게 회전했다.

"꺄아아?!"

"크으으으으으으으으으으으으으으으으윽?!"

그야말로 개수일촉(鎧袖一觸).

루나와 케이 경과 가웨인 경은 고작 검압을 이기지 못하고 성대히 날아가더니 무참하게 바닥을 튕기며 무한히 이어진 경사면을 굴러 떨어졌다.

"큭!"

루나는 바닥에 검을 박고 간신히 멈춰 섰다.

고개를 들자 아득히 먼 위에 오연하게 서 있는 절망적인 벽, 랜슬롯 경의 모습이 눈에 들어왔다.

그저 대치한 것뿐인 데도 다리에서 힘이 풀릴 것 같은 절대적인 위압감.

쿠조와 펠리시아까지의 거리가 마치 저 은하수 너머처럼 멀게 느껴졌다.

"흐음? 벌써 끝은 아니겠지?"

펠리시아가 구속된 십자가 옆에서 쿠조가 바닥에 앉은 채 그런 그들을 즐겁게 구경하고 있었다.

"당연한 소리를!"

루나는 검을 지팡이 삼아 일어났다.

"하아아아아아아아아아아앗!"

그리고 다시 강렬한 기합성을 내지르며 언덕 위를 향해 돌진했다.

하지만 이번에도 랜슬롯 경이 마치 태풍처럼 달려와 앞을 가로막았다.

승산이라곤 눈곱만큼도 보이지 않았다.

그저 고집만으로 전의를 유지하는 절망적인 싸움이 시작된 것이다.

제6장 루나의 강철

루나 일행의 사투가 막을 올리기 조금 전.

"……나 원 참."

그들과 결별한 린타로는 완전히 해가 저문 버스 정류장에 혼자 앉아서 혼잣말로 투덜거리기 시작했다.

교외라 그런지 눈앞의 도로에는 차 한 대도 보이지 않았다. 이 근방은 공터가 많고 주택도 띄엄띄엄 있는 탓에 조명이 거의 들지 않는, 한층 더 고독감을 느끼게 하는 적적한 장소였다.

"진짜 바보 같은 녀석들이네. 왜 질 게 뻔한 싸움을 하러 가는 거야?"

린타로는 진심으로 이해할 수 없다는 얼굴을 하고 말을 내뱉었다.

하지만 그 혼잣말을 듣는 이는 아무도 없었다.

"아~ 시시해라 시시해. 내 계승전은 벌써 끝인가. ……모처럼 슬슬 재밌어질 것 같았는데 말이지~ 뭐, 어쩔 수 없나."

린타로는 억지로 기분을 전환한 후 앞으로 어떻게 움직일지 고민하기 시작했다.

"다음에는 좀 더 영리한 《킹》을 찾아서 빌붙어볼까. ……아, 젠장. 이럴 줄 알았으면 **그 여자**한테 루나 말고 다른 《킹》의 데이터도 받아둘 걸 그랬네……."

린타로를 이 《아서 왕 계승전》에 끌어들인 **그 여자**.

펑퍼짐한 로브와 후드로 온몸을 가린 정체불명의 그 여자는 호수의 귀부인의 일원을 자칭했지만, 지금이나 그때나 엄청나게 수상하기 짝이 없었다.

진짜 목적이 뭔지는 모르겠지만 지난 달 수업을 빼먹고 세계 각지를 방랑 중이던 린타로의 앞에 갑자기 나타나더니 《아서 왕 계승전》의 존재를 알려주며 참전을 재촉했던 여자.

그리고 여자는 린타로에게 《킹》들의 데이터를 제공했다.

아무래도 그녀는 《킹》의 출신과 능력, 보유한 엑스칼리버의 능력, 소환한 《잭》의 이름 같은 모든 데이터를 가지고 있는 듯했다.

다만 가장 먼저 루나의 데이터를 소개하며 『최약의 후보자』라고 언급한 순간, 린타로는 그 자리에서 바로 루나를 선택하고 말았다. 다른 《킹》의 데이터는 일부러 받지 않았다.

당시까지만 해도 이 계승전을 그저 시간을 때우기 위한 여흥거리로만 보고 있었기 때문이다. 그리고 린타로는 마음에 든 게임은 공략 사이트를 보지 않고 자력으로 깨는 타입이었다.

"설마 재취업 자리를 찾게 될 줄은 꿈에도 몰랐으니 말이지~."

하지만 이제 와서 한탄해봤자 소용없었다.

"뭐, 어쩔 수 없지. 내일부터 다른 《킹》을 찾으러 움직여보실까……"

그렇게 마음속으로 선을 그은 후 루나에 관해선 이제 깔끔하게 잊어버리려 했다.

하지만…… 어째서일까.

"……"

헤어질 때 본 루나의 슬픈 미소가 조금 전부터 머릿속을 떠나지 않고 있었다.

'잠깐, 어떻게 된 거야? 마가미 린타로. 남자답지 못하게 왜 아직도 그 녀석한테 집착하는 건데?'

머리를 거칠게 헤집었다.

'루나 아르투르…… 내가 그 녀석을 고른 이유는 이 전쟁^{게임}에서 클리어 난이도가 가장 높고, 재밌을 것 같으니까…… 단지 그뿐이었잖아?'

조금 전부터 린타로는 이렇게 계속 답이 나오지 않는 의문에 빠져 있었다.

'맞아……. **재밌으니까.** 내 행동 원리는 단지 그뿐이잖아? 난 이 쓰레기 같은 일상이, 평범한 세상이 미치도록 지루해서…… 그래서 좀 즐겁게 살아보려고 이 계승전에 참전했던 거야. 그러니까 루나의 진영에 붙었던 거라고. 고작 그뿐이

야. 다른 이유 따윈 없어.'

그래서 좀 더 인생을 재미있게 즐기기 위해 루나를 버리고 다른 《킹》을 찾으려 하는 것뿐이었다.

'그런데 왜…… 루나를 버린다는 생각을 하기만 해도 난……'

그러는 사이에 벌써 세 번째 버스가 정차하고 문이 열렸지만, 이윽고 다시 출발했다.

의미 없이 낭비하는 시간의 흐름 속에서 린타로는 옴짝달싹도 할 수 없었다.

'빌어쳐먹을……!'

린타로가 속으로 욕설을 내뱉은 순간—

"……어라? 린타로 군? 거기서 뭐해?"

갑자기 뒤에서 누군가가 말을 건 탓에 고개를 들었다.

"어쩜 표정이 안 좋네? 무슨 일 있었어? 루나는 어쩌고?"

"후유세?"

학교 교복을 입은 후유세 나유키가 어느새 그곳에 서 있었다.

아무런 전조도, 기적도 없는 등장이었다. 조금 전에 왔던 버스에서 내린 것일까.

"아무것도 아냐. 루나…… 그 녀석의 폭주에 정나미가 떨어진 참이었어."

하지만 진실을 밝힐 수는 없었기에 시선을 피하며 대충 얼버무렸다.

그러자 나유키는 그의 옆에 조신하게 앉았다.

"아하하…… 무슨 일이 있었는지 난 잘 모르겠지만……
요컨대, 린타로 군이랑 루나 양이 싸웠다는 거지?"

"……뭐, 그런 셈이지."

중요한 부분이 완전히 빠졌으나 결국 까놓고 말하면 그렇
게 된 셈이었다.

"그 녀석은 사람 말을 아주 귓등으로도 안 들어."

린타로는 모호하게 쓴웃음을 짓는 나유키에게 짜증을 내
며 투덜거렸다.

"내가 좀 잘 되라고 이런저런 조언을 해줘도 가장 골라서
는 안 될 길로 가버리더군. 만난 지 오늘로 겨우 이틀째지
만, 벌써 정나미가 다 떨어졌어."

"그게 무슨 소리야? 괜찮으면 좀 더 자세히 말해주면 안
될까?"

"……"

린타로는 당연히 입을 꾹 다물 수밖에 없었다.

잠시 후, 나유키는 딱히 기분이 상한 기색도 없이 쿡 하고
웃음을 터트렸다.

"……응, 알았어. 자세히 말할 수 없는 사정인 거지? ……그
럼 안 물어볼게."

"그럼 나야 뭐 고맙지. 솔직히 이젠 얼버무리는 것도 귀찮
거든."

린타로는 변함없이 방약무인한 태도였지만 나유키는 그저 온화하게 웃을 뿐이었다.

"그래서…… 린타로 군은 이제 어쩔 거야?"

"음? 그야 뭐, 이제 이 학교에 있을 이유도 없으니…… 일단 자퇴부터 해야겠지."

어차피 내일부터 루나는 학교에 오지 않으리라. 어딘가에서 변사체로 발견되거나 행방불명 처리가 될 터. 그렇게 되면 오늘 내내 그녀와 함께 있었던 린타로에게 반드시 불똥이 떨어질 테니 가급적 빨리 몸을 빼는 편이 좋았다.

린타로가 멍하니 그런 생각을 한 그때였다.

"난…… 린타로 군이 루나 양과 함께 있어줬으면 좋겠는데."

나유키가 갑자기 이상한 말을 했다.

"뭐어? 어째서? 난 이제 그 녀석이랑 같이 다니는 건 지긋지긋……."

"린타로 군. 어제 굉장했잖아? 스도 선생님이 낸 어려운 문제를 엄청 쉽게 풀었잖아? 후훗. 그때 루나 양의 그건…… 린타로 군을 감싸줬던 거 아냐? 실은 자기 실력으로 풀었던 거지?"

나유키는 갑자기 화제를 바꾸었다.

린타로는 한순간 무슨 소린지 몰라 당황했으나 곧 평소처럼 빈정거리듯 입가를 비틀었다.

"……뭐, 대충 맞아. 나는 원래 너희들처럼 평범한 인간과는 수준이 달⋯⋯."

"답답했지? ⋯⋯자신을 숨길 수밖에 없는 건."

하지만 나유키의 직설적인 지적에 그만 말문이 막혀버렸다.

"린타로 군은 사실 외로움을 꽤 많이 타지 않아? 강한 척하고 있긴 하지만, 남들한테 거절당하는 걸 싫어하는 것처럼 보여. 그래서 자신을 억누르고, 진짜 모습을 숨기려 해. 미움 받고 싶지 않으니까. 거절당하고 싶지 않으니까. 하지만 그렇게 사는 건⋯⋯ 답답하고, 괴롭고, 지루하겠지⋯⋯."

그 순간, 린타로의 머릿속에는 어딘가로 출장을 떠난 뒤로 집에 돌아오지 않게 된 부모의 뒷모습이 떠올랐다.

"린타로 군, 그거 알아? 네가 처음 우리 반에 와서 우리한테 자기 소개를 할 때⋯⋯ 엄청 지루한 얼굴을 하고 있었던 거. 그리고 누가 말을 걸어도 항상 그런 식이었어. 우리한테는 아무것도 기대하지 않는⋯⋯ 그런 눈을 하고 있었어."

"아, 아니, 난 그런 적은⋯⋯."

린타로가 쩔쩔매며 반박하려 한 순간—

"그치만! 요 이틀간 학교에서 루나 양이랑 같이 다니면서 이래저래 휘둘리는 린타로 군은⋯⋯ 무척 즐거워 보였어. 같이 빵을 팔 때 특히나!"

"뭐⋯⋯?!"

그 말을 들은 린타로는 뒤통수를 세게 맞은 듯한 충격에 빠졌다.

"즐거워 보였다고?! 내가 그런 얼굴을 하고 있었다는 거야?! 지금 농담하는 거지?!"

"난 이런 걸로 농담 안 해. 루나 양과 함께 있는 린타로 군은 굉장히 활기가 넘쳐 보였어. ……조금 질투 날 정도로."

"……후유세?"

"린타로 군은 루나 양이랑 함께 있으면서 즐겁지 않았어? 오늘 하루 내내 같이 있었지?"

린타로는 그 말을 듣고 오늘 있었던 일을 돌이켜 보았다.

루나에게 휘둘리고, 데이트하고, 휘둘리고.

이러니저러니 해도 그 녀석은 이런 자신을 괴물 취급하지 않고 평범하게 대해준 첫 번째 인간이었다.

시종일관 휘둘리기만 했지만 굳이 따지자면…… 즐거웠다. 그 사실을 부정할 만큼 린타로는 어린애가 아니었다.

린타로는 머리를 벅벅 헤집으며 벤치에서 일어났다.

"그래도 관계없어! 난 이제 그 녀석에겐 정나미가 떨어졌다고! 급조 콤비는 이미 해산됐어! 난 그 녀석에게 어울려줄 틈이 없다고! 내 행동원리는 단 하나, 이 더럽게 지루한 인생을 조금이라도 재미있고…… 즐겁게 살아보려는…… 응?"

그 순간, 린타로는 깨달았다. 깨닫고 말았다.

'이 지루하기 짝이 없는 인생을 어떻게든 바꿔보려고 용쓰고 있었지만, 혹시 이미 난……? 그럼 난 대체 왜 여기 있는 거지? 왜 그 녀석 곁에 있지 않은 거야?'

나유키는 망연자실한 얼굴로 서 있는 린타로에게 말했다.

"루나 양이 이런 밀 힌 적 없어? 세계제일의 왕이 되고 싶다고."

"……."

"난 그 왕이라는 게 뭔지 잘 모르겠지만…… 아무래도 진심인 것 같았어."

"……."

"실은 린타로 군이 전학 오기 전에…… 어떤 악덕 기업이 악랄한 수단으로 우리 학교를 매수하려고 한 적이 있었어. ……차세대 에너지 채굴의 전선기지로 만들겠다면서. 아무래도 사립학교라서 그런지 의외로 이야기가 순조롭게 진행되는 바람에 선생님들도 여러모로 손을 써서 막으려 했지만, 저쪽이 한 수 위라……."

"매수?"

"아무튼 갑자기 폐교의 위기에 몰린 탓에 우린 다른 학교로 뿔뿔이 흩어질 수밖에 없게 됐고…… 이러니저러니 해도 다들 모교를 사랑했으니까 슬퍼했는데…… 그걸 막은 게 루나 양이었어."

"뭐? 막았다고? 일개 학생이 기업을 상대로? 대체 돈이 어디서 나서?"

"루나 양은 뭔가 엄청 귀중한 골동품을 가지고 있었다나 봐."

"골동품?"

"응. ······제대로 값을 매길 수조차 없는 비싸고 귀중한 『검』이었다고 해."

"······『검』?!"

린타로는 무심코 벌떡 일어나 나유키를 내려다보았다.

"그, 그게 사실이야?!"

정황상 그 『검』은 틀림없이 루나의 엑스칼리버. 본인은 돈이 필요해서 팔았다고 했는데 설마 이런 뒷사정이 숨겨져 있었을 줄이야.

"으, 응. ······그걸 그 기업에 팔아서 매수를 막았다고 해. 루나 양이 공언하지 않아서 교내에서는 모르는 사람도 많지만."

'뭐야 그게?'

"루나 양은 「자신의 소중한 장소도 지키지 못하는 게 뭐가 왕」이냐고 하더라구."

'아, 그런 거였나.'

린타로는 그제야 깨달았다.

요컨대, 루나는 진정한 바보였던 거다.

왕의 목숨이나 다름없는 엑스칼리버를 고작 그까짓 일에 팔아치우다니······ 뒷일은 조금도 생각하지 않고, 생각하려 들지도 않는 저돌맹진형 왕바보.

하지만 그런 바보짓을 진심으로, 전력으로, 목숨을 걸고 관철하는 것이 바로 루나의 왕도인 것이리라.

친구들을 내버려둘 수 없다든가, 못 본 척 할 수 없다든가 같은 값싼 동정이나 친절이나 정의감 때문이 아니었다. 바로 그것이야말로 루나의 왕으로서의 존재 방식이자 그녀가 믿는 진정한 왕도였기에 그것을 부정한다는 것은 즉, 살인행위나 다름없었다.

─펠리시아를 포기해라.

린타로가 루나를 위해서라 믿고 했던 조언은 결국, 그녀에게 죽으라고 한 것이나 마찬가지였던 것이다.

'뭐, 이런 바보가…… 젠장! 이 정도까지 미련하면…… 그냥 지켜보는 것도 바보 같아서…… 내버려둘 수 없잖아!'

린타로가 머리를 부둥켜안고 고뇌에 잠긴 순간이었다.

"린타로 군…… 나는 왜 루나 양이 《왕》에 고집하는지는 몰라. 하지만 《왕》으로 존재하는 것 자체가 뭔가 그녀에게는 특별히 소중한 일인 것처럼 느껴져. 늘 그런 식으로 무엇보다, 그 누구보다 《왕》답게 있으려고 애쓰고 있어. ……실제로 좀 무리하고 있는 게 아닐까 하는 생각이 든 적도 있었어. 그래도……."

"……."

"린타로 군, 부탁이야. 루나 양의 곁에 있어줄 수는 없을까? 린타로 군과 함께 있는 루나 양도…… 지금까지 본 적 없을 정도로 진심으로 즐거워 보였거든."

잠시 후, 린타로는 자신의 본심을 확인하려는 듯 하늘을 막연하게 올려다보았다.

하지만 하늘이 대답해줄 리도 없었기에 답은 스스로 찾을 수밖에 없었다.

"응? 린타로 군? 뭐해? 버스 기다리는 거 아니었어?"

"……급한 용건이 생각났어."

그리고 린타로는 그렇게 말한 뒤 버스 정류장에서 멀어지기 시작했다.

"급한 용건?"

"……응. 아무래도 난 그 녀석 못지않은 왕바보였나 봐."

린타로는 자조하듯 쓴웃음을 흘렸다.

"……힘내. 지지 마, 린타로 군. 난 진심으로 널 응원하고 있어. 줄곧…… 훨씬 전부터…… 그게 내 속죄니까."

그러자 뭔가를 꿰뚫어보는 듯한 나유키의 목소리가 린타로의 등을 떠밀었다.

"……?"

어째서일까.

이 소녀와는 고작 이틀 전에 처음 만났을 텐데, 어째선지 훨씬 전부터 알고 있었던 듯한…… 그런 기분이 들었다.

"……아, 맞아. 이왕 이렇게 된 김에 좀 물어볼 게 있는데."

하지만 린타로는 그런 기묘한 감각을 떨쳐내듯 세차게 등을 돌리고 물었다.

"우리 학교를 매수하려고 한 그 악덕 기업의 이름이랑 빌딩 주소 좀 알려줄 수 없을까? 아니, 거기에 좀 개인적인 용건이 생겨서…….”

그렇게 말하면서 뚝뚝 손마디를 꺾는 린타로는 마치 악당 같은 미소를 짓고 있었다.

…………．

내가 무척 어렸을 적의 일이다.

잉글랜드에 본가가 있는 아르투르가에서 태어난 나는 어릴 때부터 기사로서의 영재교육, 검과 마법의 수행을 하며 자라왔다.

언젠가 열릴 《아서 왕 계승전》에 참가해서 싸워야만 했고, 아서 왕을 계승해서 《카타스트로피》로부터 세상을 구해야만 했다.

부모와 친척들로부터 항상 그런 강요를 받아왔던 나는 그 중압감을 견딜 수 없어서 늘 혼자 숨어 울고 있었다.

싫었다. 달아나고 싶었다. 왕 같은 건 되고 싶지 않았다.

무서워서 견딜 수가 없었다.

왜 내가 그런 일을 해야 하는지 도저히 이해할 수가 없었다.

모르는 사람들을 위해서 싸우고, 세계를 구하는 이상적인 왕이 되라고 한들 아직 어렸던 나에게는 마음에 다가오지도 않았고 의욕도 생기지 않았다. 그저 두렵기만 할 뿐…….

하지만 그런 어느 날.

나는 그와 만났다.

"야, 거기 너. 왜 울고 있는 거야?"
Hey, you. Why are you crying?

오늘도 사람 없는 공원에서 혼자 울고 있었던 나는 갑자기 들려온 유창한 영어에 놀라 고개를 들었다.

그런 나를 내려다보고 있었던 건 비슷한 나이의 일본인 소년이었다.

"뭐, 됐어. 이리 와. 마침 심심했거든. 같이 놀자."
What ever, come on, I'm bored. Let's play together

소년은 그렇게 말하더니 내 손을 잡고 달려가기 시작했다.

"그, 그치만……."

"무슨 싫은 일이라도 있었던 거지? 그딴 시시한 건 잊어버려. 그보다 같이 즐겁게 놀아보자고!"

그날 난 처음으로 훌륭한 왕이 되기 위한 수행을 빼먹었다.

가문의 일 따윈 잊어버리고 그 소년과 날이 저물 때까지 정신없이 놀았다.

그날을 기점으로 난 매일 같이 그 소년과 함께 놀았다.

같이 야산을 뛰어다니고, 어떤 폐가를 탐험하고, 나무타기를 하고, 기사 놀이를 하고, 곤충 채집을 하고, 구식 보드게임이나 요즘 유행하는 카드 게임을 했다.

매일처럼 수행을 빼먹고 집을 빠져나와 소년과 함께 지내게 되었다.

천진난만한 두 마리 강아지처럼 아침부터 밤까지 실컷 놀았다.

당연히 가문에서 크게 혼을 냈지만 그와 함께 보내는 즐거운 시간을 떠올리면 그 정도쯤은 아무렇지도 않았다. 진심으로 아무래도 상관없었다. 그만큼 그와 함께 있는 시간이 더 소중했다.

부모의 일 관계로 영국에 한 달 정도 체류하게 된 그 소년은 정말 굉장한 아이였다.

나도 장래에 왕이 되기 위해 다양한 영재교육을 받은 몸이라 운동이든, 공부든, 놀이든 같은 세대의 아이들에게는 어지간해선 지지 않을 자신이 있었다.

하지만 그 소년은 그런 내 자신감을 송두리째 꺾어놓았다.

뭘 하든 나보다 훨씬 잘했던 것이다.

"흐흥~ 넌 아직 멀었어."

자신감 과잉, 오만불손, 방약무인, 그리고 자기만 아는 이기적인 아이였지만…… 외톨이였던 나에게는 틀림없이 소중한 친구였다.

거리낌 없이 서로에게 전력을 다할 수 있는 동료였던 것이다.

하지만 만남이 있으면 이별도 있는 법.

즐거운 시간은 눈 깜짝할 사이에 지나갔고 어느새 소년이 일본으로 귀국하는 날이 오고 말았다.

"싫어싫어싫어싫어! 난 좀 더 너랑 같이 있고 싶어! 같이 놀고 싶단 말야! 이대로 헤어지는 건 싫어!"

내가 그런 식으로 엉엉 울면서 떼를 쓰자 소년은 난처한 얼굴로 뺨을 긁적였다.

"알았어, 알았다고! 음~ 너…… 뭔지는 잘 모르겠는데 장래에 왕이 될 거라며?"

"응……. 히끅……."

"그래서 넌…… 요 한달 동안 무슨 일이 있을 때마다 끈질기게 날 가신으로 삼을 거라고 했었지?"

"응. 결국 가신으로 못 삼았지만…… 훌쩍……."

"……돼줄게."

"어?"

"언젠가 네가 세계제일의 왕이 된다면."

"……지, 진짜?"

"응, 약속할게. 다만, 날 가신으로 삼을 수 있을 만한 왕이어야 해. 그만큼 대단한 왕이 아니라면 이 약속은 취소야!"

아마 이 소년은 아무것도 모르고 있었으리라.

이 세상에 존재하는 경계, 《현실계》와 《환상계》.

나는 《환상계》에, 그리고 소년은 《현실계》에 속한 몸이었다.

《현실계》에 속한 소년에게 《아서 왕 계승전》이라고 해봤자 뭔지 알 리 없을 테고, 저렇게 말하는 것도 그냥 분위기를 탔거나, 역할 놀이에 심취했거나, 아니면 귀여운 내 앞에서 폼을 잡고 싶었던 것뿐이리라.

하지만, 그럼에도…….

그런 소년의 말뿐인, 그런 순진하고 실속 없는 약속이—.

나에게는 그 무엇보다도 기쁘게 다가왔다.

언젠가 올 싸움의 공포에 떨고 있었던 나의 희망이자 구원이었던 것이다.

"응. ⋯⋯그땐 널⋯⋯ 내 가신으로 삼아줄게! **린타로!**"

"흥, 맡겨만 둬! 약속할게! 언젠가 세계제일의 왕이 된 네 곁에 상쾌하게 나타날 테니까 기다리고 있어!"

⋯⋯⋯⋯⋯.

"⋯⋯아윽!"

갑작스러운 등의 통증이 과거를 헤매고 있던 루나의 의식을 현실로 되돌렸다.

아무래도 방금 잠시 의식을 잃었던 모양이다.

"어허, 뭐하는 거지? 루나. 벌써 끝이야?"

불에 탄 언덕 위에서 루나를 내려다보는 쿠조가 싸늘하게 웃으며 말했다.

"⋯⋯으⋯⋯ 크윽⋯⋯."

루나는 몽롱한 의식 속에서 자신의 상태를 하나씩 확인했다.

뭐, 한 마디로 처참한 몰골이었다.

온몸에 새겨진 창상, 타박상, 열상은 전부 상처가 깊었다.

이미 온몸이 피투성이에 만신창이였다.

용케도 살아있다 싶어서 감탄이 나올 정도로……

루나는 독사들이 온몸을 물어뜯는 듯한 격통을 느꼈다.

하지만 랜슬롯 경은 멀쩡했다.

땀 한 방울 흘리지 않은 채 숨소리도 고요했다. 변함없이 악귀 같은 존재감으로 주위를 압박하면서 쿠조와의 사이를 가로막고 있었다.

"자, 그럼…… 슬슬 이해했겠지? 똑똑히 봐."

쿠조가 턱짓으로 가리킨 곳.

약건 떨어진 바위 옆에서 가웨인 경이, 언덕 밑에서 케이 경이 루나와 비슷한 무참한 모습으로 힘없이 쓰러져 있었다.

"이것이야말로 승자와 패자의 구도. ……이해했나? 루나. 이것이야말로 나와 네 왕으로서의 격차…… 즉, 네『패배』다."

쿠조가 굳이 언급할 필요도 없이 이 싸움의 추세는 이미 완전히 기울어져 있었다.

그리고 그는 과장스럽게 양팔을 펼치면서 자랑스럽게 선언했다.

"자, 진정한 왕인 내 발밑에 엎드려서 용서를 빌도록. 꼴사납게 땅을 기면서 신발을 핥아. 주제도 모르고 왕의 자리를 넘봐서 죄송하다고 사죄해. 그렇게 하면 노예로 부려주지 못할 것도 없어. ……난 관대한 왕이니까."

"하, 하하하…… 웃기지, 콜록! 커헉!"

하지만 루나는 피를 토하더니 검을 땅에 꽂고 그것을 지팡이 삼아 간신히 일어났다.

그리고 입을 다문 채 뭔가에 쓴 것처럼 검을 다시 겨누었다.

이미 검의 무게조차 감당할 수 없어서 팔이 마구 떨렸고 서 있는 게 한계인 빈사 상태였지만, 푸른 불꽃처럼 타오르는 눈빛만은 아직 살아 있었다.

"마음에 안 드는군."

쿠조는 짜증스럽게 혀를 찼다.

"이만한 격차를 보여줬는데 왜 아직도 나에게 반항하는 거지? 보통은 위대한 나에게 두려움을 품고 바닥에 고개를 조아려야 하잖아?"

"그런 짓은…… 절대로 못 해……. 그야…… 난…… 왕…… 이니까……."

입가에서 흐르는 피를 훔친 루나가 처절하게 웃으며 당당하게 선언한 순간, 쿠조의 관자놀이에 시퍼런 힘줄이 돋았다.

"감히 이 몸 앞에서 왕을 사칭하는 거냐! 이 천한 것이……!"

아무래도 그 말이 쿠조의 역린을 건드린 듯했다.

"이거 참…… 그 성가신 마가미 린타로에게 교섭 카드로 쓸 수 있지 않을까 싶어서 일단 살려두려고, 자비를 베풀려고 한 것부터가 실수였군."

그리고 잠시 뜸을 두고 입을 열었다.

"물러나라, 랜슬롯 경."

"……예."

랜슬롯 경을 뒤로 물린 쿠조는 루나를 향해 천천히 언덕을 내려왔다.

손에는 어둠 속에서 뽑은 불길한 조형의 엑스칼리버를 든 채……

"저승길 선물로 가르쳐주지. 내 검의 진명은 【정복하는 무(武)의 강철】. 일찍이 강대한 로마 제국을 타파했던 아서 왕의 침략자이자 패왕으로서의 일면을 체현한 검…… 그야말로 모든 것의 정점에 설 왕인 나에게 어울리는 검이다."

그러자 쿠조가 손에 든 검이 흉험한 빛을 발했다.

"이 검의 능력은 『그 전장에서 사용자가 상대했던 최강의 적을 능가하는 힘을 발휘할 수 있다』. ……이제 좀 알겠나? 내가 얼마나 무적인지. 사실상 단독으로 날 이길 상대는 이 세상에 존재하지 않아."

"……뭐, 뭐야 그게……! 치사한 것도 정도가 있지……."

"하지만 유감이군. 아마 이 《아서 왕 계승전》에서 이 검의 능력을 발휘할 기회는 없겠지. ……아무튼 나보다 강한 《킹》이 있을 리 없을 테니까 말야."

이윽고 느긋한 걸음걸이로 내려온 쿠조가 루나의 앞에서 멈춰 섰다.

루나는 가까스로 서 있을 뿐 조금도 움직일 수 없었다.

"……큭! 루, 나……!"

너덜너덜한 꼬락서니로 쓰러진 케이 경도, 가웨인 경도―.

"제발…… 부탁이에요. 글로리아 경…… 그 아이만은……."

언덕 위에서 십자가에 매달린 펠리시아도 더는 손쓸 방법이 없었다.

"이해했겠지? 루나. 이 압도적이고 절대적인 힘…… 이게 바로 왕이라는 거다."

마지막으로 그렇게 말한 쿠조는 루나의 목덜미에 대검을 가져다댔다.

"……!"

루나는 결국 체념한 듯 원통하게 눈을 감았다.

'뭐…… 나치곤 잘한 편이려나. 벌써 끝나버린 건 유감이지만…… 그래도 난 마지막까지 왕으로 있을 수 있었어…….'

하지만 미련이 없는 건 아니었다.

'미안해, 케이 경. ……이런 제멋대로인 왕이라. 미안, 펠리시아. ……널 구해주지 못해서.'

그리고―.

'린타로. 넌 그때 일을 완전히 잊은 것 같지만…… 그래도 이틀 전 그때, 설마 정말로 내 앞에 나타날 줄은 상상도 못했어. ……결국 너와는 결별하고 말았지만…… 다시 만나서 정말 기뻤어.'

루나는 만족스럽게 웃었다.

'가능하면 마지막까지 너와 함께 싸우고 싶었어. 널 진짜 내 가신으로 삼고 싶었어. ……하지만 나한테 그런 건 사치 겠지. ……응, 잠시나마 너와 함께 싸울 수 있어서…… 정말 다행이야…….'

그리고 쿠조는 마침내 천천히 대검을 뒤로 물렸다.

"죽어라."

'……그럼, 안녕.'

무자비한 칼날이 루나의 목을 치려는 바로 그 순간이었다.

챙가아아아앙!

별안간 유리가 깨지는 듯한 소리와 함께 공간에 큰 균열이 생기더니 그 안에서 누군가가 마치 검은 벼락처럼 쿠조를 향해 뛰어내렸다.

"루나아아아아아아아아아아아아아아아!"

카앙!

언덕에 메아리치는 성대한 금속음.

"앗?!"

반사적으로 검을 들어서 막았지만 검날이 비명을 지르며 진동하는 그 어마어마한 충격에 쿠조는 그저 경악할 수밖에 없었다.

"하! ……너, 내 왕에게 이게 대체 무슨 짓거리야? 어엉?"

하늘에서 운석처럼 떨어진 린타로가 오른손에 든 검이 쿠조의 검과 십자가를 그리고 있었다.

"우오오오오오오오오오오오오오오!"

이어서 린타로는 왼손에 든 검을 가로로 세차게 휘둘렀다.

그러자 쿠조는 반사적으로 뒤로 도약해서 몸을 노리는 강격의 궤적을 벗어났다.

그와 동시에 뒤쪽에서 뭔가가 부서지는 소리가 들렸다.

쿠조가 무심코 뒤를 돌아보자 **또 한 명의 린타로**가 언덕 위에서 펠리시아를 구속한 십자가와 의식 마법진을 검으로 파괴하고 있었다.

별안간 해방돼서 바닥에 떨어진 펠리시아가 눈을 휘둥그레 떴다.

"【그림자】……?!"

또 한 명의 린타로는 쿠조를 향해 히죽 웃더니 그대로 안개처럼 흩어졌다.

"미안. ……늦어져서."

그리고 본체는 퉁명스럽게 중얼거린 후 눈을 깜빡이는 루나의 앞에 서서 쌍검을 들었다.

"린타로?! 어째서……!"

루나는 넋이 나간 얼굴로 외칠 수밖에 없었다.

"넌 이미 나한테 정나미가 떨어진 거 아니었어?!"

하지만 린타로는 그런 루나를 무시하고 옆에 있는 바위에 왼손에 든 검을 꽂았다.

자세히 보니 그건 린타로가 평소에 애용하는 직도가 아니었다.

훨씬 더 신성한 느낌을 자아내는 보검이었다.

황금도 은도 아닌 신비한 광택의 금속으로 단조된 바스타드 소드였다. 분홍색 연꽃 같은 디자인의 검자루, 은은하게 푸른빛을 뿌리는 검신은 한없이 올곧게 뻗어있었고 아름다움 속에 무기로서의 흉험함을 감추고 있었다.

이 무심코 고개를 조아릴 것만 같은 검의 정체는—.

"내 엑스칼리버?! 어떻게……! 왜 이게 여기에……?!"

"흥…… 사람 번거롭게 하기는. 이젠 손에서 놓지 마."

루나는 그런 린타로의 목소리가 들리지도 않는지 비틀거리는 걸음걸이로 검에 다가갔다.

그리고 망설이듯 살며시 손을 내밀었다.

'응, 비슷하네. ……정말로.'

그런 루나의 모습 앞에서 린타로는 일찍이 멀린이었던 시절의 기억을 투영했다.

선명하게 되살아나는 아서 왕의 모든 것이 시작된 광경.

그곳에는 자신과 케이 경과 엑터가 있었다.

그리고 모두가 지켜보는 앞에서 아서는 『돌에 박힌 선정의 검』에 손을 뻗고 있었다.

환상 속의 아서 왕과 모습이 겹쳐진 루나가, 그 아서 왕과 함께 엑스칼리버를 뽑고 머리 위로 세워들었다.

그러자 마침내 진정한 주인의 손으로 돌아온 엑스칼리버가 기뻐하는 것처럼 웅장하고 눈부신 빛을 내뿜기 시작했다.

"······역시 왕에겐 그 검이 있어야지."

린타로는 마침내 돌아온 자신의 검을 감격한 눈으로 바라보는 루나에게 너스레를 떨며 어깨를 으쓱였다.

그리고 다시 쿠조를 돌아본 뒤 뻔뻔스러운 말투로 말했다.

"오, 쿠조 선생. 그간 잘 지내셨수?"

"흐음······ 꽤 늦었네? 마가미 린타로."

"원래 주인공은 늦게 등장하는 법이라고. 그게 더 불타오르잖아?"

린타로는 더는 대화는 필요 없다는 듯 쌍검을 들었다.

"이런, 마가미 린타로. 난 너에게 할 말이 있다만."

"난 댁이랑 할 말 따윈 없어. 내 왕을 저런 꼴로 만들어놓다니······ 왠지 잘 모르겠지만, 무지막지하게 화가 나······. 댁과 나 자신한테!"

그리고 망설임 없이 【마인화】를 발동하자 무시무시한 암흑의 《오라》가 그의 온몸을 감싸기 시작했다.

"하하하······ 그러지 말고 좀 들어보라고."

하지만 쿠조는 린타로가 내뿜는 위압감을 태연하게 흘려버리며 여유 있는 미소로 제안했다.

"마가미 린타로, 나랑 손을 잡지 않겠어?"

"뭐라고?"

그 말에 린타로는 눈살을 찌푸릴 수밖에 없었다.

"사실 난 너를 꽤 높이 평가하고 있거든. 네 정체는 어느 정도 눈치챘어. 아마 예상컨대…… 넌 아서 왕을 섬겼던 최강의 마법사 멀린이지? 내 말이 틀려?"

정곡을 찔리자 린타로의 몸이 잠시 굳어버렸다.

"전생의 힘은 아직 조금밖에 되찾지 못한 것 같지만…… 너라면 진정한 왕인 내 가신으로 모자람이 없어. 멀린은 세계를 다스릴 진정한 왕을 계속 찾고 있었잖아? 잘 봐. 네가 그토록 바라던 존재가 바로 네 눈앞에 있다고."

"……"

"약속하지. 내가 세계를 손에 넣고 지배한 후에는 너에게 자유를 허락하겠다고. 내가 지배하는 세상 속에서 너만은 변함없이 자유롭게 살아가도 돼. 너에겐 그럴 자격이 있으니까. 어때? 우린 의외로 죽이 잘 맞을 거라고 생각하는데?"

참으로 매력적인 제안이었다.

최강의 《잭》을 거느린 최강의 《킹》 쿠조.

린타로가 쿠조와 손을 잡는다면 이 계승전의 승자는 이미 약속된 것이나 다름없었다.

"흥…… 됐거든? 바보."

하지만 린타로는 쿠조의 유혹을 가볍게 웃어넘겼다.

"흠. 이유를 물어봐도 될까?"

"그야 뻔하지. 댁이랑 편을 먹어봤자…… 요만큼도 재밌지 않을 것 같아서다!"

"그런가. ……그건 유감이군. 어쩔 수 없지. 랜슬롯 경."

"……예."

그리고 다시 랜슬롯 경이 앞으로 나섰다.

"마가미 린타로. 난 지금 이 순간 너에 대한 흥미를 잃었어. 하지만 내 손을 번거롭게 하기도 싫으니…… 넌 랜슬롯 경의 검에 죽어버려."

그 순간, 랜슬롯 경이 내뿜는 거친 파도 같은 중압감이 린타로를 가차 없이 집어삼켰다.

'큭…… 왔군. 이 괴물 자식!'

린타로는 원탁 최강의 남자 앞에서 비지땀을 흘리며 전투 태세를 취했다.

'젠장, 여전히 정면에서 싸우면 승산이 전혀 없어! 난 아무런 대책도 없이 대체 뭐 하러 온 거지?! 하지만 이렇게 된 이상 끝까지 싸우는 수밖에!'

린타로가 자신의 어리석음을 자책하면서 비장한 각오를 다진 그때였다.

"린타로!"

루나가 엑스칼리버를 손에 세우며 외쳤다.

"내 엑스칼리버의 진명을 선언할게!"

"……?!"

"혼자선 쓰기 어려운 힘이지만, 네가 있는 지금이라면! 내 목숨을 너에게 걸 수 있어! 그러니 부탁이야……. 네 목숨을 나에게 줘!"

린타로는 한순간 입을 다물었다. 그리고 냉정하게 생각했다.

이렇게까지 말하기는 미안하지만 루나의 엑스칼리버가 『쓸모없는』 검이라는 사실을 린타로는 이미 알고 있었다.

애당초 저 검의 능력을 발휘하려면 엄격한 전제 조건을 달성해야만 했기 때문이다.

그 조건은 바로, 신뢰. 왕과 신하의 절대적인 신뢰 관계가 필요했다.

린타로는 타인을 전혀 신뢰할 수 없었고, 루나가 자신을 신뢰할 거라는 생각은 눈곱만큼도 해본 적이 없었다.

얼마 전까지만 해도 그런 루나의 엑스칼리버에 의지할 생각은 조금도 해본 적이 없었다.

하지만 지금은…… 어째서일까.

"그래! 네 목숨, 확실히 받았어! 그럼 내 목숨도…… 너에게 줄게!"

"고마워! 너는 내 최고의 가신이야!"

웃음을 주고받은 린타로는 루나의 앞으로 나섰다.

그러자 그녀는 어째선지 엑스칼리버를 검집에 꽂고 그대로 눈을 감았다.

"……?"

쿠조는 그런 루나의 거동을 경계했다.

"……."

하지만 아무 일도 일어나지 않았다.

그대로 시간만 의미 없이 흘러갔다.

"……무슨 속셈이지? 어서 진명을 선언하는 게 어때?"

"하하, 성격도 급하시네. 형씨."

쿠조가 의아해하자 린타로는 자신 있게 웃으며 말했다.

"자, 우리도 슬슬 시작해보자고. 최후의 결전이라는 걸!"

그리고 땅을 박차며 질풍처럼 언덕 위로 질주했다.

"우오오오오오오오오오오오오오오오오!"

각오에 찬 포효성을 내지르는 린타로의 목표는 다름 아닌 쿠조였다.

"하아…… 진짜 뭐가 뭔지 모르겠군. 뭐, 아무렴 어때. 짓뭉개버려, 랜슬롯 경."

"예."

랜슬롯 경도 거친 산바람처럼 린타로를 향해 달려들었다.

'제길, 버틸 수 있을까?! 루나가 진명을 선언할 때까지 과연……!'

사실 【마인화】는 몸에 큰 부담을 주는 기술이었다. 영혼은 멀린이지만 육체는 현대인에 불과한 린타로가 장시간 썼다간 자멸하고 만다.

하지만 그 점을 감안해도 랜슬롯 경은 강적이었다.

린타로가 죽음을 각오하고 검을 맞부딪히려 한 순간—.

"······?!"

갑자기 랜슬롯 경의 움직임이 둔해졌다.

"랜슬로오오오오오오오오오오오오오오옷!"

강렬한 금속음. 거칠게 휘몰아치는 검압. 명멸하는 불꽃.

찰나의 순간, 옆에서 달려든 가웨인 경의 검과 랜슬롯 경의 검이 교차했다.

"하아아아아아아아아아아아아아아아앗!"

그리고 케이 경도 반대쪽에서 날카롭게 검을 휘둘렀다.

"칫!"

이 기습은 그라도 예상치 못했는지 랜슬롯 경은 뒤로 도약하며 피했다.

자세히 보니 따스하게 빛나는 바람에 감싸인 케이 경과 가웨인 경은 서서히 부상이 회복되고 있었다.

"저건 펠리시아의 마법인가?!"

요정 마법 【풍요의 봄바람】. 저 빛나는 치유의 바람에 감싸여 있는 동안 계속 부상이 회복되는 지속형 회복 마법이자, 단숨에 전황을 뒤집을 수 있는 강력한 요정 마법이었다.

"마가미 린타로!"

고개를 들자 언덕 위에서 펠리시아가 아마 가웨인 경이 던진 【빛나는 영광의 강철】을 세워든 채 로열 로드를 발동 중이었다. 어두운 전장을 비추는 저 눈부신 빛이 랜슬롯 경의 움직임을 미약하게나마 억누른 것이리라.

당연히 그 위광을 쬔 가웨인 경의 【태양의 가호】도 발동 중이었다.

"당신들이 뭘 노리는 건지는 모르겠지만, 랜슬롯 경은 저희가 어떻게든 막아볼게요! 그러니 당신은 글로리아 경을!"

그렇게 외친 펠리시아는 랜슬롯 경을 향해 단숨에 달려 내려갔다.

가웨인 경, 케이 경, 그리고 펠리시아는 랜슬롯 경을 포위한 채 삼면에서 동시에 가열찬 공세를 퍼부었다.

"전에는 불시의 기습을 받고 엉겁결에 당했지만…… 이번에는 그리 쉽게 당하지 않아요!"

"흐읍!"

하지만 랜슬롯 경은 삼면에서 종횡무진 날아드는 칼날 폭풍을 담담한 태도로 정확히 튕겨내고 밀쳐냈다.

1대 3의 동시 공격. 【빛나는 영광의 강철】에 의한 랜슬롯 경의 디버프. 【태양의 가호】에 의한 가웨인 경의 강화. 【풍요의 봄바람】의 효과에 의지하는 이쪽의 피해를 도외시한 움직임.

하지만 이만큼 총력을 기울여도—.

"우오오오오오오오오오오오오오오오오오오!"

"꺄악?!"

"크허어어어어어억!"

악귀처럼 날뛰는 명검 아론다이트 앞에서는 무력했다.

이런 악조건 속에서도 세 사람을 완벽하게 압도한 랜슬롯 경은 그야말로 원탁 최강의 기사가 어떠한 존재인지를 증명하는 듯했다.

"아, 아직이다……!"

"크윽!"

하지만 【풍요의 봄바람】으로 간신히 목숨을 건진 세 사람은 포기하지 않고 랜슬롯 경을 물고 늘어졌다.

지금은 가까스로 시간을 벌고 있는 상태였다.

아마 기껏해야 몇 분 정도가 한계일 터.

"……그런 고로! 간다, 짜샤!"

그 틈을 노리고 린타로가 쌍검을 겨눈 채 쿠조를 향해 육박했다.

"설마 너희들 따위에게 내 엑스칼리버를 쓰게 될 줄이야……."

쿠조는 굴욕감을 느꼈는지 표정을 짜증스럽게 일그러트렸다.

"좋다. 똑똑히 보도록. ……로열 로드【정복하는 무의 강철】! 내 힘 앞에 굴복하라!"

그 순간, 위로 세워든 대검에서 방출된 압도적인 어둠이 쿠조를 집어삼켰다.

그러자 진홍색 《오라》와 함께 존재감이, 힘이 한없이 증폭되었다. 명백히 【마인화】한 린타로 이상으로…….

"뭐야 그게?! 이 자식, 너 대체 무슨 짓을 한 거지?!"

"하하하하하하! 네가 아무리 힘을 쥐어짜 내봤자 넌 절대로 날 이길 수 없어! 이 검의 능력은 그런 거니까!"

돌진하는 힘이 그대로 담긴 린타로의 쌍검과 쿠조가 아무렇지 않게 휘두른 대검이 격돌한 순간, 검압과 참격이 언덕을 깨부수고 땅을 헤집었다.

"으아아아아아아아아아아아앗?!"

하지만 힘에서 밀린 건 린타로였다. 몸이 크게 뒤로 날아가더니 바닥을 튕기며 데굴데굴 굴렀다.

"마가미 린타로…… 루나 아르투르! 길바닥에 굴러다니는 돌멩이 같은 쓰레기들 주제에…… 감히 내 패도를 방해하다니이이이이이이이이이!"

그리고 쿠조가 바로 린타로를 노리고 달려들었다.

그가 대지를 내디딜 때마다 하늘을 향해 돌기둥이 솟구쳤다.

"우오오오오오오오오오오오오오오!"

그러자 린타로도 지지 않겠다는 듯 압도적인 힘을 보이는 쿠조를 향해 과감하게 달려들었다.

"벌레처럼 뒈져!"

쿠조가 린타로를 향해 돌진했고―.

"빌어머그으으으을!"

린타로도 쿠조를 향해 질주했다.

육박하는 쿠조의 검과 린타로의 쌍검이 정면에서 처절하게 격돌했다.

대기가, 공간이, 검압과 검압의 충돌로 비명을 질렀다.

쿠조의 가로베기를 린타로가 쌍검을 교차해서 막았다.

쿠조의 세로베기를 린타로가 오른손의 검으로 흘려 넘겼다.

쿠조의 올려베기를 린타로가 왼손의 검으로 간신히 튕겨 냈다.

일격마다 내부를 진탕시키는 충격에 몸이 공중으로 뜨고 뒤로 밀려났다.

"눈앞에서 쫄랑거리지 마라아아아아아아!"

그리고 쿠조가 혼신의 일격을 펼쳤다.

"칫!"

이번에는 옆으로 도약해서 피할 수밖에 없었다.

그러자 조금 전까지 린타로가 있었던 방향의 언덕이 무한히 닿는 검압에 노출돼 반으로 쩍 갈라졌다.

'젠장, 이 자식. 미친 거 아냐?! 진짜 미친 거 아냐?!'

쿠조를 상대로 수세에 몰린 린타로는 등골에서 치밀어오는 오한에 인상을 찡그렸다.

식은땀이 멎지 않았다.

도망쳐라. 틀림없이 죽는다. 정면에서 싸우는 건 무모하다. 불리하다.

린타로의 영혼이, 이성이, 뇌가 박살날 것처럼 비명을 지르고 있었다.

'하지만……'

린타로는 후방에 있는 루나를 흘겨보았다.

무방비하게 눈을 감은 채 계속 호흡을 가다듬는 그녀의 모습을…….

'왠지 신기하네……. 저 녀석과 함께 있다는 생각만 해도…….'

지금까지 느껴본 적 없었던 힘이 몸 안쪽에서 샘솟는 것 같았다.

'난…… 즐거워!'

지옥 같은 공방이 펼쳐지는 와중에도 여유 있게 웃을 수 있었다.

"우오오오오오오오오오오오오오오오오오오오오오오오!"

찰나의 순간, 린타로는 왼손의 검으로 쿠조의 대각선 베기를 튕겨내는 동시에 오른손의 검으로 공격을 펼쳤다.

"읍!"

이 전광석화의 일격에 미처 대응하지 못한 쿠조는 빠르게 몸을 뒤로 물렸다.

"마가미 린타로의…… 힘이 상승했어?! 날 뛰어넘었다고?! 말도 안 돼……!"

쿠조는 경악해서 눈을 부릅떴지만 동요한 건 한순간뿐이었다.

다시 검을 세워들고 소리쳤다.

"하지만…… 【정복하는 무의 강철】!"

다시 로열 로드를 발동하자 선혈처럼 새빨간 《오라》의 양이 증폭되는 동시에 쿠조의 힘이 상승했다. 아무래도 저 능력에 한계는 없는 듯했다.

"소용없다! 네가 아무리 강한 힘을 발휘해봤자 내 힘은 확실히 그걸 뛰어넘을 테니까!"

"아, 그러셔?! 거 참, 좋겠수다!"

그리고 린타로의 몸이 안개처럼 좌우로 흩어지더니 쿠조의 사각을 노리고 여기저기서 모습을 드러냈다.

이건 마법이 아니라 【마인화】로 강화된 신체 능력에 의지한 초고속 이동이었다.

"하아아아아아아아아아아아앗!"

그리고 다시 안개처럼 사라진 린타로는 이번에는 쿠조의 머리 위에서 혼신의 참격을 펼쳤다.

카앙!

하지만 쿠조는 검을 위로 휘둘러 간단히 막아냈다.

"것 봐라! 소용없다고 했지!"

그리고 태세를 재정비하는 린타로와의 거리를 단숨에 좁혔다.

마치 대포 같은 굉음을 터트리며 대검을 휘둘렀다.

"이제 슬슬 좀 굴복해!"

가열찬 참격에 의한 금속음.

"나야말로 진정한 왕!"

격렬한 참격에 의한 금속음.

"네놈들 같은 쓰레기가 내 패도를 방해하다니, 만 번 죽어 마땅해!"

맹렬한 참격에 의한 금속음.

"그러니…… 여기서 죽어버려어어어어어어어어어어어!"

캉! 캉! 캉!

불타오르는 하늘 아래에서 치열한 검극이 음악을 연주했다.

쿠조는 린타로를 향해 대검을 휘두르고, 휘두르고, 또 휘둘렀다.

린타로는 완전히 수세에 몰린 채 미쳐 날뛰는 칼날 폭풍을 쌍검으로 흘리는 게 한계였다.

일격을 막을 때마다 검을 통해 전달되는 충격에 뼈가 욱신거리고 내장이 뒤틀렸다.

입가에서 피가 흘러내리고 의식이 몽롱해지기 시작했다.

"……훗……."

하지만, 그럼에도 린타로는 처절한 미소를 짓고 있었다.

이런 궁지 속에서도 어딘지 모르게 즐거워 보였다.

'……고마워, 린타로. ……고마워, 모두들.'

이 전장에서 홀로 무방비하게 눈을 감고 있는 루나는 속으로 생각했다.

명상에 의한 어둠 속에서도 자신이 얼마나 위험한 상황에 놓인 것인지 피부로 알 수 있었다.

자살행위나 다름없는 짓을 하고 있다는 공포가 영혼을 시시각각 마모시켰다.

하지만 린타로도, 펠리시아도, 케이 경도, 가웨인 경도 현재 그 이상으로 영혼을 소모해가며 싸우고 있을 터.

지금 당장 눈을 뜬 뒤 가세하고 싶은 충동이 엄습했다.

이러고 있는 지금 이 순간에도 갑자기 균형이 무너져서 누군가가 죽을지도 모른다는 상상만 으로 이성을 잃을 것만 같았다. 눈물이 날 것 같았다.

하지만 가세할 수는 없었다. 결코 그럴 수는 없었다.

그것은 루나를 위해 싸우고 있는 모두의 신뢰를 배신하는 행위였으므로……

모두를 믿고 있기에, 린타로를 믿고 있기에 견딜 수 있었다.

마음을 헤집고 등을 떠미는 충동을 필사적으로 견디면서 눈을 감고 호흡을 가다듬으며 오로지 그 순간이 오기만을 기다렸다.

계속 기다렸다.

…………

그리고 루나에게는 마치 영원처럼 느껴졌던 시간이 어느 시점에 도달한 순간—

……두근!

자신의 손 안에 있는 엑스칼리버가 맥동하기 시작했다.

오싹!

"뭐……지?!"

그 순간, 린타로를 일방적으로 유린하던 쿠조는 서늘한 뭔가가 등골을 타고 오르는 것을 느꼈다.

그 감정의 정체는, 공포.

시선을 돌리자 루나는 여전히 검을 검집에 꽂은 채 눈을 감고 있었다.

그런데 어째서일까.

어째서 자신은 저런 어린 계집에게 공포를 느낀 것일까.

진정한 왕인 자신이 대체 왜!

"큭! 랜슬롯 경!"

쿠조는 끈질기게 버티는 린타로에게 검을 휘둘러서 떨쳐내고 외쳤다.

"루나를 죽여! 어서어어어어어어어어어!"

"하아아아아아아앗!"

"우오오오오오오오오오오오오오!"

"야아아아아아아아아아압!"

하지만 펠리시아는, 가웨인 경은, 케이 경은 랜슬롯 경이 몇 번을 때려눕히고, 날려버리고, 치명상을 입혀도 끈질기게 물고 늘어지며 움직임을 봉쇄했다.

이건 이미 상대를 쓰러트리기 위한 싸움이 아니었다. 막기 위한 싸움이었다.

랜슬롯 경은 여전히 상처 하나 없었고 세 사람은 완전히 넝마나 다름없는 상태였다.

하지만 마지막 한 방울까지 생명을 쥐어짜 내며 싸우는 그들 앞에서는 제아무리 랜슬롯 경이라도 벗어날 수 없었다.

"제길! 내 《잭》이 저딴 잔챙이들 때문에……!"

쿠조는 작게 혀를 찬 뒤 대검을 머리 위로 세워들었다.

카앙!

하지만 그 순간, 맹금류처럼 달려든 린타로의 쌍검이 그 움직임을 방해했다.

"드디어 천벌을 받을 시간이 왔군, 쿠조 선생! 그리고 마지막으로 한 마디만 해둘게!"

"크윽?!"

그리고 지근거리에서 쿠조를 노려보았다.

"요컨대, 그거야. 댁은 왕이 될 만한 그릇이 아니었다는 거지!"

린타로가 승리를 자신하며 외친 순간이었다.

파앗!

루나가 검집에 꽂은 엑스칼리버가 눈부신 광채를 내뿜기 시작했다.

펠리시아의 【빛나는 영광의 강철】보다 훨씬 더 밝은 빛이 거짓된 《캄란 언덕》을 새하얗게 물들였다.

"……뭐지? 저 검은?!"

이해할 수 없는 공포를 느낀 쿠조는 린타로를 억지로 밀쳐버리더니 재빨리 뒤로 물러나며 루나와 거리를 벌렸다.

"너희가 어떤 힘을 쓰든…… 【정복하는 무의 강철】!"

그리고 다시 진명을 선언했다.

이제 루나가 아무리 강력한 힘을 행사해도 문제될 건 없었다.

자신의 힘은 확실히 그녀를 능가하게 될 터.

"이게……무슨……?!"

하지만 곧 쿠조는 경악할 수밖에 없었다.

자신의 엑스칼리버가 루나에게 전혀 반응하지 않았기 때문이다.

"어째서지?! 어째서 반응하지 않는 거냐! 언뜻 봐도 저만큼 강대한 힘이거늘! 내 힘은 항상 그걸 뛰어넘어야 할 텐데…… 도대체 왜!"

"하하! 아무래도 댁의 검은 상대의 능력에 의존해서 댁을 강화시키는 모양인데!"

린타로는 당황하는 쿠조에게 말로 결정타를 날렸다.

"하지만 그건 어디까지나 적대하는 대상 본인에게만 의존하는 능력이었던 것 같구만! 본인이 아닌 대상…… 예를 들어서 검 그 자체의 힘에는 관여할 수 없는 거겠지!"

"큭……?!"

쿠조가 짜증스럽게 혀를 찬 순간─.

루나가 눈을 뜨고 선언했다.

"로열 로드……."

『그 산처럼 거대한 거인은 참으로 두려운 강적이었습니다.』

『큰 곤봉을 아서 왕에게 휘두르자 왕관이 땅으로 굴러 떨어졌습니다.』

『왕이여, 무턱대고 싸워서는 안 됩니다.라고 멀린이 말했습니다.』

『왕이여, 당신은 매일 같이 싸우느라 무척 지치셨소. 여긴 케이 경과 베디비어 경에게 맡기고 일단 호흡을 가다듬으시구려.』

『케이 경과 베디비어 경 또한 왕에게 목숨을 바친 진정한 기사. 당신은 그들을 믿고 기다리소서.』

『원탁의 유대야말로 그대의…… 왕의 진정한 힘.』

『그러하면 저런 악마 한둘쯤은 그대의 적수가 되지 못할지니.』

『그 말이 지당하다고 여긴 아서 왕은 잠시 거인의 상대를 케이 경과 베디비어 경에게 맡기고 전열을 벗어났습니다.』

『그리고─.』

존 시프 저『라스트 라운드 아서』5권 5장

"【엑스칼리버】어어어어어어어어!"

루나가 그렇게 외치며 양손으로 짐을 뽑아들고 수직으로 세운 순간—.

검에서 하늘을 찌를 듯한 맹렬한 빛이 솟구치며 저 먼 구름에 닿을 듯한 거인조차 단칼에 벨 수 있는 거대한 빛의 검이 형성되었다.

"뭐, 뭐야! 저건?!"

그 압도적인 위용 앞에서 쿠조는 달아나야 한다는 사실조차 망각한 채 굳어버렸다.

"저게 바로 루나의【서로 의지하는 유대의 강철】. ……일찍이 몽생미셸의 거인 퇴치에 나섰던 아서 왕이 전선을 신뢰할 수 있는 기사에게 맡기고 호흡을 가다듬은 후, 거인을 일도양단했다는 일화에서 유래한…… 왕과 신하의 유대와 신뢰를 체현하는 검이야."

"뭐……?!"

"저 검의 능력은 아주 심플해. 『적 앞에서 눈을 감고 일정 시간 동안 무방비 상태로 있으면 높은 위력의 참격을 날릴 수 있다』지."

"그게 대체 무슨……? 그런 검은……."

"무슨 말이 하고 싶은지는 알아. 단기 운용이 불가능한데다《킹》도 일시적으로 전력 대상 외. 진짜 쓸모없는 쓰레기 검이지?"

아마 운용 난이도는 엑스칼리버 중에서도 최악이 아닐까.

어떤 상황에서도 늘 안정적인 힘을 발휘하는 데다 특히 집단전에서 강한【빛나는 영광의 강철】이나, 1대 1 전투에서는 견줄 데 없는 힘을 발휘하는【정복하는 무의 강철】과는 비교조차 할 수 없었다.

호수의 귀부인들이 최악의 검이라고 호언장담하는 것도 당연했다.

그중에서도 특히 적 앞에서 검을 거둔 채 무방비하게 눈을 감고 있으라는 조건이 치명적이었다.

그렇지 않아도 전투에서 중요한 건 머릿수인데, 진영의 주력인《킹》이 일시적으로 전선에서 이탈해야 하는 것도 큰 문제였다. 더구나 이런 일발역전의 일격에 의지할 수밖에 없는 상황이라는 건 이쪽이 압도적으로 불리할 때뿐이다.

그런 까닭에 이 로열 로드를 실제로 운용하려면 진심으로 목숨을 맡길 수 있는 동료가 필요했다.

진정한 의미에서 왕에게 목숨을 맡길 수 있는 동료가 필요했다.

예를 들면 조금 전까지 루나를 믿고 싸웠던 케이 경, 펠리시아, 가웨인, 그리고 린타로 같은…….

그리고 그런 엄격한 조건을 극복한 끝에 능력을 발동한다면―.

그 일격의 위력**만큼**은 모든 엑스칼리버 중에서도 최강이었다.

"쓸모없는 최약의 검. 필요 없는 검. 난 그렇게 생각했었는데 말이지……."

린타로는 당황해서 뒷걸음치는 쿠조를 향해 어깨를 으쓱였다.

"저 녀석이 쓰면 최강의 검일지도 모르겠어."

그리고—.

"이이이이야아아아아아아아아아아아아아앗!"

루나가 하늘을 찌르는 거대한 빛의 검을 단숨에 휘둘렀다.

"이, 이건 말도 안 돼!"

검날이 떨어졌다. 마치 자신을 향해 쓰러지는 바벨탑처럼……

하늘에서 휘두른 극광이 쿠조의 시야를 가득 채우며 떨어져 내렸다.

달아날 수 없었다. 피할 수 없었다.

아니, 애초에 저걸 어떻게 피하란 말인가.

"으아아아아아아아아아아아아아아아아앗?!"

하늘에서 짓쳐드는 파멸의 철퇴 앞에서 쿠조는 그저 꼴사납게 비명을 지를 수밖에 없었다.

"말도 안 돼! 이 몸이! 이 세상 모든 것을 지배할 이 내가 아아아아아아아아아아아아아아!"

흘러넘치는 빛의 기둥이 무력한 쿠조의 몸을 집어삼킨 뒤 모든 것이 새하얗게 타올랐다.

　그리고 거짓된 《캄란 언덕》도 정확히 반으로 갈라지며 빛과 함께 소멸했다.

종장 새로운 싸움을 향하여

사투 후, 어떤 곳.

"후후……. 꽤 호되게 당하셨네요? 선생님."

"……너냐. 흥, 무슨 용건이지?"

온몸을 칠흑의 로브로 가린 여성이 즐거운 듯 웃었지만 쿠조는 상처투성이인 온몸에 『치유의 연고』를 바르며 짜증스럽게 표정을 일그러뜨렸다.

"어머, 쌀쌀맞기도 하셔라. 좀 더 감사해주시라구요. 제가 없었으면 지금쯤 선생님과 랜슬롯 경은 루나 양의 검에 재가 되셨을걸요? 그 위기 상황에서 두 분을 구해낸 제 마법의 수완을 좀 더 칭찬해주시죠."

"칫……."

쿠조가 혀를 차는 소리가 공허하게 울려 퍼지는 그곳은 마치 창고 같은 방이었다.

어두컴컴하고 먼지투성이인 데다 구석에는 잡다한 물건들이 아무렇게나 쌓여 있었다.

"……."

랜슬롯 경이 팔짱을 낀 채 조용히 돌 벽에 등을 기대고

서 있는 이곳은 여성이 국제도시 아발로니아의 어딘가에 마법으로 구축한 『이계』였다.

"그래서, 앞으로 어쩌실 건가요? 쿠조 선생님."

"한동안 이 상처를 치료하는 데 전념하면서 관망할 거다. 루나 아르투르와 마가미 린타로…… 놈들의 진영은 위험해. 도저히 믿을 수 없지만, 내 왕도를 가로막는 최대의 장애물이라고 봐도 무방하겠지. ……그러니 상황이 조금이나마 움직이는 걸 기다리는 편이 나아."

"어머? 쿠조 선생님치고는 참 소극적인 방침이네요?"

"……흥, 마음대로 지껄여. 무턱대고 전진하는 것만이 능사는 아니야. 때로는 물러날 때를 아는 것도 왕의 자질이지."

"뭐, 전 딱히 상관없어요. 앞으로도 전쟁, 열심히 해주세요. 쿠조 선생님."

그렇게 말한 로브의 여성은 종잡을 수 없는 미소를 지었다.

"흥…… 그 문제는 일단 제쳐두고."

그러자 쿠조는 얼음장 같은 차가운 시선으로 여성을 돌아보았다.

"슬슬 네 목적을 알려주지 않겠어? 왜 우리에게 협력하는 건지…… 그 이유부터 말야."

그리고 그대로 여성을 날카롭게 노려보며 말했다.

"미모리 츠구미…… 아니, **모르간 르 페이.** 마가미 린타로와 같은 전설 시대의 영웅이 환생한 존재…… 세계 최고(最

古)이자 최악의 마녀여."

그러자 모르간이라 불린 여성, 카멜롯 국제 학원에 다니는 미모리 츠구미는 어둠 속에서 싸늘한 웃음을 흘렸다.

"어머? 그야 당연히 선생님이 우승하시길 원해서가 아닐까요?"

"그런 것치고는 뭔가가 이상했어. 어째서 넌 나에게 양해도 구하지 않고 마가미 린타로와 접촉한 뒤, 그를 이 《아서 왕 계승전》의 무대 위로 올린 거지?"

"어머나, 역시 눈치채고 계셨나요? 후후후, 과연 어째설까요? ⋯⋯예, 맞아요. 마가미 린타로와 접촉하고 이 국제도시로 불러들인 건 바로 저랍니다."

"흥. 처음에는 나에게 협력하는 척하고 배신한 건 줄 알았다만⋯⋯ 넌 그를 무대에 올리기만 했을 뿐, 내 등에 칼을 꽂으려는 낌새는 보이지 않더군. 오히려 날 이 싸움에게 이기게 하려고 전보다 더 적극적으로 협력하기 시작했어. 넌 대체 뭘 꾸미고 있는 거지?"

"글쎄요? 대체 뭘 꾸미고 있는 걸까요?"

"⋯⋯뭐, 됐어. 아서 왕 이야기에서도 넌 그런 여자였지. 그리고 이러니저러니 해도 넌 쓸모가 있어. 하긴, 너 같은 내부의 적을 길들이는 것도 왕에게 필요한 자질일 테니."

쿠조가 불쾌한 듯 코웃음을 쳤지만 미모리 츠구미— 모르간은 그저 요사스럽게 쿡쿡 웃기만 할 뿐이었다.

호수의 귀부인들의 주최로 마침내 시작된 《아서 왕 계승전》.

진정한 왕을 선정하고 세상을 구원하기 위해 시작된 이 싸움이 한 마녀의 개입으로 혼전의 양상을 띠게 됐다는 것을— 이때는 아직 그 누구도 알지 못했다.

"하암~ 이제야 겨우 끝났네."

"응, 그러게⋯⋯."

하품을 하는 린타로에게 루나가 고개를 끄덕였다.

현재 두 사람은 소드레이크 해변 공원의 벤치에 앉아서 동 트기 전의 깜깜한 바다를 내려다보는 중이었다.

둘 다 남들이 보면 눈을 휘둥그레 뜨고 놀랄 정도로 행색이 엉망이었다.

결국 그 센트럴시티 파크 호텔 최상층은 루나의 【서로 의지하는 유대의 강철】의 여파로 송두리째 날아가 버렸다.

모든 것이 끝난 후 다 같이 잽싸게 달아났으나 지금쯤 그 주변은 아주 난리가 났으리라.

스마트폰으로 검색해보니 항간에서는 수수께끼의 가스 폭발이라든가, 모국 테러리스트의 소행 같은 억측이 난무하고 있었다.

호텔 측에는 그저 죄송스러울 따름이지만 사실 이런 사안들은 주최측인 호수의 귀부인들이 어떻게든 잘 무마해주기로 되어 있었다.

그나마 쿠조가 전세를 낸 덕분에 말려든 희생자가 없었던 게 불행 중 다행이 아닐까.

"참 나, 아주 난장판을 만들어놓기는…… 살살 좀 하지 그랬냐."

"뭐, 뭐가! 그럴 여유 같은 건 없었거든?!"

린타로가 넌더리를 내며 투덜거리자 루나는 샐쭉해졌다.

"아……."

하지만 곧 뭔가를 보고 작게 탄성을 흘렸다.

아득히 먼 수평선에서 해가 모습을 드러내고 주위의 어둠을 조금씩 거둬가기 시작했다.

일출이었다.

길고 긴 밤이 마침내 막을 내린 것이다.

두 사람은 잠시 그렇게 아침이 오는 것을 아무 생각 없이 지켜보았다.

"저기, 있지……."

이윽고 루나가 조심스럽게 입을 열었다.

"……고마, 웠어. 린타로."

"응?"

"나한테 돌아와줘서. ……역시 린타로는 내 최고의 가신이야!"

─역시 멀린은 내 최고의 가신이야!

그런 루나의 모습이 그립고 먼 누군가와 겹쳐 보였다.

일찍이 마지막까지 함께 하겠노라고 맹세했으면서도 결국, 함께 있어주지 못했던 소중한 친우의 얼굴과……

"……"

린타로는 잠시 기뻐하는 루나의 얼굴을 옆 눈으로 지그시 바라보았다.

"……전생의 내가…… 왜 아서 녀석을 섬긴 건지…… 아주 조금 알 것 같은 기분이 들어."

"뭐?"

그리고 혼잣말을 하더니 벤치에서 일어나 루나를 내려다 보았다.

"훗, 착각하지 마. 바~보! 난 아직 너 같은 바보 왕을 내 주군으로 인정한 게 아니니까!"

"뭐어어어어?! 어째서?!"

"그냥 아서랑 캐릭터가 겹치는 널 내버려두는 건 뒷맛이 찝찝해서였다고! 뭐, 한동안 돌봐주긴 할 테니 아서 녀석에게 감사해!"

"뭐, 뭐야 그게!"

"뭐, 아무쪼록 분발해봐. 내가 진심으로 따를 만한 훌륭한 왕이 돼보라고. 하다못해 아서만큼 매력이 넘치는 왕이 된다면……."

그러자 루나의 표정이 갑자기 뾰로통해졌다.

"대, 대체 뭐야! 말끝마다 아서! 아서라니! 린타로는 바보! 왜 내가 선조님한테 질투를 해야 하는 건데?!"

"……뭐? 질투? 그게 대체 무슨……."

"으으으으~! 세상에나! 설마 내 가장 큰 라이벌이 선조님, 심지어 남자였다니! 내 왕도는 왜 이리 앞날이 깜깜한 거냐구!"

"저기요……?"

"애초에 아직도 날 기억하지 못하질 않나! 보통은 이런 타이밍에 불현듯 떠오르기 마련이잖아?! 넌 대체 왜 이렇게 섬세함이 부족한 거니?! 이것도 불경죄거든?!"

"미안, 네가 무슨 소릴 하는지 도무지 모르겠어……."

그런 식으로 여느 때와 다름없이 만담을 벌이기 시작한 순간이었다.

"……참 나, 둘 다 긴장이 너무 풀렸잖아요."

정보 수집을 위해 호텔 근처에 남아 있었던 케이 경이 돌아왔다.

"아, 어땠어? 케이 경."

"쿠조 님의 행방은 전혀 찾을 수 없었습니다. 역시 이계화가 해제된 타이밍으로 봐선 【서로 의지하는 유대의 강철】로 흔적도 없이 소멸했다고 보는 편이 타당할 것 같네요."

"그래……. 그럼 쿠조 선생님은 탈락이네."

"이 아무도 예상치 못한 대역전극 때문에 지금쯤 호수의 귀부인들도 허둥대고 있지 않으려나?"

쿠조, 사망. 하지만 그 소식을 접한 루나와 린타로의 표정에는 전혀 흔들림이 없었다.

그야 당연했다.

애초에 그들은 그런 세계의 주민이었으므로…….

"하지만 쿠조 님을 격파했어도 계승전은 이제 막 시작됐을 뿐……. 이 승리에 자만해선 안 됩니다. 루나."

"정말 그 말씀대로예요! 당신이란 분은 옛날부터 금방 방심하거나 자만하는 버릇이 있었으니까요"

"예. 아무쪼록 주군의 발목을 잡지는 말았으면 좋겠군요!"

바로 그 순간, 린타로의 모습이 안개처럼 사라지더니 케이경의 뒤에서 나타난 펠리시아와 가웨인 경의 얼굴을 와락 움켜잡았다.

"아, 아파아파아파요~!"

"으갸아아아아?! 머리가 깨질 것 같아아아아~?!"

두 사람은 황급히 린타로의 손을 떨쳐내고 뒤로 물러났다.

"아, 그거야? 결판을 내러 온 거지? 마침 아침 해가 떠서 가웨인의 능력이 발동한 지금이 호기라고 판단한 건가? 좋아. 그럼 나도 끝까지 싸워주마."

【마인화】한 린타로가 어둠의 《오라》를 줄줄 흘리면서 검을

빼들었다.

"스, 스톱?! 스톱이에요! 잠깐 멈추세요!"

"그, 그래! 마가미 린타로! 우리는 계승전이 최종 단계에 접어들 때까지 협력을 약속한 동맹자가 아니냐! 그러니 제발 좀 검을 거둬! 이렇게 부탁드리겠습니다!"

이해할 수 없는 말을 들은 린타로는 게슴츠레한 눈으로 입을 다물었다.

"잠깐, 루나? 너, 설마……."

"아하하! 그러고 보니 린타로한테는 아직 말한 적이 없었네!"

린타로가 노려보았지만 루나는 개의치 않고 가슴을 폈다.

"아, 아무튼 글로리아 경이라는 최악의 《킹》이 탈락하긴 했어도 다른 《킹》도 저런 식이면 마음 놓고 계승전을 진행할 수 없잖아요?!"

"그, 그러니 우린 한동안 손을 잡아야 해! 그리고 계승전이 최종 단계에 도달한 시점에서 우리끼리 정상 결전을 하면 되잖아! 어때? 너도 동의하지?"

"흐흥! 여러분도 앞으로의 싸움에서 저희의 힘이 필요한 게 아닌가요?!"

펠리시아와 가웨인 경도 자신 있게 가슴을 폈다.

"동의하지도 않고, 필요도 없어."

하지만 린타로는 전혀 감정을 드러내지 않는 무표정으로 쌍검을 든 채 매몰차게 대답했다.

"아니, 그보다 지금 여기서 결판을 내도 딱히 상관없지 않나?"

"히이이이이이익?! 제발 검 좀 치워달라구요~!"

"기, 기다려! 마가미 린타로! 말로 하자. 일단 대화로 해결하자고! 응?"

그러자 울상이 된 펠리시아와 가웨인 경이 몸을 떨며 뒤로 물러났다.

"자자, 린타로. 너무 그렇게 몰아세우진 마."

"……예이예이, 알았수다. 하긴, 넌 원래 그런 녀석이니까."

루나가 제지하자 린타로는 마지못해 검을 거두고 【마인화】를 해제했다.

"참 나, 알았다고. ……야, 너희들. 잠시 동안 휴전 & 동맹이야. 하지만 협력 관계이긴 해도 주도권을 쥔 건 이쪽이니까 움직일 때는 루나의 지시를 받아."

"오~호호홋! 그렇게까지 동맹을 원한다면 저희도 어쩔 수 없이 제안을 받아드리죠! 어, 쩔, 수, 없, 이! 아아, 아름답다는 건 그 자체로 죄네요!"

"이봐, 마가미 린타로! 아무리 내 주군이 아름답고 귀엽다지만, 어디 손이라도 대봐! 이 기사 중의 기사인 가웨인이 용서치 않을 테다!"

"역시 너희들, 그냥 베어버릴래. 거기 똑바로 서 봐."

""히이이이이이이이이이이이이이익?!""

린타로가 단숨에 검을 뽑아들자 펠리시아와 가웨인은 서로를 부둥켜안으며 비명을 질렀다.

"애초에 가웨인 구~운? 너, 내가 멀린이라는 걸 벌써 잊었어? 원탁을 박살낸 원흉 중 하나인 너한테 사실 난 멀린으로서 할 말이 산더미처럼 많거든~?"

"사, 사람 살려어어어어어어어어어어어어!"

린타로가 양손에 검을 늘어트린 채 암흑 《오라》를 줄줄 흘리며 다가가자, 가웨인 경과 펠리시아는 황급히 그 자리에서 달아났다.

"참 나, 좀 봐주니까 금방 우쭐대기는……."

"아하하하하하!"

린타로는 달아나는 두 사람을 기가 막힌 눈으로 흘겨보면서 검을 거두었다.

그 광경을 본 루나는 즐겁게 웃었고 케이 경은 탄식했다.

"정말 앞으로 어떻게 될지 걱정이네요……."

"괜찮아, 케이 경. 분명 다 잘 될 거야."

케이 경이 불안한 목소리로 중얼거리자 루나는 부드러운 목소리로 대답했다.

"린타로가 있고…… 모두가 함께라면…… 분명."

"……그럼 좋겠습니다만."

"……흥."

루나의 말을 듣고 왠지 쑥스러운 듯 코웃음을 친 린타로는 수평선에서 빛나는 아침 해를 흘겨보았다.

앞으로의 미래를 암시하는 것처럼 눈부시고 아름다운 광경.

싸움은 이제 막 시작된 참이었으니 앞으로도 많은 고난과 역경이 그들을 기다리고 있을 터.

"뭐, 앞으로 조금은 즐거워질 것 같네."

하지만 린타로는 무심코 웃음이 나왔다.

■작가 후기

안녕하세요, 히츠지 타로입니다.

이번에는 신작 『라스트 라운드 아서스』가 출간되었습니다.

편집자님 및 출판 관계자 여러분, 그리고 이 작품을 구입한 독자 여러분께 무한한 감사를. 정말 감사합니다!

"히츠지 씨, 히츠지 씨. 아서 왕 이야기를 모티프로 신작을 써보시는 건 어떨까요?"

이 작품을 시작하게 된 건 담당 편집자님의 이 말씀이 계기였습니다.

이야~ 솔직히 당시에는 『초특대급 킬러패스가 와버렸어?!』라는 생각부터 들더라고요.(웃음)

요즘은 아서 왕 이야기가 모티프인 만화나 게임이 포화 상태잖아요? 이제 와서 제가 끼어들어봤자…….

그런 식으로 난색을 보였더니 담당자님은 한층 더 날카로운 킬러패스를 찔러주시더군요.

"괜찮습니다. 아서 왕을 변변찮은 인간으로 설정해버리면 돼요."

자, 자, 잠깐만요! 아무리 그래도 아서 왕이랑 그런 캐릭터는 전혀 안 맞거든요?!

애초에 요즘 시대에 정착된 아서 왕의 이미지라는 건 보통 이런 느낌 아닌가요?

① 고결하고 공명정대할 뿐 아니라 용맹 과감한 기사왕이자.

② 백성과 평화와 정의를 위해 계속 싸워온 이상적인 왕이자.

③ 최후에는 뜻을 이루지 못하고 원통하게 눈을 감은 비극의 왕.

이런 요소가 강하게 고정되어 있으니 이게 없으면 아서 왕이 아니다. 즉, 변변찮은 인간이라는 요소는 아서 왕과 궁합이 최악이다……라고 당시의 전 생각했습니다.

뭐, 아무튼 일단 전 아서 왕 이야기의 자료를 모으면서 토마스 맬러리의 저서인 『아서 왕 이야기』(비싸!)를 구해서 읽어봤습니다.

원래 아서 왕 이야기라는 건 영국 각지에 전해지는 잡다한 기사 이야기들에 불과했습니다만 그걸 이리저리 짜 맞춰서 하나의 이야기로 편찬한 결정판이 바로 이 토마스 맬러리의 『아서 왕 이야기』(혹은 『아서 왕의 죽음』)였던 거죠.

즉, 다양한 아서 왕 이야기의 원전 of 원전이라고 볼 수 있는 셈입니다.

그리고 그걸 처음 읽은 감상은…… 이게 뭐지?(땀)

그도 그럴 만한 게 원전의 아서 왕은 의외로 엄청 막나가는 성격이더라고요.(웃음) 길 가던 여자를 꼬셔서 임신시키거나, 강해서 못 이길 것 같은 적은 뒤에서 기습을 가하거나(심지어 이러고도 못 이김), 장래에 자기를 죽일 거라는 예언이 나온 모드레드를 처리하려고 같은 해에 태어난 아기들을 모조리 죽여 버리거나(심지어 이러고도 못 죽임), 적국의 사신이 굴복을 요구했더니 닥쳐! 그건 내가 할 소리다! 이 바보 자식들아! 라고 외치면서 정의 때문이라기보다는 순전히 화가 났으니까 **침략 전쟁**(방어전 아님)을 시작하거나……등등.

뭐랄까, 요즘 정착된 이미지인 정의의 기사왕과는 영 거리가 먼 파격적인 국왕님이셨습니다.

하긴, 따지고 보면 당연하겠죠. 아서 왕의 시대는 힘이야말로 정의, 이기면 신의 뜻이라는 시대였으니까요. 요즘 같은 이상과 정의의 개념 같은 게 존재할 리 없었습니다. 애초에 기사도도 훨씬 더 나중에 정립된 개념이니까요.

그리고 동시에 어느 정도 납득이 갔습니다. 요즘의 『공명정대한 정의의 기사왕』인 아서 왕은 누군가가 생각한 아서 왕의 이미지 중 하나에 불과하다는 것. 그리고 저나 혹은 우리의 이상을 아서 왕이라는 위대한 우상에 덧붙여서 반영시킨 결과일지도 모른다는 걸요.

작가의 수만큼 다양한 아서 왕 이야기가 존재했다는 겁니다.

그럼 저도 제가 생각하는 이상적인 아서 왕 이야기를 쓰면 될 뿐!

이 신작 『라스트 라운드 아서스』는 토마스 맬러리의 『아서 왕 이야기』를 기반으로 저의 초(超)해석을 덧붙여서 현실과 환상이 뒤섞인 현대 사회를 무대로 한 새로운 아서 왕 이야기가 드러나는 형태로 이야기가 진행되었습니다. 기존의 아서 왕 이야기와 뿌리는 동일하지만 잔가지들이 확 바뀐 셈이죠.

이미 1권부터 여러모로 저질러버렸습니다. 예를 들면 그 유명한 기사가 실은 들러리였다든가, 그 유명한 기사가 실은 무죄였다든가…….

물론 히츠지의 목표는 왕도! 악당 같은 주인공인 마가미 린타로와 변변찮은 성격의 소녀 아서 왕 히로인 루나. 이 개성이 지나치게 강한 두 캐릭터를 중심으로 속도감이 있고 통쾌한 이야기를 써나갈 예정입니다. 개인적으로는 똑같이 왕도를 답습하면서도 『변변찮은 마술강사와 금기교전』과는 색다른 느낌의 작품으로 완성됐다고 생각합니다.

그리고 하이무라 씨. 영혼이 담긴 일러스트로 『라스트 라운드』의 세계에 생명을 멋지게 불어넣어주셨습니다. 하이무라 씨, 정말로 감사합니다!

담당 편집자님도 감사했습니다! 뭐랄까. 돌이켜 보면 평소보다 내용 때문에 충돌이 많았던 것 같습니다만, 이 작품이 세상에 나올 수 있었던 건 역시 편집자님 덕분입니다!

   그런 다양한 분들의 도움을 받아서 태어난 히츠지의 새로운 아서 왕 이야기를 아무쪼록 잘 부탁드립니다.

히츠지 타로

■역자 후기

  안녕하세요, 그리고 처음 뵙겠습니다. 역자 최승원이라 합
니다.

  작가님의 전작이자 동시 발행 중인 시리즈인 『변마금』의
후기를 쓸 때도 가끔 이럴 때가 있습니다만, 작가님께서 이
렇게 (좋은 의미로) 폭주하실 때마다 후기로 무슨 내용을
써야 좋을지 몰라 고민이 되곤 합니다. 아무래도 1권인 데다
후기부터 보시는 분들도 있다고 하니 함부로 내용을 언급하
기도 그렇고, 이 작품을 작업하면서 느낀 점들은 이미 작가
님께서 전부 후기에 써버리셨거든요. 그래서 계속 끙끙대며
고민하다가 『변마금』 1권을 꺼내서 잠깐 제가 예전에 쓴 후
기를 확인해보니…… 음, 뭐랄까 결국 이때도 패러디 해석으
로 도피를 해버렸더군요. 그런 고로 이 후기에서는 작중에
서 나온 게임 중 하나가 마침 제가 알고 있는 작품이기에 그
에 관한 이야기를 잠시 해볼까 합니다.

  루나와 린타로가 치열한(?) 공방전을 펼쳤던 대전 격투 게

임. 아마 작가님께서 대충 지어서 쓰신 게 아닐까 생각한 분들도 계실지 모릅니다만, 실은 아닙니다. 무엇보다 캐릭간 밸런스가 중요한 대전 격투 장르에서 유저의 실력으로도 도저히 커버가 안 되는 치트급 캐릭터가 있다고 하는 묘사를 보고 대충 떠오르는 게임들이 몇 가지 있었습니다만, 작가님께서 캐릭터의 음성(나깃! 나깃!)으로 힌트를 주셨더군요. 출시 전에는 PV의 멋진 영상으로 원작의 팬들과 수많은 대전 격투 마니아들의 기대감을 모았지만, 정작 출시 후에는 엉망인 밸런스로 평가가 나락까지 떨어져버린 이 게임의 정체는 다름 아닌 『북두의 권─ 심판의 쌍창성 권호열전』이 틀림없을 겁니다. 사실 우리나라에서는 그 엉망인 밸런스 때문에 금방 자취를 감추게 됐습니다만, 이번 기회에 여러모로 검색해보니 일본에서는 아직도 컬트적인 인기가 있어서 가동 중인 기기가 있다는 정보를 보고 전율을 금할 수 없더군요. 참고로 작중에서 나온 치트 캐릭터는 이 게임 때문에 후에 세기말 병자라는 별명이 붙어버린 『토키』라는 캐릭터일 겁니다.(최약 캐릭터는 아마도 쟈기…….)

그럼 다음 권에서도 뵐 수 있기를 바라며 이만 후기를 마치겠습니다.

라스트 라운드 아서스 1
쓰레기 아서와 악당 멀린

초판 1쇄 발행 2020년 1월 10일

지은이_ Taro Hitsuji
일러스트_ Kiyotaka Haimura
옮긴이_ 최승원

발행인_ 신현호
편집장_ 김은주
편집진행_ 최은진 · 김기준 · 김승신 · 원현선 · 권세라
편집디자인_ 양우연
국제업무_ 정아라 · 전은지
관리 · 영업_ 김민원 · 조은걸 · 조인희

펴낸곳_ (주)디앤씨미디어
등록_ 2002년 4월 25일 제20-260호
주소_ 서울시 구로구 디지털로 26길 111 JnK디지털타워 503호
전화_ 02-333-2513(대표)
팩시밀리_ 02-333-2514
이메일_ lnovelpiya@naver.com
ㄴ노벨 공식 카페_ http://cafe.naver.com/lnovel11

LAST ROUND · ARTHURS KUZU ARTHUR TO GEDOU MERLIN
ⓒTaro Hitsuji, Kiyotaka Haimura 2018
First published in Japan in 2018 by KADOKAWA CORPORATION, Tokyo.
Korean translation rights arranged with KADOKAWA CORPORATION, Tokyo.

ISBN 979-11-278-5387-7 04830
ISBN 979-11-278-5386-0 (세트)

값 7,800원

데스마치에서 시작되는 이세계 광상곡 1~16권, EX

아이나나 히로 지음 | shri 일러스트 | 박경용 옮김

한창 데스마치를 치르던 프로그래머 스즈키 이치로(29).
『사토』란 닉네임을 쓰는 그가 잠시 잠들었다 깨어나 보니
듣도 보도 못한 이세계에 방치되어 있었다!
혼란에 빠질 틈도 없이 눈앞에는 처음 보는 괴물의 대군이 다가오고,
하늘에서는 유성우가 쏟아진다.
정신을 차리고 보니, 최강 레벨의 힘과 막대한 부를 손에 넣었는데……?!
이렇게 사토의「유유자적, 가끔 시리어스, 그리고 하렘」인
이세계 모험담이 시작된다!!

**최강 레벨과 막대한 재보를 가지고
시작되는 유유자적 이세계 관광!!**

©Kotobuki Yasukiyo 2018
Illustration : JohnDee
KADOKAWA CORPORATION

아라포 현자의 이세계 생활 일기 1~6권

코토부키 야스키요 지음 | JohnDee 일러스트 | 김장준 옮김

정리해고 당한 후, 매일 밭을 돌보며 『제로스 멀린』으로서
게임에 빠져 살던 백수 아저씨, 오사코 사토시(40세).
오리지널 마법을 만들어 명실상부 톱 플레이어가 된 그는
최종 보스를 무난하게 공략하지만
로그인 중 발생한 어떤 사고로 생을 마감한다.
그는 홀로 죽었다고 생각했지만,
정신을 차리고 보니 거대한 산림 지대의 한가운데에 서 있었다.
이세계 여신의 말에 따르면 그는 게임 속 능력을 이어받아 전생했다고 한다.
대산림 지대에서 서바이벌을 거치고 전(前) 공작 노인과 만난 제로스는
현자로서 능력을 인정받아 마법을 쓰지 못하는 소녀의
가정교사 일을 의뢰받는데—?!
"나는 평온한 일상이 인생의 모토인데……."

마흔 살 현자의 이세계 생활 일기 개시!

라이트노벨의 새로운 빛! L노벨의 신간은 매월 10일에 발매됩니다. http://cafe.naver.com/lnovel11

©Aiatsushi 2018
Illustration : Katsurai Yoshiaki
KADOKAWA CORPORATION

백수, 마왕의 모습으로 이세계에 1~6권

아이아츠시 지음 | 카츠라이 요시아키 일러스트 | 김장준 옮김

한창 즐겼던 게임이 서비스 종료를 맞이한 날.
홀로 대보스를 토벌하고 사기급 능력을 입수한 요시키는
낯선 장소에서 눈을 떴다.
마왕으로 착각할 만할 중2병 장비를 걸친
자신의 캐릭터, 카이본의 모습으로!
심지어 갈피를 잡지 못하는 그의 앞에
요시키의 세컨드 캐릭터, 엘프 류에가 나타나고……?!
그녀와 둘이서 생활하는 동안 그는 알게 된다.
자신이 이 세계에서 신화 수준의 영웅으로 전해져 내려온다는 것을—!

마왕의 모습으로 세계를 누비는
유유자적 여행기, 개막!!

곰 곰 곰 베어 1~8권

쿠마나노 지음 | 029 일러스트 | 김보라 옮김

게임이 현실보다 재밌습니까?—YES
현실 세계에 소중한 사람이 있습니까?—NO

……온라인 게임 설문 조사에 대답했을 뿐인데
말도 안 되는 이세계(아마도)로 내던져진 나, 유나.
은둔이 경력 3년의 폐인 게이머.
맨 처음 장착하게 된 장비템이 『곰 세트』라니……
이게 무어야—!?
하지만 세고 편하니까 뭐, 괜찮으려나?
울프를 쓰러뜨리고, 고블린을 쓰러뜨리고
극강 곰 모험가로서 일단 해볼까요.

은둔형 외톨이 소녀, 이세계에서 무적의 곰 모험가가 되다!